# CHERUB

## Mission 9 :
## CRASH

www.cherubcampus.fr
www.casterman.com

Publié en Grande-Bretagne par Hodder Children's Books, sous le titre : *The Sleepwalker*

© Robert Muchamore 2008 pour le texte.

ISBN 978-2-203-00425-2
© Casterman 2009 pour l'édition française
Imprimé en Espagne par Edelvives.
Dépôt légal : août 2009 ; D.2009/0053/523
Déposé au ministère de la Justice, Paris (loi n° 49.956 du 16 juillet 1949
sur les publications destinées à la jeunesse).

Robert Muchamore

# CHERUB

## MISSION 9
# CRASH

Traduit de l'anglais
par Antoine Pinchot

casterman

# Avant-propos

CHERUB est un département spécial des services de renseignement britanniques composé d'agents âgés de dix à dix-sept ans recrutés dans les orphelinats du pays. Soumis à un entraînement intensif, ils sont chargés de remplir des missions d'espionnage visant à mettre en échec les entreprises criminelles et terroristes qui menacent le Royaume-Uni. Ils vivent au quartier général de CHERUB, une base aussi appelée « campus » dissimulée au cœur de la campagne anglaise.

Ces agents mineurs sont utilisés en dernier recours dans le cadre d'opérations d'infiltration, lorsque les agents adultes se révèlent incapables de tromper la vigilance des criminels. Les membres de CHERUB, en raison de leur âge, demeurent insoupçonnables tant qu'ils n'ont pas été pris en flagrant délit d'espionnage.

Près de trois cents agents vivent au campus. Le rapport de mission suivant décrit en particulier les activités de **JAMES ADAMS**, né à Londres en 1991, brillant agent comptant à son actif de nombreuses missions couronnées de succès ; sa petite amie **DANA SMITH**, née en Australie en 1991 ; ses amis **SHAKEEL DAJANI** et les jumeaux **CALLUM** et **CONNOR O'REILLY** ; la petite sœur de James, **LAUREN ADAMS**, âgée de douze ans, déjà considérée comme un agent de premier ordre, et ses meilleurs amis **BETHANY PARKER** et **GREG « RAT » RATHBONE**.

Les faits décrits dans le rapport que vous allez consulter débutent en septembre 2007.

# Rappel réglementaire

En 1957, CHERUB a adopté le port de T-shirts de couleur pour matérialiser le rang hiérarchique de ses agents et de ses instructeurs.

Le T-shirt **orange** est réservé aux invités. Les résidents de CHERUB ont l'interdiction formelle de leur adresser la parole, à moins d'avoir reçu l'autorisation du directeur.

Le T-shirt **rouge** est porté par les résidents qui n'ont pas encore suivi le programme d'entraînement initial exigé pour obtenir la qualification d'agent opérationnel. Ils sont pour la plupart âgés de six à dix ans.

Le T-shirt **bleu ciel** est réservé aux résidents qui suivent le programme d'entraînement initial.

Le T-shirt **gris** est remis à l'issue du programme d'entraînement initial aux résidents ayant acquis le statut d'agent opérationnel.

Le T-shirt **bleu marine** récompense les agents ayant accompli une performance exceptionnelle au cours d'une mission.

Le T-shirt **noir** est décerné sur décision du directeur aux agents ayant accompli des actes héroïques au cours d'un grand nombre de missions. La moitié des résidents reçoivent cette distinction avant de quitter CHERUB.

La plupart des agents prennent leur retraite à dix-sept ou dix-huit ans. À leur départ, ils reçoivent le T-shirt **blanc**. Ils ont l'obligation – et l'honneur – de le porter à chaque fois qu'ils reviennent au campus pour rendre visite à leurs anciens camarades ou participer à une convention.

La plupart des instructeurs de CHERUB portent le T-shirt blanc.

# 1. Une petite gothique

Bethany Parker avait passé huit mois en mission. En son absence, le campus de CHERUB s'était métamorphosé. Une double rangée d'arbres avait été plantée de part et d'autre de la route menant au poste de sécurité, des dalles neuves ornaient le hall du bâtiment principal et une énorme antenne parabolique se dressait désormais devant le centre de contrôle des missions.

Aux yeux de Bethany, ces changements n'étaient rien en comparaison des bouleversements qui s'étaient opérés dans la population du campus : la plupart des filles avaient changé de coiffure ; des garçons craquants avaient succombé aux assauts de l'acné juvénile ; les allées du parc grouillaient d'agents opérationnels dont les visages lui étaient inconnus ; les nouveaux T-shirts rouges qui jouaient près du bâtiment junior lui paraissaient étonnamment jeunes.

Au sortir de l'ascenseur, elle croisa Meryl Spencer, sa responsable de formation. L'ancienne athlète d'origine kenyane lui adressa un sourire radieux.

— Joli bronzage, Bethany. Ton contrôleur de mission m'a dit que tu avais fait un boulot formidable.

— Merci... Dis, tu n'aurais pas vu Lauren ?

— Elle est à l'atelier automobile, avec ton frère.

Bethany emprunta le couloir menant à la sortie de service puis s'engagea sur le sentier qui longeait les courts de tennis. Au cours des huit mois passés au Brésil et aux États-Unis, elle avait pris l'habitude de vivre en short et en sandalettes. Son pantalon de treillis et ses bottes lui procuraient une désagréable sensation de pesanteur.

Éblouie par les rayons du soleil couchant, elle traversa le terrain de football en pataugeant délibérément dans une surface de réparation détrempée. À son retour au campus, elle avait constaté que ses pieds avaient grandi démesurément et qu'il lui était impossible de chausser ses vieilles rangers. Sa nouvelle paire, immaculée, avait grand besoin d'un baptême de boue.

Parvenue au sommet d'une colline, elle aperçut la trentaine d'agents rassemblés en contrebas, près d'un hangar métallique. Les trois portes coulissantes étaient ouvertes, dévoilant des établis jonchés d'outils et quatre véhicules à divers stades de montage.

C'est dans cet atelier que les voitures de la flotte de CHERUB subissaient les modifications nécessaires à leur usage spécifique : suspensions sport, moteur gonflé, système de guidage satellite, vitres teintées et commandes adaptées à la petite taille de leurs pilotes. En outre, c'est là que s'effectuaient les opérations de maintenance et les transformations propres aux missions, comme l'aménagement de compartiments secrets ou de dispositifs d'écoute.

— Lauren ! lança Bethany.

Son amie leva la tête vers le sommet de la colline, se sépara du groupe puis gravit la pente en courant pour prendre son amie dans ses bras.

— Je ne savais pas que tu étais de retour, dit-elle. Pourquoi tu ne m'as pas envoyé un SMS ?

Bethany, aux anges, poussa une exclamation aiguë.

— Je voulais te faire la surprise !

— Quand es-tu revenue du Brésil ?

Bethany consulta sa montre.

— L'avion s'est posé sur la base de la Royal Air Force il y a cinq heures, mais Maureen Evans m'a fait passer un débriefing, puis j'ai été reçue par la directrice.

Lauren considéra le T-shirt bleu marine de sa camarade.

— Eh, félicitations ! s'exclama-t-elle.

— Zara m'a dit que je méritais le noir, mais il faut accomplir plusieurs missions importantes pour l'obtenir, et la durée de l'opération n'est pas prise en compte. C'est vraiment mal foutu...

Lauren lui adressa un sourire compatissant. En vérité, elle était ravie de conserver sa prédominance hiérarchique.

— Alors, comment ça s'est passé ?

— C'était dur, mais on a rempli nos objectifs. Et toi, toujours suspendue ?

Lauren haussa les épaules.

— J'ai effectué quelques tests de sécurité dans les aéroports et j'ai assisté deux agents débutants en Irlande du Nord, mais j'ai encore un mois à purger avant de pouvoir espérer participer à une mission digne de ce nom.

— Je t'ai ramené un cadeau, mais je te l'offrirai la semaine prochaine, pour ton anniversaire, dit Bethany en observant avec curiosité une petite fille qui courait dans leur direction.

— Je te présente Coral, expliqua Lauren. Elle a six ans. Pendant ma punition, j'étais chargée d'aider les éducateurs du bloc junior. Mettre les petits au lit et leur lire une histoire avant d'éteindre, rien de bien méchant... Ça m'a plu, finalement. J'y retourne régulièrement. En plus, ce travail compte pour la moyenne générale, et je ne suis même plus obligée de prendre de cours en option, comme le théâtre ou la danse.

— Cool. Cela dit, je ne vois pas ce que tu as contre les cours de théâtre...

Coral s'accrocha tendrement à la jambe de Lauren.

— C'est débile et rasoir. Tu te souviens du jour où Mr Dickerson nous a forcées à faire l'arbre pendant une heure ?

Bethany éclata de rire.

— *Respirez prooofondément*, dit-elle en tentant vainement d'imiter la voix de leur professeur, *et sentez votre corps osciller au gré du vent qui souffle dans vos branches.*

— Le studio de théâtre n'a pas de fenêtre et il embaume la vieille basket, ajouta Lauren. Il faut vraiment beaucoup d'imagination.

Les deux amies gloussèrent ainsi pendant quelques minutes, sans que rien justifie leur hilarité. Elles étaient tout simplement heureuses de se retrouver.

— Coral, je te présente Bethany, dit Lauren.

Embarrassée, la petite fille baissa la tête.

— Elle n'est là que depuis quelques jours, expliqua Lauren. Son frère est déjà comme un poisson dans l'eau au bâtiment junior, mais elle est un peu déboussolée, alors je garde un œil sur elle jusqu'à ce que ça aille mieux. Allez, Coral, dis bonjour.

— Bonjour, dit la fillette en tendant timidement la main.

Bethany remarqua sur ses ongles des restes du vernis noir de Lauren.

— Une vraie petite gothique, dit-elle. Heureuse de faire ta connaissance.

Ces présentations achevées, Coral se sentit plus à l'aise. Lauren et Bethany lui donnèrent la main puis la firent sauter dans les airs jusqu'aux agents rassemblés près du hangar.

— Qu'est-ce que vous fabriquez ici ? demanda Bethany.

— Pour résumer, les garçons confrontent leurs ego en étalant du cambouis sur leurs bleus de travail, répondit Lauren. Les murs de l'atelier dégoulinent de testostérone.

— Je vois, mentit Bethany, qui ne voyait pas où son amie voulait en venir.

— Terry Campbell leur a confié deux des vieilles voitures de golf du personnel. Ils sont en train d'y monter des moteurs de bécane pour les transformer en karts. James est comme un dingue. Celui-là, dès qu'il est question de pistons et de carburateurs... Je ne l'ai pratiquement pas vu depuis qu'on est rentrés de la résidence d'été.

— Et mon frère est dans le coup, j'imagine.

— Évidemment. Il fait partie de l'équipe de James.

Lauren et Bethany fendirent la foule, pénétrèrent dans le hangar et découvrirent deux voiturettes de golf autour desquelles s'affairaient des garçons en combinaison de mécaniciens.

Les véhicules rouillés et cabossés avaient sillonné les allées du campus pendant une décennie. Batterie et générateur électrique ôtés, ils disposaient désormais de moteurs et de systèmes de transmission empruntés à des motos de grosse cylindrée. Des pièces métalliques saillaient des découpes pratiquées dans les carrosseries. L'équipe de James avait barbouillé son bolide de peinture dorée puis l'avait équipé de quatre rétroviseurs et d'ailerons aérodynamiques.

— Quel tas de boue ! lança Bethany à haute voix, en s'approchant de l'engin.

James était allongé sous le châssis, si bien que seules ses jambes étaient visibles.

— Salut, grande sœur, dit Jake sans cesser de farfouiller dans une boîte à outils. Tu m'as ramené un petit cadeau ?

— J'ai une montagne de linge sale, si ça te branche, répliqua-t-elle en lui donnant une brève accolade.

Comme la plupart des frères et sœurs, Jake et Bethany éprouvaient une profonde affection l'un pour l'autre, mais n'exprimaient jamais ces sentiments en public.

James se redressa puis s'adressa à ses coéquipiers.

— J'ai posé un demi-rouleau de bande adhésive sur le serre-joint. Ça devrait régler le problème de pression d'huile.

— Je suis de retour ! s'exclama Bethany en ouvrant grand les bras. Content de me revoir ?

James relâcha le cric qui maintenait les roues arrière du véhicule à quelques centimètres du sol puis se tourna vers son interlocutrice. Il resta frappé de stupeur. Bethany s'était métamorphosée. Elle semblait avoir pris huit centimètres, et sa silhouette, malgré ses treize ans, était celle d'une jeune femme.

— Qu'est-ce que tu as changé, bredouilla-t-il, conscient qu'il aurait sans doute tenté sa chance s'il avait eu quelques années de moins.

Ses camarades Rat et Andy, eux aussi âgés de treize ans, semblaient avoir été frappés par la foudre.

— Bethany, écoute un peu ce bijou, dit Rat en se penchant vers le tableau de bord.

— Attends, je suis plus près ! répliqua Andy en se précipitant dans le poste de pilotage du côté opposé.

Les crânes des deux garçons se frôlèrent, mais Andy fut le premier à atteindre la clé de contact. Le moteur émit un toussotement, puis un nuage de fumée malodorante jaillit du pot d'échappement. Un rugissement fit vibrer les parois métalliques du hangar.

— Mr Campbell nous a expliqué comment régler le pot de façon à faire le plus de bruit possible ! hurla Rat, sans quitter des yeux le visage de Bethany.

— Pas mal, hein ? cria Jake.

Coral plaqua ses mains sur ses oreilles. Bethany et Lauren échangèrent un regard consterné.

— Je crois qu'on est censées être impressionnées ! brailla cette dernière à l'oreille de sa meilleure amie.

Bethany secoua la tête puis éclata de rire.

— Mon Dieu, c'est vrai. Ils sont *tellement* virils ! Comment pourrait-on leur résister ?

## 2. Week-end à New York

Karen avait toujours rêvé d'offrir à son fils, sa fille et sa belle-mère un long week-end de shopping à New York à l'occasion des fêtes de Noël. Profitant de « l'affaire du siècle » proposée par une compagnie aérienne, elle avait soigneusement rassemblé les coupons imprimés dans le journal, puis passé plusieurs heures à réinitialiser la page d'accueil d'un site de vente à distance pris d'assaut par des milliers d'internautes.

Malgré sa persévérance, elle n'était parvenue qu'à décrocher quatre places pour le mois de septembre. En outre, elle avait dû débourser un supplément afin d'anticiper son retour, le directeur de l'école ayant refusé que ses enfants s'absentent deux jours consécutifs.

Mais en dépit d'une queue interminable à l'embarquement, de la nourriture infecte servie à bord de l'avion et de l'accueil glacial des employés des douanes de l'aéroport JFK, sa belle-mère et ses enfants avaient passé un week-end fantastique.

Ils étaient montés sur la terrasse de l'Empire State Building, avaient séjourné dans un hôtel charmant et atteint le plafond de deux cartes de crédit dans un centre commercial géant situé à une vingtaine de kilomètres de Manhattan. Les enfants, couverts de cadeaux, avaient apprécié chaque seconde de cette escapade placée sous le signe de la gaieté et de l'insouciance.

Angus, onze ans, et Megan, neuf ans, occupaient l'extrémité d'une rangée de quatre sièges au centre de l'avion. Leur mère se trouvait à leurs côtés. Leur grand-mère dormait à poings fermés. Ils avaient décollé de New York deux heures plus tôt. L'équipage avait réduit l'éclairage de la cabine afin que les passagers puissent dormir, mais Angus était sous l'emprise de son nouveau jeu Gameboy. Megan, elle, regardait un film sur l'écran LCD encastré dans le fauteuil qui lui faisait face. Karen aurait voulu qu'ils se reposent, mais les transports aériens lui donnaient la migraine, et elle préférait les laisser faire ce que bon leur semblait, tant qu'ils se tenaient tranquilles.

Le film de Megan était une comédie romantique : un motard un peu marginal tombait amoureux d'une femme médecin à l'occasion d'un accident de la route. Il se rasait la barbe, investissait dans un costume, puis se trouvait un job régulier. Cette situation donnait lieu à toutes sortes d'incidents cocasses. Megan trouvait l'histoire hilarante. Angus en avait regardé les cinq premières minutes avant de retourner à son jeu vidéo.

Alors que la comédie atteignait son point culminant – le moment où le héros se battait lors d'une cérémonie de mariage, prenait la fuite sur sa moto puis découvrait que l'héroïne l'aimait pour ce qu'il était et non ce qu'il prétendait être –, l'oreillette gauche de Megan cessa de fonctionner. Elle passa une main sous l'accoudoir pour s'emparer des écouteurs de son frère.

— Eh, protesta Angus en les lui arrachant des mains. À quoi tu joues ?

— Les miens ne marchent plus. Tu n'en as pas besoin.

— Je les utiliserai peut-être plus tard.

— Eh bien, je te les rendrai, espèce d'égoïste, dit-elle en désignant l'écran LCD. Je ne veux pas rater la fin du film.

Karen souleva une paupière.

— Silence, vous deux. Angus, prête-lui tes écouteurs.

— Mais elle ne me les rendra pas ! Je la connais. Elle dit qu'elle m'emprunte un truc pendant une minute, mais je ne le revois jamais.

Karen secoua le sachet de cellophane contenant ses propres écouteurs devant le nez de son fils.

— Angus, si tu en as besoin plus tard, je te donnerai les miens. Maintenant, taisez-vous et cessez de vous comporter comme des enfants gâtés.

Le visage éclairé par un sourire triomphal, Megan s'empara des oreillettes de son frère. En tirant sur le câble, elle déséquilibra la Gameboy et la précipita sur la moquette, entre ses pieds.

— Fais gaffe, *sale pétasse*, cracha Angus.

Karen ouvrit à nouveau les yeux.

— Angus, combien de fois t'ai-je dit de ne pas employer des mots aussi grossiers ? On ne traite pas sa sœur de cette façon.

— Il est tellement débile qu'il ne sait même pas ce que ça veut dire, fit observer Megan.

Angus éclata de rire.

— Bien sûr que si. Ça veut dire que tu laisses les garçons te faire des trucs.

D'une main, Karen saisit son fils par le col de son T-shirt New York Yankees flambant neuf. De l'autre, elle lui serra le poignet de toutes ses forces.

— Je ne tolérerai pas que tu t'exprimes de cette façon, lâcha-t-elle, ulcérée. Pendant deux semaines, tu seras privé d'argent de poche et tu n'iras pas au rugby.

— Quoi ? s'étrangla Angus. C'est impossible. Je viens juste d'être accepté dans l'équipe première.

Karen lâcha son fils et croisa le regard courroucé d'une passagère, de l'autre côté de la travée. Elle s'en voulait d'avoir perdu son sang-froid et d'avoir malmené Angus, en dépit de la grossièreté de ses propos.

— Papa a payé plus de cent livres pour mon équipement, gémit ce dernier. Tu ne peux pas m'empêcher d'aller au rugby.

— Écoute-moi bien, Angus, répliqua Karen. Si je m'étais avisée de parler de cette façon quand j'avais ton âge, ton grand-père m'aurait flanqué une correction dont je me souviendrais encore.

Estimant qu'il était plus prudent de ne pas insister, le garçon retourna sagement à sa Gameboy. Il avait mis le jeu sur *pause* avant que la dispute n'éclate, mais le bouton avait été accidentellement enfoncé lors du choc sur la moquette. Les mots *Game Over* clignotaient à l'écran.

— Regarde ce que tu as fait, dit Angus en plantant un doigt entre les côtes de sa sœur.

— Pour l'amour de Dieu ! s'exclama Karen en débouclant sa ceinture de sécurité. Vous ne pouvez pas vous ignorer pendant cinq minutes ? Megan, mets-toi à ma place. Je vais m'asseoir entre vous.

— Mais c'est la fin du film, protesta la fillette. Il ne reste plus que deux minutes.

— Immédiatement, fulmina Karen avant de saisir son poignet et de la tirer d'autorité jusqu'à elle.

Elle réalisa que l'incident avait réveillé plusieurs passagers qui la regardaient avec agacement. Megan se laissa tomber dans le siège de sa mère, introduisit la fiche de ses écouteurs dans la prise de l'accoudoir puis parcourut les chaînes du canal vidéo.

Angus quitta sa place.

— Où vas-tu ? demanda Karen.

Le garçon leva les yeux au ciel, lui signifiant clairement qu'il la considérait comme l'être le plus stupide que la terre ait jamais porté.

— Ah ton avis ? soupira-t-il. Il y a tellement d'endroits à visiter dans un avion… Je vais *pisser*, évidemment.

Angus, furieux d'avoir été puni, avait délibérément employé ce mot à haute voix pour accroître l'embarras qu'éprouvait sa mère devant les autres passagers.

Il se baissait pour chausser ses Nike, lorsqu'une détonation assourdissante lui vrilla les tympans. Le sol de la cabine se mit à vibrer puis, dans un grincement sinistre, l'appareil s'inclina brutalement sur la gauche. Sa hanche heurta l'accoudoir du siège situé de l'autre côté de la travée. L'instant suivant, ses pieds décollèrent du sol, sa tête percuta la tablette d'un dossier, puis il fut précipité vers une rangée de trois sièges située près des hublots.

Un passager saisit l'élastique de son pantalon de survêtement, puis son voisin le frappa des deux mains en pleine poitrine pour le plaquer fermement contre le dossier qui lui faisait face. Angus avait le souffle coupé, mais cette intervention l'avait sauvé d'une collision frontale avec la paroi latérale.

L'appareil, qui avait poursuivi sa rotation, se retrouva bientôt en position inversée. Les voyageurs hurlaient de terreur. Les jambes du petit garçon pendaient dans le vide. Un steward percuta lourdement le plafond et essuya une pluie de gobelets en plastique, de paires de lunettes, d'iPods et de plateaux-repas.

Lentement, en dépit des tremblements inhabituels qui continuaient à l'ébranler, l'avion retrouva son assiette horizontale.

— Que tout le monde regagne sa place et boucle sa ceinture, ordonna un steward en se précipitant au chevet de son collègue qui gisait dans la travée jonchée d'objets hétéroclites.

Il régnait dans la cabine un silence irréel. Les passagers, ignorant les causes de l'incident qui venait de se dérouler, gardaient les yeux braqués sur les haut-parleurs du système de communication interne.

Incapable de prononcer un mot, Angus rejoignit la travée puis, constatant que son pantalon avait glissé au niveau de ses genoux, le remonta à la hâte. Sa sœur, au comble de l'inquiétude, n'esquissa même pas un sourire.

— Assieds-toi et boucle ta ceinture, mon chéri, lui dit sa mère. Tu vas bien ?

En dépit du coup reçu à la poitrine, le garçon lui adressa un hochement de tête rassurant puis tourna la tête pour remercier l'homme qui lui était venu en aide.

— Qu'est-ce qui s'est passé ? demanda Megan.

Sa grand-mère posa une main sur sa cuisse.

— C'était sans doute une grosse turbulence, mon ange.

— Mais il y a eu une explosion, bredouilla Angus, affolé, en cherchant vainement sa Gameboy.

Une voix féminine jaillit de l'intercom.

— Mesdames et messieurs, je suis Maxine O'Connor, votre copilote. Nous venons de subir un problème technique. Mes collègues et moi-même mettons tout en œuvre pour en déterminer la cause exacte. Nous vous prions de rester assis, de garder votre ceinture attachée et de laisser les travées dégagées afin que le personnel puisse accéder aux passagers qui auraient besoin d'aide. Il semble que plusieurs personnes aient été blessées. Si des médecins ou des infirmiers se trouvent à bord, ils sont priés de se faire connaître immédiatement auprès du personnel.

# 3. Naufrage

Impatiente de pouvoir parler librement à Bethany, Lauren encouragea Coral à se joindre aux enfants de son âge qui disputaient une partie de chat perché aux alentours du hangar.

Après avoir déplacé leurs véhicules devant l'atelier pour que chacun puisse les admirer, les garçons ôtèrent leurs combinaisons de travail. En découvrant la tenue vestimentaire de James, Bethany resta frappée de stupeur. Il avait laissé pousser ses cheveux, portait une boucle d'oreille, une chemise noire à manches courtes, un jean Diesel déchiré et des chaussures de skateboard aux larges lacets verts.

— Où sont passés son maillot d'Arsenal et son pantalon de survêtement ? demanda Bethany, impressionnée par cette transformation.

— Il sort toujours avec Dana, expliqua Lauren. Elle n'arrêtait pas de lui reprocher de s'habiller comme un lascar, alors il a changé de look. Depuis, il se la joue, je te raconte pas... Tu as vu comment il laisse deux boutons de sa chemise détachés ? Il travaille ses pectoraux à la salle de muscu, et il veut que ça se sache.

— Quel frimeur, ricana Bethany.

— Ça fait un peu gay, de mon point de vue.

— Il y a quand même de l'amélioration. Et toi, comment ça se passe, avec Rat ?

Bethany avait plus d'expérience que sa camarade en matière de relations sentimentales. Lauren détestait aborder ce sujet.

— On est juste amis, comme avant, dit-elle.

— C'est ça, prends-moi pour une idiote. Vous êtes un peu plus que des amis, tu le sais aussi bien que moi.

— J'admets qu'on se laisse un peu aller, de temps à autre, avoua Lauren, de plus en plus embarrassée. Quand on va à une fête d'anniversaire, et que tout le monde commence à s'embrasser, par exemple…

— Votre attention, s'il vous plaît ! lança Terry Campbell, le responsable des services techniques de CHERUB, posté devant la porte de l'atelier.

Sa longue barbe blanche et son pull irlandais lui donnaient des airs de vieux hippie, mais c'était un expert en mécanique, en électronique et en informatique. Il était capable, en une seule journée, de réparer la machine à café de la salle de repos du personnel, de bricoler l'équipement spécifique exigé par les contraintes d'un ordre de mission, puis de reprogrammer le logiciel contrôlant les centaines de caméras et de capteurs de surveillance répartis dans le campus.

Passionné par ces activités, il nourrissait le rêve de faire de chaque agent un ingénieur et investissait l'essentiel de son temps libre dans des projets éducatifs. Au fil des ans, il avait aidé ses élèves à concevoir et à construire d'innombrables machines, du parapente motorisé au réfrigérateur à énergie solaire.

— Selon mes calculs, ces karts pourraient facilement atteindre cent kilomètres heure. Se déplacer à une telle vitesse dans une voiture de golf comporte certains risques, je ne vous le cache pas. Organiser une course serait totalement irresponsable. En conséquence, nous allons mesurer les performances de ces machines au cours d'un contre-la-montre.

La foule des agents exprima sa déception par un concert de soupirs et de grognements.

— C'est nul, dit Lauren à l'adresse de Bethany. Je suis venue voir des étincelles et de la tôle froissée…

— Départ et arrivée ici même, en passant par le terrain situé derrière le dojo et le bâtiment principal, poursuivit Terry. Je vous laisse un quart d'heure pour choisir les pilotes et procéder aux derniers réglages.

L'annonce de la confrontation se propagea dans le campus comme une traînée de poudre. En dix minutes, la quasi-totalité de la population du campus se trouva rassemblée près de la ligne de départ et des virages stratégiques du parcours.

Rat, vêtu d'une combinaison ignifugée, boucla la jugulaire de son casque puis serra la main de son rival, Stuart Russell.

— Je déteste Stuart, dit Bethany. Ses dents de devant sont *énormes*. Il me fait penser à un castor. Je ne comprends pas pourquoi Shakeel l'a pris dans son équipe.

Elle inspira profondément puis hurla à pleins poumons :

— Vas-y Rat, t'es le meilleur !

Aussitôt, les spectateurs se mirent à encourager bruyamment leur concurrent favori. Lauren constata avec satisfaction que l'équipe de James l'emportait haut la main à l'applaudimètre.

Rat prit place sur le siège du pilote. Andy l'aida à boucler son harnais de sécurité.

— Si tu gagnes, j'arrache mon T-shirt, ajouta Bethany.

Lauren éclata de rire.

— J'avais oublié à quel point tu pouvais être *trash*, dit-elle. Tu ne peux pas savoir comme tu m'as manqué.

— Qui voudrait voir ta collection de bourrelets, Bethany Parker ? lança une voix aigre dans leur dos.

Les deux filles firent volte-face et découvrirent Tiffany, une amie avec qui elles s'étaient brouillées lorsque Bethany avait accidentellement laissé tomber son iPod dans la baignoire. Depuis, leurs relations n'avaient cessé de se dégrader.

— Tu cherches à t'en prendre une ? cracha cette dernière.

— Essaye un peu, pour voir.

Bethany ne se fit pas prier. Elle la gifla puis se jeta sur elle.

L'assistance se détourna de la ligne de départ pour observer les deux filles de treize ans qui roulaient dans la poussière. Malgré leur expertise commune dans le domaine des arts martiaux, elles mirent en œuvre un style de combat peu orthodoxe, s'empoignant, se tirant les cheveux et se griffant comme des animaux enragés.

— Grosse vache ! hurla Bethany.

— Espèce de traînée ! répliqua Tiffany.

Jake adressa à James un sourire oblique.

— J'adore voir les filles se crêper le chignon. Ça ne ressemble à rien, mais c'est absolument fascinant.

Après trente secondes d'affrontement, Bethany comprit que le régime alimentaire relâché suivi au cours de la mission et le manque d'entraînement étaient en train de lui jouer des tours. Tiffany parvint sans effort à la tourner face contre terre et à poser un genou entre ses omoplates. Son adversaire immobilisée, cette dernière leva le poing, prête à frapper.

Constatant que son amie était en fâcheuse posture, Lauren saisit Tiffany par la taille et la tira énergiquement en arrière.

Terry Campbell fendit la foule, James et Shakeel sur ses talons.

— Séparez-vous ! ordonna-t-il.

Les deux chefs d'équipe aidèrent Bethany à se redresser puis la retinrent fermement par les bras.

— Lâchez-moi ! rugit-elle, aveuglée par la rage, en se projetant vainement vers sa rivale. Je vais lui arracher les yeux !

Tiffany, qui considérait Lauren comme la complice de Bethany, tenta de lui porter des coups de coude afin de se dérober à son emprise. Deux filles plus âgées la maîtrisèrent et lui intimèrent l'ordre de se calmer.

— Cessez de vous comporter comme des sauvages ! gronda Terry Campbell. Encore un geste agressif, et je vous envoie régler ce différend dans le bureau de la directrice.

Tiffany adressa à Bethany un regard assassin.

— Si ta copine n'était pas venue à ton secours, je te jure que je t'aurais démoli la mâchoire.

James dut à nouveau affermir sa prise sur le bras de Bethany pour l'empêcher de se ruer sur son ennemie.

— J'avoue que le combat était déséquilibré. Tu dois peser deux fois mon poids.

— C'est bon, ça suffit, maintenant, dit James. Si tu veux que je te lâche, tu as intérêt à te tenir tranquille. Compris ?

Bethany baissa les yeux et hocha lentement la tête. Lorsque James l'eut enfin libérée, elle passa une main dans ses cheveux pour en chasser le sable.

— Bon sang, je n'arrive pas à croire qu'elle ait pu me maîtriser aussi facilement. Il faut vraiment que je retourne à l'entraînement.

Lauren posa une main sur son épaule.

— Tu ne t'es pas trop mal débrouillée. Ton premier coup était parfait. Tu lui as fendu la lèvre.

— Je te dois une fière chandelle, soupira Bethany. Si tu n'étais pas intervenue, je crois que j'aurais pu prendre rendez-vous chez le dentiste.

Le public avait repris place autour des voitures de golf. Terry Campbell leva les yeux vers le ciel pour s'assurer que les conditions d'éclairage permettaient à la course de se dérouler, puis il sortit un chronomètre de la poche de son pantalon. Rat tourna la clé de contact. En moins de dix secondes, l'atmosphère se trouva saturée de gaz d'échappement.

— Un nouveau coup dur pour la planète, toussa Lauren.

D'un mouvement de bras, Terry donna le signal du départ. Rat écrasa la pédale d'accélérateur. La voiture qui n'avait, en dix ans de bons et loyaux services, jamais dépassé les quinze kilomètres heure, bondit vers le sommet de la colline en soulevant un panache de poussière. Pour la plus grande fierté de James et des membres de son écurie, les spectateurs lâchèrent des exclamations admiratives.

— On utilise un carburant sans plomb à très haut indice d'octane, expliqua-t-il à Lauren et Bethany. On a bricolé le circuit d'injection et on a même débridé le moteur en reprogrammant le processeur de façon à…

— Qu'est-ce qui peut bien te faire penser que ça nous intéresse, espèce de *geek*? On est venues assister à une course de stock-car, pas à une leçon de mécanique.

Terry patienta soixante secondes avant de donner à Stuart le signal du départ. L'équipe de Shakeel avait ôté le toit de la voiturette. Dès les premiers mètres, James constata avec inquiétude que cette modification lui conférait une excellente stabilité.

— Paré pour la défaite? gloussa Shakeel. Je suis content d'avoir eu l'idée de découper le toit. En plus, on a dégotté des pneus neufs, ce qui devrait nous offrir davantage d'adhérence et de motricité.

— Permets-moi de te rappeler que la simulation sur ordinateur nous a donné *au moins* vingt chevaux de plus que vous.

Shak secoua joyeusement la tête.

— La puissance théorique ne sert à rien si elle n'est pas correctement transmise à la chaussée.

Bethany et Lauren échangèrent un regard complice puis décrochèrent un interminable bâillement.

— Je crois que je préférais l'époque où il ne pensait qu'aux filles, dit cette dernière.

— J'ai une bonne blague à ce sujet, lança Shak. Quelqu'un veut l'entendre?

— Non, personne, lâcha James. Pitié, on n'en peut plus de tes vannes minables.

— Quelle est la différence entre une nana et une moto? dit Shak, ignorant délibérément la supplique de son ami.

— Pas besoin de demander la permission à une moto avant de l'enfourcher, répondit Jake. Tu l'as racontée hier soir, au dîner, et elle est toujours aussi nulle.

— Au fait, James, tu sais où est Dana ? demanda Shak, visiblement déçu. Ça ne l'intéressait pas de voir ton kart réduit à l'état d'épave, en même temps que ton ego ?

James haussa les épaules.

— Elle est en train de bouquiner dans sa chambre. Elle a dit qu'elle était contente que je m'investisse dans ce projet, tant que je ne lui en parlais pas et que je ne m'approchais pas à moins de dix mètres d'elle avant de m'être débarrassé de toute odeur d'essence.

— Voilà une fille intelligente, dit Lauren, malgré son goût catastrophique en matière de garçons.

— C'est l'une des choses que je préfère chez elle. Elle aime se retrouver seule de temps en temps et elle me laisse faire ce que je veux.

— Je croyais que vous deviez faire votre stage professionnel ensemble, sur un circuit moto, fit observer Andy.

— Oui, si sa candidature est acceptée.

— Quel stage professionnel ? s'étonna Bethany.

— Les agents de quinze et seize ans doivent suivre un stage de deux semaines en entreprise. Mr Campbell a aidé James à décrocher une place chez l'un de ses amis de fac qui possède un circuit moto.

— Tu as trop de chance, James, soupira Jake. Généralement, les stages, c'est boutique de fringues ou fast-food.

— Taisez-vous, lança Shakeel. Il y a quelque chose qui ne tourne pas rond. Je n'entends plus qu'une seule bagnole.

Les membres des deux écuries rivales échangèrent des regards anxieux.

James sentit son téléphone portable vibrer dans sa poche. Il consulta l'écran de l'appareil.

— Dana ?

— Il y a une voiture de golf en feu au milieu de la route, près du bâtiment principal, dit sa petite amie, que la situation semblait amuser au plus haut point.

— En feu ? s'étrangla James. Est-ce que tu vois le pilote ? C'est Rat ou Stuart ?

Il craignait que la réparation de fortune qu'il avait effectuée quelques minutes avant le départ de son partenaire ne soit à l'origine du désastre.

Les garçons écartèrent les filles sans ménagement et se regroupèrent autour de James.

— Je ne sais pas, dit Dana. Il porte un casque et une combinaison. Deux membres du personnel se dirigent vers l'épave. Ils portent des extincteurs.

— Tu peux te rapprocher ? Je veux savoir de quelle voiture il s'agit.

— Je suis à la fenêtre de ma chambre, expliqua Dana. Il faudrait que je m'habille et que je prenne l'ascenseur. J'ai la flemme. Ah, un détail. Le premier véhicule qui est passé avait un toit. Celui-là n'en a pas.

Un sourire radieux éclaira le visage de James. Andy et Jake poussèrent un profond soupir de soulagement.

— Tu es formelle ?

— Absolument.

— Pourquoi tu ne l'as pas dit plus tôt ? Notre kart a un toit, pas celui de l'équipe de Shakeel.

Ce dernier, conscient qu'il avait perdu la partie, fit volte-face sans dire un mot et prit la direction du bâtiment principal au pas de course en compagnie de ses deux jeunes assistants.

— Ayons une pensée émue pour ce pauvre Shak, murmura James avant d'éclater de rire. On a gagné, les mecs !

Ils célébrèrent leur triomphe par des embrassades et des pas de danse exubérants. Rat apparut au sommet de la colline quelques instants plus tard. Témoin de l'infortune de son adversaire, il avait pris le parti de conduire à vitesse réduite pour éviter toute sortie de route.

Insensibles à la joie de James et des membres de son

équipe, les spectateurs faisaient grise mine. Ils avaient patienté près d'une heure pour assister à une course spec-taculaire. Ils regrettaient de ne pas être restés dans leur chambre, d'où ils auraient bénéficié d'une vue imprenable sur l'incendie.

— Archi nul, se plaignit Lauren.

Bethany haussa les épaules.

— Tu te souviens, il y a quelques années, quand Arif a fabriqué un hors-bord ? Le gouvernail s'est coincé au bout de dix secondes, et il a tourné en rond pendant cinq minutes avant de couler.

— Si je me souviens ! J'ai rarement autant ri de ma vie. Ça, au moins, ça valait le déplacement…

## 4. Cher papa

Tout semblait revenu à la normale à bord de l'avion. Plusieurs passagers quittèrent leur siège pour chercher leur téléphone portable parmi les objets qui jonchaient les travées. Près de l'espace cuisine séparant les classes affaires et économique, un médecin d'origine asiatique, accroupi au chevet du steward qui avait été projeté contre le plafond, s'efforçait de lui confectionner une minerve de fortune.

De temps à autre, des vibrations inquiétantes secouaient la cabine. Quelques minutes après l'incident, le personnel de bord demanda aux passagers placés près des hublots de surveiller les ailes et de signaler toute anomalie. La grand-mère d'Angus saisit une hôtesse par le poignet.

— Savez-vous ce qui s'est passé ?

En dépit de son expérience, le regard fiévreux de la jeune femme trahissait son inquiétude.

— L'équipage cherche toujours à déterminer les causes de la détonation. Nous vous informerons dès que nous en saurons davantage.

À l'extrémité opposée de la travée, Angus cherchait vainement sa Gameboy sur la moquette. Il avait désespérément besoin de se rendre aux toilettes.

Un nouveau grincement ébranla la cabine. Sa mère saisit sa main et la serra de toutes ses forces. Plusieurs compartiments à bagages s'ouvrirent, déversant leur contenu dans les travées.

Un passager américain assis près d'un hublot se dressa sur son siège et s'adressa à l'hôtesse de l'air.

— Madame, une pièce vient de se détacher de l'aile droite.

— Vous en êtes certain ?

— Je suis formel.

— À quoi ressemblait-elle ?

— Je ne pourrais pas la décrire. Ça s'est passé très vite !

— Moi aussi, je crois que je l'ai vue, dit une femme assise derrière le témoin. C'était un morceau de métal rectangulaire.

L'hôtesse hocha lentement la tête.

— Je vais informer le commandant de bord immédiatement.

Angus vit avec soulagement les mots *Veuillez écouter attentivement les annonces de l'équipage* disparaître de son écran LCD. Sans doute les pilotes estimaient-ils qu'ils avaient définitivement repris le contrôle de l'appareil. Il sélectionna le canal où étaient diffusées les données concernant le vol.

La ligne rouge qui suivait l'image de l'avion décrivait une boucle à trois cent soixante degrés. L'appareil se dirigeait vers l'Amérique du Nord.

— On a fait demi-tour, dit Angus.

À cet instant précis, la femme assise devant lui lança d'une voix étranglée :

— On perd de l'altitude. Quatre mille mètres.

Angus nota la position de l'appareil au-dessus de l'Atlantique. Ils avaient décollé de New York deux heures plus tôt et parcouru une distance considérable. Ils se trouvaient à une heure de vol des côtes canadiennes.

La voix d'une femme jaillit des haut-parleurs. Elle s'exprimait avec le plus grand calme.

— Bonjour. Je suis Maxine, votre copilote. Nous sommes toujours en train d'essayer de déterminer l'origine précise du dysfonctionnement, et nous éprouvons de légères difficultés à contrôler l'appareil en raison d'une rupture partielle du système hydraulique. Par mesure de précaution, nous avons modifié notre cap afin de nous poser à Terre-Neuve dans environ quatre-vingt-cinq minutes. Nous avons rétabli le système de divertissement vidéo, mais nous vous prions de ne pas quitter vos places avant l'atterrissage.

Rassurée par le ton de l'annonce, Karen lâcha la main de ses enfants et leur adressa un sourire plein de tendresse.

— Il faut *absolument* que j'aille aux toilettes, gémit Angus.

— Si tu ne peux vraiment pas te retenir, je demanderai l'autorisation à l'hôtesse la prochaine fois qu'elle passera près de nous.

Angus étudia l'écran LCD et constata que l'avion avait perdu cinq cents mètres d'altitude.

— On continue à descendre, fit-il observer.

— Le pilote a sans doute modifié sa trajectoire pour éviter une zone de turbulences, expliqua sa grand-mère. L'année dernière, lorsque nous sommes allés en Australie pour rendre visite à ta tante Marian, on a été tellement secoués que ton grand-père en a perdu son dentier.

Les deux enfants éclatèrent de rire.

— Tu as raison, dit Angus en scrutant l'écran. On est remontés à quatre mille mètres.

— Bordel de merde ! rugit un passager qui s'exprimait avec un accent de Liverpool extrêmement prononcé. Hôtesse !

Angus se retourna pour observer l'individu qui se tenait à genoux sur son siège, à douze rangées de là, l'œil rivé au hublot. Il parvint à discerner plusieurs phrases intelligibles dans le brouhaha qui envahit aussitôt la cabine.

— Qu'est-ce qu'il a dit ?

— Qui ?

— Là, derrière. Il a parlé d'une fissure.

— Dans l'aile ?

— *Mon Dieu*, vous plaisantez ?

— Oui, une énorme fissure dans l'aile droite.

— C'est pour ça que nous perdons de l'altitude ?

Angus sentit son sang se glacer dans ses veines. Sur l'écran LCD, l'avion s'était remis à perdre de l'altitude. Sa mère lui serrait le poignet avec une telle fermeté que son alliance le blessait, mais il était incapable de prononcer un mot. L'hôtesse se précipita en direction du poste de pilotage.

Une annonce résonna dans l'intercom.

— Chers passagers, c'est Maxine qui vous parle.

Cette fois, sa voix hachée trahissait son affolement.

— J'ai le regret de vous informer que la structure de l'appareil a subi de graves dommages. Nous sommes en mesure de le diriger, mais nous ne pouvons plus maintenir notre altitude. Nous restons en contact permanent avec nos ingénieurs, à Londres, et faisons tout ce qui est en notre pouvoir pour trouver une solution. En attendant, notre personnel de bord va procéder à une démonstration de l'utilisation des gilets de sauvetage. Je vous demande d'être très attentifs.

— On va mourir, gémit Megan.

Angus regarda les chiffres affichés à l'écran passer sous la barre des deux mille mètres. Un steward effectua une nouvelle annonce.

— Veuillez sortir votre gilet de l'emplacement situé sous votre siège et passer votre tête dans l'encolure en vue de la procédure d'amerrissage. Surtout, ne le gonflez pas avant d'avoir quitté l'appareil. Ne placez aucun objet sur vos cuisses et tenez-vous prêts à adopter la position de sécurité dès que l'équipage vous en donnera l'ordre. Les membres du personnel de bord vont à présent regagner leurs sièges et ne pourront plus vous prêter assistance.

— Il est impossible de se poser sur la mer, bredouilla Angus. J'ai vu un reportage sur *Discovery Channel*. Ça ne marche presque jamais.

Tandis que les membres de sa famille enfilaient leur gilet de sauvetage, Angus glissa une main dans le vide-poches et s'empara de la trousse en plastique qui lui avait été remise lors de l'embarquement. Il en fit glisser la fermeture Éclair puis en sortit un petit carnet à spirale et un stylo-bille aux couleurs de la compagnie aérienne.

— Angus, mets ton gilet, ordonna Karen.

Refusant de se disputer avec sa mère à un moment aussi dramatique, il se pencha pour saisir l'accessoire jaune vif puis y glissa la tête.

Il jeta un coup d'œil à l'écran et découvrit que l'avion se trouvait désormais à mille mètres d'altitude. Entre les deux sièges avant, il aperçut un couple étroitement enlacé et se sentit emporté par une vague de désespoir. Il n'aurait jamais de petite amie, d'épouse, de voiture. Il ne deviendrait jamais un homme. Il ne lui restait que quelques minutes à vivre, assis dans un siège, la peur au ventre et la vessie à l'agonie.

Il posa le carnet sur ses genoux et saisit le stylo d'une main tremblante. Il caressa l'idée d'évoquer la terreur qu'il ressentait, mais se ravisa, de peur d'aggraver le chagrin de son père. Il se contenta de décrire le fil des événements et l'assura de tout son amour.

— Qu'est-ce que tu fais ? demanda Megan.

Angus déchira la page du carnet et la glissa dans la pochette en plastique.

— J'ai écrit un message pour papa, expliqua-t-il. Je le mets là-dedans pour le protéger de l'eau.

— Moi aussi, je veux lui laisser une lettre.

Angus lui tendit le carnet et le stylo. C'était le moment ou jamais de faire la paix avec sa petite sœur.

— Qu'est-ce que j'écris ? demanda Megan.

— Fais-lui un dessin. Ça lui fera plaisir.

— Vous n'allez pas mourir, dit Karen sur un ton qui se

voulait rassurant. Nous avons des gilets de sauvetage et des canots de survie. Les secours sont déjà en route pour nous recueillir, j'en suis certaine.

Megan inscrivit *New York* puis commença à dessiner un gratte-ciel.

Sur l'écran LCD, l'altimètre affichait le mot *Erreur*.

Le rugissement des turbines s'amplifia à mesure que l'appareil se rapprochait de la surface de l'océan.

— Position de sécurité ! lança une voix dans l'intercom. Je répète, position de sécurité !

Angus posa le front contre le dossier du siège qui lui faisait face.

Karen poussa brutalement sa fille en avant.

— Je veux finir mon dessin ! gémit cette dernière.

Au moment où l'avion heurta les flots, Angus entendit un son qui dépassait en volume tout ce qu'il avait jamais connu, puis l'onde de choc déchira l'un de ses tympans. Tout bien pesé, il était convaincu qu'il s'agissait d'un cauchemar, que sa vessie tendue à craquer allait le réveiller et qu'il pourrait courir se soulager dans la salle de bain.

La boucle de sa ceinture de sécurité s'enfonça dans son abdomen et son front pulvérisa l'écran LCD. L'homme qui occupait la place située derrière lui était trop corpulent pour adopter la position d'urgence recommandée par l'équipage. Sa tête heurta le dossier à plus de trois cents kilomètres heure. Les os de sa face volèrent en éclats, puis sa masse balaya le siège d'Angus. Écrasé dans un espace extrêmement exigu, ce dernier sentit plusieurs de ses côtes craquer.

Un flot de liquide chaud envahit sa gorge et obstrua ses voies aériennes. Lorsque les lumières de l'appareil s'éteignirent, il ressentit une satisfaction absurde en voyant l'écran de sa Gameboy briller sur la moquette, à quelques mètres de là. Il tenta vainement de reprendre son souffle. Les hurlements des passagers étaient assourdissants.

Puis l'avion se retourna, et il se retrouva la tête en bas. Sa mère émit un grognement étrange. Soudain, une vive clarté envahit la cabine, et Angus supposa que le fuselage s'était brisé en deux. Il essaya de glisser la tête hors de l'enchevêtrement métallique dont il était prisonnier, mais il était incapable de faire un geste. Un voile écarlate brouilla sa vision. Il ferma les paupières. Des couleurs et des formes inconnues s'imprimèrent dans sa rétine.

Puis il cessa tout simplement de voir.

# 5. Chickentastique

Les agents de CHERUB détestaient les lundis matin. La perspective de la semaine à venir pesait lourdement sur leur moral. La plupart, les yeux cernés, avaient veillé tard le vendredi et le samedi. Le règlement intérieur de l'organisation ne prévoyant pas d'extinction des feux, ils étaient libres de jouer à la Xbox ou de faire la fête jusqu'à l'aube, mais l'équipe enseignante était impitoyable à l'égard des élèves qui somnolaient pendant les cours.

Derrière la large baie vitrée du réfectoire, le parc, balayé par un vent violent, était encore plongé dans la pénombre. James rejoignit Dana et les jumeaux Callum et Connor à sa table habituelle. Ses camarades gardaient l'œil rivé à l'immense écran plasma fixé au mur de la salle.

Le volume était plus fort qu'à l'ordinaire. Un journaliste et un porte-parole du FBI occupaient la partie gauche de l'écran. À droite, sur l'image prise par hélicoptère d'un fragment de fuselage à demi immergé, on pouvait reconnaître le logo de la compagnie Anglo-Irish Airlines.

— *... Pouvez-vous confirmer qu'aucun des trois cent trente-quatre passagers et des onze membres d'équipage n'a survécu à la catastrophe ? demanda le journaliste.*

— *Les opérations de secours ont été interrompues. Les navires participant aux recherches concentrent désormais leurs efforts sur la collecte des fragments qui permettront de faire la lumière sur les causes de l'accident.*

— *Selon nos informations, une explosion se serait produite à bord de l'appareil dix minutes avant qu'il ne disparaisse des écrans radar. Peut-on d'ores et déjà affirmer qu'elle a été causée par un engin explosif ?*

— *Je suis en mesure de confirmer que l'équipage a signalé une détonation, mais nous n'avons reçu aucune revendication émanant d'un groupe terroriste. Le FBI travaille en étroite collaboration avec la Direction de l'aviation civile et les autorités britanniques afin de déterminer les origines du crash.*

— *Ce drame survient à la veille du sixième anniversaire de l'attentat contre le World Trade Center. Estimez-vous qu'Al Qaida ou d'autres groupes islamiques pourraient être impliqués ?*

— *À ce stade de l'enquête, nous ne pouvons écarter ni rejeter aucune hypothèse.*

James se tourna vers ses camarades.

— C'est une attaque terroriste, dit-il. La date parle d'elle-même.

Dana versa un filet de miel dans son bol de porridge.

— L'avion a chuté pendant dix minutes, dit-elle. Vous imaginez ce qu'ont pu ressentir les passagers ?

Callum, qui s'était fait percer l'oreille le même jour que James, secoua lentement la tête, l'air accablé. Connor haussa les épaules.

— Il faut bien mourir de quelque chose, fit-il observer. Je préfère passer dix minutes dans un avion en chute libre que d'être rongé par le cancer pendant des mois.

Shakeel posa son plateau sur la table. Un sourire éclairait son visage joufflu.

— Salut, lança James. Tu as l'air de super bonne humeur pour quelqu'un dont le kart a disparu dans les flammes.

— Je ne tenais pas autant que toi à gagner cette compétition. Et puis je crois que la chance a fini par tourner. Meryl Spencer vient d'afficher la liste des stages sur le panneau d'information.

Dana haussa les sourcils, une attitude rare pour une jeune fille qui, en toute occasion, mettait un point d'honneur à ne trahir aucune émotion.

— Qu'est-ce que tu as obtenu ?

— Je vais bosser chez Angel Graphics, une société dirigée par un ancien agent, dit Shak. Ils réalisent des films 3D pour la pub et les chaînes pour enfants.

— Génial. Et moi je vais où ?

— Tu as une place au circuit Copthorne, comme prévu.

— Excellent, se réjouit James. On va passer ces deux semaines ensemble.

Shak émit un gloussement étrange.

— Ah, tu crois ça, Adams ?

James se figea, une cuiller d'œufs brouillés à mi-chemin entre son assiette et sa bouche. À l'évidence, son camarade cherchait à le déstabiliser, preuve qu'il souffrait davantage de la perte de son kart qu'il ne le prétendait.

— Arrête de me faire marcher, dit-il.

— Tu n'as qu'à vérifier toi-même si tu ne me crois pas, insista Shak.

Convaincu que son rival se moquait de lui, James joua l'indifférence.

— Qui viendra avec moi, si ce n'est pas James ? fit Dana.

— Clare Lowell, lâcha Shakeel avant d'avaler une tranche de bacon.

— Eh, je croyais que tu étais musulman, s'étonna Connor.

— Ça dépend des jours.

— Alors, dit James, impatient de tirer son affaire au clair, si je n'ai pas été accepté au circuit Copthorne, où est-ce que je vais passer mon stage ?

— Chez *Deluxe Chicken*, le fast-food minable sur le parking du centre de loisirs.

— Ouais, c'est ça, fous-toi de ma gueule…

Shak lui tendit la main.

— Combien tu paries ?

James lui lança un regard incrédule.

— Tu parles sérieusement ?

Shak agita les doigts en signe de défi.

— Cinq livres ?

— Mais je m'étais mis d'accord avec Terry Campbell, gémit James. Il sait que j'adore les motos, et Jay Copthorne est l'un de ses meilleurs amis. Il m'a pratiquement promis cette place !

— *Pratiquement*, c'est là qu'est l'os, ricana Connor. Tu vas être irrésistible en uniforme de *Deluxe Chicken*. J'adore ces casquettes orange et marron…

— C'est chickentastique ! ajouta Callum sur un ton rappelant la voix off d'une publicité vantant les mérites d'une chaîne de restauration rapide. *Pour moins de trois livres, sa saveur vous enivre.*

— Ça, c'est même pas une pub *Deluxe Chicken*, maugréa James. Ces minables n'ont pas de quoi se payer un spot TV.

— Et j'ai gardé le meilleur pour la fin, gloussa Shakeel. Tu sais avec qui tu vas passer ces deux semaines inoubliables ?

— Comment pourrais-je le savoir ?

— Un indice : c'est quelqu'un dont tu as été très proche. Et quand je dis proche, je veux parler de séances de pelotage, pour être plus précis.

Dana éclata de rire.

— Pas Kerry quand même ?

— Bingo ! s'exclama Shakeel.

James bondit de sa chaise.

— Ça doit être une blague de Meryl. Elle sait parfaitement qu'on est comme chien et chat depuis qu'on s'est séparés.

— Depuis que tu l'as plaquée, rectifia Callum. Elle s'est recasée avec Bruce, mais elle a toujours la haine contre toi.

James secoua la tête.

— Tu y vas un peu fort. Je ne pense pas qu'elle me *haïsse*.

— Si, si, dirent Shak et Dana à l'unisson.

— De tout son cœur, ajouta Connor. Je suis certain qu'elle cache une poupée vaudou à ton effigie dans sa chambre.

— Ça doit être une erreur, bredouilla James, incrédule. Et si c'est pas le cas, je refuserai de participer à ce stage.

Connor secoua la tête.

— Ça n'est pas optionnel. Ça fait partie du cursus. Meryl pourrait t'infliger une punition extrêmement sévère.

James s'empara de son plateau, le jeta sur le tapis roulant qui acheminait les couverts sales vers les cuisines puis marcha d'un pas nerveux en direction de l'ascenseur. Parvenu au sixième étage, il consulta le listing punaisé au panneau de liège. Shak avait dit vrai. Son nom était inscrit en face des mots *Deluxe Chicken*, juste au-dessus de celui de Kerry.

— Et merde, lança-t-il avant de se tourner vers la porte vitrée du bureau de Meryl Spencer.

Il actionna la poignée et constata que la serrure était verrouillée. Estimant que sa responsable de formation devait se trouver dans la salle de repos réservée au personnel, il fit volte-face et retourna vers l'ascenseur. La porte d'une chambre s'ouvrit à la volée, puis Andy et Rat déboulèrent dans le couloir.

— Salut, ça va ? lança gaiement ce dernier.

— Super, et vous ? répondit James, sans grande conviction.

Il mettait la bonne humeur de ses camarades sur le compte de leur victoire de la veille, mais à peine se fut-il éloigné de quelques mètres que ces derniers se mirent à caqueter et à battre des ailes comme des possédés.

— Et je peux avoir des frites avec mes nuggets ? lâcha Rat.

Sur ces mots, les deux garçons se précipitèrent à l'intérieur de la chambre, bouclèrent la porte à double tour et s'abandonnèrent à de tonitruants éclats de rire. James envisagea de riposter, mais il était décidé à s'entretenir avec Meryl avant le premier cours de la matinée.

Les agents n'ayant pas la permission de pénétrer dans la salle du personnel, il se posta à l'entrée et attendit qu'un professeur se présente pour lui demander d'informer sa collègue qu'il l'attendait de pied ferme.

La jeune femme prit tout son temps pour accéder à sa requête, ce qui ne fit que renforcer le mécontentement de James.

Outre son rôle de mère de substitution chargée d'assurer le bien-être quotidien de trente-cinq agents, Meryl exerçait les fonctions d'entraîneur d'athlétisme. Elle apparut vêtue d'une tenue imperméable Nike, un sifflet suspendu à une ficelle passée autour du cou.

— Il paraît que tu veux me parler, James ? demanda-t-elle.

Elle semblait plus distante qu'à l'ordinaire, comme si elle était pressée de mettre un terme à la conversation.

— C'est à propos de mon stage, dit James. Pourquoi je n'ai pas été accepté au circuit Copthorne ? J'avais tout réglé avec Terry Campbell.

Meryl lui adressa un hochement de tête compatissant.

— Je sais que tu tenais beaucoup à ce job, mais Jay Copthorne m'a appelée pour m'informer qu'il souhaitait conserver ses stagiaires de l'année dernière et embaucher des filles en priorité pour les initier à la mécanique.

— Mais pourquoi je me retrouve chez *Deluxe Chicken* ? Qu'est-ce qui t'a fait penser une seule seconde que ça pouvait me brancher ?

Meryl haussa les épaules.

— J'ai vingt-six agents à placer. Je ne peux pas satisfaire toutes les demandes. Tu n'as pas eu de chance, je l'avoue, mais ne le prends pas personnellement. Et puis c'était ça ou le club de bowling.

— C'est tellement nul, gronda James. Je n'ai même pas seize ans, et j'ai déjà réussi les épreuves de maths du bac.

Est-ce que je mérite vraiment de passer mes journées à faire frire des ailes de poulet et à nettoyer des tables ?

— Ça ne se passera peut-être pas comme ça, dit Meryl. Ces stages vous permettent de découvrir la vie à l'extérieur du campus et le monde du travail. On fait intervenir toutes nos relations pour trouver des jobs intéressants, mais nos recherches n'ont pas fonctionné comme on le souhaitait, cette année.

— Je crois que je vais crever d'ennui, gémit James.

— Comment peux-tu être aussi catégorique alors que tu n'as même pas essayé ?

— Ce que je sais, c'est que je vais devoir passer deux semaines avec Kerry, et on n'est pas vraiment les meilleurs amis du monde, ces temps-ci. Tu ne pourrais pas essayer d'échanger mon stage avec un autre agent ?

— Impossible, dit fermement Meryl. On a déjà eu les pires difficultés à répartir ces jobs. Si je t'autorise à effectuer un échange, tout le monde réclamera le même traitement. Je sais que tu n'es pas au mieux avec Kerry, mais vous traînez avec le même groupe d'amis. Vous allez être collègues pendant deux semaines, pas naufragés sur une île déserte.

James était contrarié de ne pas avoir obtenu le stage de mécanique tant espéré, mais il était convaincu par les arguments de Meryl. À l'évidence, elle faisait de son mieux. Il ne pouvait pas lui en vouloir. Shak avait raison : la chance avait tout simplement tourné.

— Bon, très bien, soupira-t-il. Je ferai ce que tu as décidé.

— Je suis contente que tu le prennes comme ça, sourit Meryl en poussant la porte de la salle de détente. Je peux retourner finir mon café, maintenant ?

Par l'entrebâillement, James aperçut furtivement la tête couronnée de cheveux gris du docteur McAfferty, l'ancien directeur de CHERUB.

— Eh, mais c'est Mac ! s'étonna-t-il. Je ne l'ai pas revu depuis un bail. J'aimerais bien lui dire bonjour, si c'est possible.

Meryl, les lèvres serrées, fit un pas vers son interlocuteur et ferma la porte derrière elle. Elle jeta un regard circulaire au couloir puis s'exprima à voix basse :

— Zara Asker est allée le chercher ce matin. Sa femme, sa belle-fille et deux de ses petits-enfants se trouvaient à bord de l'avion qui s'est écrasé dans l'Atlantique cette nuit.

James resta abasourdi. Il comprenait enfin pourquoi Meryl lui avait parlé avec tant de distance.

— Nom d'un chien ! lâcha-t-il. Il doit être dévasté.

Meryl hocha la tête.

— Il a six enfants, mais aucun d'entre eux ne vit près du campus. Il s'est écroulé quand il a entendu la nouvelle aux informations. Zara a estimé qu'elle ne pouvait pas le laisser seul.

— Je n'arrive pas à le croire.

— On est tous dans le même cas, dit Meryl. Mac n'est pas en état de conduire. On va l'accompagner chez son fils, à Londres, un peu plus tard. Tout le campus sera bientôt au courant, mais j'aimerais que tu gardes ça pour toi jusqu'à ce qu'il ait quitté le campus. Certains T-shirts rouges ne sont pas précisément réputés pour leur tact.

— Ne t'inquiète pas, je ne dirai rien à personne, dit James. Bon sang, pauvre vieux Mac…

# 6. Un enfant gâté

Assis au bord de son lit, Fahim Bin Hassam, onze ans, fit glisser une chaussette assortie à son uniforme scolaire le long de son mollet rebondi. La maison où il vivait comportait six chambres et dominait le parc de Hampstead Heath, situé à six kilomètres du centre de Londres.

Sa chambre était immense. Il disposait d'un ordinateur et d'une télévision LCD. Des posters de Nirvana tapissaient les murs. Des CD et des jeux PlayStation jonchaient le sol marqué d'empreintes de pieds humides. Une épaisse serviette saumon et un peignoir de marque étaient roulés en boule sur le parquet de chêne de sa salle de bain. Fahim espérait que la femme de ménage remettrait tout en ordre avant que sa mère ne découvre le champ de bataille et ne lui serve son sermon habituel.

Il passa une chemise beige à manches courtes, puis ajusta sa cravate à rayures brunes et jaunes. Il fréquentait le collège Warrender, un établissement privé destiné à préparer les élèves de la haute société à l'entrée dans les meilleurs lycées anglais. Ce matin-là, sa mère et lui avaient un rendez-vous crucial avec le directeur. De cet entretien dépendait son avenir scolaire.

Fahim attacha sa montre à son poignet, sortit de la chambre puis, depuis la coursive intérieure, observa le hall d'entrée au sol de marbre et au dôme miniature inspiré de la cathédrale Saint Paul. Au pied de l'escalier, il trouva la femme de ménage à quatre pattes, en train de frotter le sol. Son père lui avait interdit d'utiliser la cireuse électrique au prétexte que le bruit du moteur l'incommodait.

— Bonjour, Fahim, dit la femme avec un fort accent écossais.

Il n'avait toujours pas accepté le départ de la précédente employée de maison, une jeune Polonaise renvoyée avec pertes et fracas après avoir été surprise en train d'utiliser le téléphone fixe de la maison pour communiquer avec son petit ami demeurant à Varsovie.

— J'ai foutu un bordel pas possible dans ma chambre, lança Fahim avec un sourire méchant. Amusez-vous bien.

La femme se remit au travail sans répliquer. À ses yeux, le garçon n'était pas coupable. Il ne faisait que reproduire le comportement de son père. Malgré sa villa à trois millions de livres, ses deux BMW et sa Bentley, ce dernier exigeait d'elle un travail acharné et refusait de payer ses heures supplémentaires.

Fahim trouva la cuisine déserte.

— Maman ! hurla-t-il. J'ai faim !

La pièce, meublée d'élégants placards laqués et de plans de travail en granit, mesurait plus de dix mètres de long. Il ouvrit la porte du gigantesque réfrigérateur Sub Zero, un bijou dont le coût frôlait celui d'une voiture familiale, en sortit un paquet de pancakes et les posa sur une assiette. Après les avoir fait chauffer pendant trente secondes, il les nappa de chocolat liquide, puis ajouta une poignée de framboises.

Il s'assit sur l'un des tabourets alignés devant le bar et tendit la télécommande vers le téléviseur LCD encastré dans le mur. Comme à l'ordinaire, l'appareil était branché sur *Al Jazeera*, la dernière chaîne regardée par son père. Il s'apprêtait à sélectionner un canal spécialisé dans les dessins animés, quand les images aériennes d'un avion disloqué retinrent son attention. Il monta le volume et déchiffra le bandeau qui défilait en bas de l'écran.

*LE PORTE-PAROLE DU GOUVERNEMENT BRITANNIQUE ESTIME QUE LA DATE DE L'ACCIDENT, VEILLE DU SIXIÈME ANNIVERSAIRE DES ATTENTATS DU ONZE SEPTEMBRE, REND « HAUTEMENT PROBABLE » L'HYPOTHÈSE D'UN ACTE TERRORISTE.*

Il était le seul élève d'origine arabe du collège Warrender. Il avait beau répéter que *Bin* signifiait « fils de », et que son nom était l'équivalent de John*son* ou Steven*son* en Angleterre, ses camarades persistaient à le surnommer Bin Laden. Ils plaisantaient fréquemment sur son sac déjeuner, supposé renfermer une bombe, et refusaient de s'asseoir à ses côtés dans l'autocar, lors des sorties scolaires, sous prétexte qu'il allait se faire sauter à l'aide d'une ceinture d'explosifs. La catastrophe qui venait de se produire n'annonçait rien de bon.

Son petit déjeuner achevé, il plaça l'assiette dans le lave-vaisselle puis se dirigea vers l'annexe où travaillaient son père et son oncle Asif. Avec son sol tapissé de carrés de moquette grise et son éclairage au néon, cette partie de la maison était aménagée comme les locaux d'une entreprise.

En s'approchant, Fahim perçut l'écho d'une dispute opposant sa mère Yasmine et son père Hassam. Il s'immobilisa dans le couloir et tendit l'oreille.

— Comment peux-tu être aussi catégorique ? cria ce dernier.

— Je te rappelle que je tiens ta comptabilité, répondit froidement la femme. Nos ordinateurs grouillent de factures Anglo-Irish Airlines.

— Et moi, je te rappelle que je tiens une société de fret, répliqua Hassam en frappant du poing sur la table. Nous traitons des centaines de commandes émanant d'autres compagnies.

— Ils vont faire une enquête et…

— Ça ne te concerne pas. Mes affaires sont en ordre. Tu ferais mieux de t'occuper de Fahim. Tu le gâtes trop. Il est en train de mal tourner.

— Ils vont récupérer le moindre fragment de l'avion, puis ils le reconstitueront dans un hangar, insista Yasmine.

— Et rien ne leur permettra de remonter jusqu'à nous. Maintenant, va-t'en. J'ai des choses importantes à régler.

— Tout ça me donne envie de vomir. Plus de trois cents personnes sont mortes dans ce crash.

— Sors de ce bureau et laisse-moi travailler ! rugit Hassam.

— Tu n'as plus rien à voir avec l'homme que j'ai aimé, dit Yasmine. Tu me dégoûtes.

Fahim était abasourdi. Après toutes les moqueries qu'il avait dû subir en raison de ses origines, il ne parvenait pas à croire que ses parents puissent réellement être impliqués dans un attentat.

— Lâche-moi immédiatement ! cria Yasmine, la voix étranglée par la douleur.

Fahim ne pouvait assister à la scène qui se déroulait dans le bureau, mais il savait que son père, une fois de plus, réglait le différend qui l'opposait à sa mère par la violence.

— Tu n'es qu'une chienne ! lança Hassam en giflant sa femme de toutes ses forces.

Sa victime tituba en arrière, se laissa tomber dans un sofa et fondit en sanglots.

Fahim, le cœur au bord des lèvres, battit en retraite vers la cuisine.

— Qu'est-ce qui se passe, mon petit ? s'étonna la femme de ménage.

— Mêlez-vous de ce qui vous regarde.

Il regrettait de ne pas être assez fort pour venir en aide à sa mère. Ivre de chagrin et de frustration, il gravit l'escalier puis courut s'enfermer dans sa chambre. Il enfouit son visage sous un oreiller et s'efforça de ne pas fondre en larmes.

∴

Yasmine Bin Hassam avait grandi aux Émirats arabes unis. Elle avait toujours rêvé de se marier, d'avoir des enfants et de mener une vie respectable. Malgré la haine qu'elle éprouvait à l'égard de son mari, elle n'avait jamais envisagé de demander le divorce.

— Tu es prêt ? demanda-elle en pénétrant dans la chambre de son fils.

Fahim roula sur le dos et constata que sa mère avait passé un foulard sur ses cheveux afin de dissimuler son arcade sourcilière tuméfiée. Rien, en revanche, ne pouvait masquer sa lèvre fendue.

— Oh, mais tu es tout barbouillé de chocolat ! s'exclama-t-elle avec une gaieté feinte.

Elle s'assit au bord du lit, tira un mouchoir de sa poche, l'humecta de la pointe de la langue et frotta le visage de son fils.

Fahim détestait cette habitude peu hygiénique, mais il se garda de faire la moindre remarque afin de ne pas aggraver la détresse de sa mère.

— Tu as pris ton petit déjeuner ? demanda cette dernière.

— Je me suis débrouillé, répondit le garçon en faisant de son mieux pour contrôler les tremblements de sa voix. Je pensais que tu étais en train de parler affaires avec papa.

Yasmine hocha la tête.

— Ton père et ton oncle sont débordés de travail. Il faudra que tu les laisses tranquilles pendant un jour ou deux.

Fahim brûlait d'évoquer la dispute dont il avait été témoin malgré lui, mais il savait que sa mère écarterait toute question concernant la catastrophe aérienne. En outre, en son for intérieur, il aurait préféré ne rien avoir entendu.

Yasmine consulta sa montre.

— Mets tes chaussures, dit Yasmine. Il y a des embouteillages à cette heure de la journée. Si on part maintenant, on pourra s'arrêter au *McDonald's*, si ça te fait plaisir.

Fahim parvint à esquisser un sourire, mais lorsqu'il se leva, sa mère remarqua que ses mains tremblaient comme des feuilles.

— Ne te mets pas dans cet état, mon chéri, dit-elle en prenant son fils dans ses bras. Ce n'est qu'un entretien avec le directeur. Il ne peut rien t'arriver de grave…

# 7. Incontrôlable

Le soleil d'automne faisait scintiller la poussière en suspension dans la pièce exiguë située au rez-de-chaussée du collège Warrender, un bâtiment austère édifié au début du XVIII<sup>e</sup> siècle.

— Asseyez-vous, dit le directeur. Je suis navré de vous avoir fait attendre, Mrs Bin Hassam. Votre mari pourra-t-il se joindre à nous ?

— Je regrette, Mr Ashley, mais il n'a pas pu se libérer. Ses affaires le tiennent très occupé.

— Je comprends.

Il ajusta sa blouse puis s'installa dans le fauteuil, de l'autre côté du bureau.

— Fahim a quelque chose à vous dire, dit Yasmine en adressant un discret coup de coude à son fils.

Le garçon récita mécaniquement la tirade inspirée par sa mère, les yeux braqués sur la pointe de ses chaussures.

— Je regrette mon comportement de mercredi dernier. On m'avait provoqué, mais je reconnais que ma réaction était disproportionnée, et je présente mes excuses aux professeurs et aux élèves de l'établissement.

Le directeur hocha lentement la tête et dit :

— Merci, Fahim.

Il posa une main sur l'épais dossier placé devant lui et se tourna vers Yasmine.

— Le problème, c'est que ce n'est pas la première fois que

votre fils nous cause des ennuis. Il a déjà été suspendu à la fin de l'année dernière, et ce nouvel incident est d'une gravité toute particulière.

— Ses camarades cherchent constamment à l'humilier, expliqua Yasmine. À la maison, son attitude est irréprochable.

— Je vous rappelle qu'il a tordu la main de Martin Head et lui a fracturé trois doigts, fit observer Mr Ashley.

Yasmine adressa à son fils un regard noir. Elle savait trop bien qui lui avait enseigné cette manœuvre.

— Et que faites-vous du harcèlement dont il est victime ? répliqua-t-elle. Je sais qu'il a mal agi, mais vous ne pouvez pas ignorer les provocations dont il a fait l'objet.

Le directeur prit une profonde inspiration.

— Le collège Warrender est un petit établissement, et nous sommes attachés à son atmosphère conviviale. J'ai interrogé les camarades de classe de Fahim et, très franchement, je crois qu'il se fait une montagne de bien peu de chose.

— Vous vous attendiez vraiment à ce qu'ils vous disent la vérité ? protesta le garçon. Sur le fond, vous avez raison : je n'ai été ni battu ni injurié. C'est juste... plein de petites choses ajoutées les unes aux autres. Des remarques sur l'odeur de merguez quand je me change dans les vestiaires, des blagues sur de prétendues bombes cachées dans mon sac.

— De plus, ils cachent ses affaires, ajouta Yasmine. L'année dernière, j'ai dû lui racheter trois paires de baskets. Et juste avant les vacances d'été, quelqu'un a replacé celles qui avaient disparu dans son sac de sport.

— Je reconnais que les garçons de cet âge sont parfois cruels, dit Mr Ashley, mais votre fils aurait dû s'adresser à moi, ou à l'un de ses professeurs. Il n'y a aucune excuse à la violence.

Fahim se raidit.

— Quand j'ai parlé de la disparition de ma deuxième paire à Mr Williams, il m'a accusé de les avoir perdues et il m'a forcé à participer à l'entraînement de basket en chaussettes. Les autres ont fait exprès de me marcher sur les pieds !

— Ne hausse pas le ton, Fahim, dit Yasmine d'une voix apaisante avant de se tourner vers le directeur, le regard lourd de reproches. Vous voyez dans quel état le met le comportement de ses camarades ? Savez-vous qu'il en a perdu le sommeil ? Il y a deux jours, au beau milieu de la nuit, je l'ai trouvé dans le vestibule, trempé de sueur et tremblant de tous ses membres.

— Le docteur Coxon, le psychologue que Fahim a rencontré vendredi dernier, m'a envoyé une note, dit Mr Ashley en sortant du dossier un document imprimé. Il estime qu'il recherche constamment l'attention des autres élèves. Il réagit de façon excessive aux provocations les plus insignifiantes et ses résultats ont décliné au cours de l'année écoulée. Compte tenu de la fréquence de ses cauchemars et de ses crises de somnambulisme, il estime qu'il aurait besoin de suivre des séances de thérapie régulières. En outre, certains médicaments pourraient l'aider à retrouver sa concentration.

— Je ne suis pas fou, protesta Fahim. Il suffirait qu'on cesse de s'en prendre à moi pour que les choses aillent mieux.

Yasmine semblait indécise.

— Nous pourrions essayer la thérapie, mais je ne suis pas favorable à la prise de médicaments à son âge. J'ai lu des articles concernant des enfants transformés en morts-vivants par ce genre de traitements.

Mr Ashley referma le dossier.

— Vous pourrez vous entretenir des problèmes émotionnels de Fahim avec le docteur Coxon. Mes collègues et moi nous sommes réunis. Au regard des exigences de notre établissement, nous estimons ne plus être en mesure d'assurer l'éducation de votre fils et de pourvoir à ses besoins spécifiques.

Fahim mit quelques secondes à saisir le sens de cette phrase, puis il comprit que le conseil des professeurs avait prononcé son exclusion définitive. Yasmine était consternée, mais Fahim, qui haïssait le collège Warrender de tout son cœur, ressentit un vif soulagement.

— Excellent! s'exclama-t-il en se dressant d'un bond. Je suis bien content de me barrer de cette école de merde!

— Surveille ton langage, Fahim! gronda sa mère, indignée.

— Je me fous pas mal que vous me croyiez ou non, poursuivit le garçon. Moi, je *sais* qu'ils ont caché mes affaires et qu'ils m'ont traité comme un chien. Vous et les autres profs, vous avez fermé les yeux pour protéger la réputation de votre cher collège et de sa prétendue *ambiance conviviale*.

Convaincu qu'il allait recevoir une gifle, Fahim constata avec étonnement que le visage de sa mère exprimait une profonde fierté. Pressé de fuir la compagnie de Mr Ashley, il quitta le bureau la tête haute et rejoignit le hall de l'établissement. Il contempla les noms inscrits sur les murs, de celui de son fondateur à ceux des professeurs tombés durant la Première Guerre mondiale, puis les vitrines où étaient alignés trophées poussiéreux et fanions élimés. Il se tourna vers un élève aux cheveux roux nommé David qui patientait, assis sur une chaise, à la porte de l'infirmerie. Vêtu d'une tenue de sport, il se tenait le mollet en grimaçant. C'était un garçon de faible constitution qui subissait lui aussi les vexations de Martin Head et de ses camarades.

— Putain de bahut! hurla Fahim.

— Qu'est-ce qui te prend?

— Je viens de me faire virer.

David était sous le choc.

— Oh, je suis sincèrement désolé.

— T'inquiète, répliqua Fahim.

Des exclamations résonnèrent à l'intérieur du bureau du

directeur. Les mots prononcés par Yasmine étaient inintelligibles, mais il était évident qu'elle était en train de dire à Mr Ashley ses quatre vérités.

— Je te félicite d'avoir cassé les doigts de Martin, dit David. Il ne se prend plus pour un caïd, maintenant. Il ne peut même plus écrire.

— Tous les profs le protègent, c'est ça le problème.

— Tu te rappelles la fois où il a donné des coups de pied dans le ventre de Greg ? Il s'en est tiré avec une retenue, tout ça parce qu'il est capitaine de l'équipe de rugby.

— Tu sais quoi ? lança Fahim. Tout ça me donne une furieuse envie de redécorer cette taule.

Sur ces mots, il décrocha l'extincteur suspendu à la cloison, fit voler en éclats la vitrine où étaient exposés les trophées, puis détruisit consciencieusement l'horloge et la photo encadrée de l'équipe de hockey championne des moins de douze ans en 1994.

Mr Ashley déboula dans le hall. Lorsqu'il découvrit l'ampleur des dégâts, il se figea, comme s'il avait heurté un mur invisible.

— Fahim, arrête, je t'en prie ! cria Yasmine. Est-ce que tu es devenu fou ?

Sourd au désarroi de sa mère, le garçon poursuivit son œuvre de destruction en s'attaquant à la structure en bois de la vitrine. Une douzaine de coupes et un présentoir garni de médailles militaires basculèrent sur le sol.

— Je traite cette école de la façon dont elle m'a traité ! hurla-t-il.

Mr Ashley se précipita dans sa direction et essaya de lui arracher l'extincteur des mains.

— Donne-moi ça immédiatement, ordonna-t-il.

— Allez vous faire foutre !

Sur ces mots, il arracha la goupille de sécurité, saisit la poignée et enfonça la détente. Aveuglé par un nuage de poudre blanche, le directeur battit en retraite, les mains plaquées sur les yeux, secoué d'une violente quinte de toux.

— Je t'en supplie, Fahim ! hurla Yasmine, le visage baigné de larmes.

À cette vue, le garçon sentit son cœur se briser, mais sa rage était désormais incontrôlable. Il gravit quatre à quatre la volée de marches menant aux salles de classe.

— Attrapez-le ! rugit le directeur en titubant dans l'escalier.

Une enseignante fut la première à répondre à son appel. Elle déboula dans le couloir et tenta de saisir le bras de Fahim, mais ce dernier, lancé à pleine vitesse, parvint sans peine à l'esquiver.

Mr Linton, qui exerçait les fonctions de professeur de sciences et d'entraîneur de rugby, se planta en travers de son chemin, enroula un bras musculeux autour de sa taille, puis le plaqua brutalement sur le parquet.

— Lâche-moi, gros lard ! cria Fahim.

Lorsque l'homme le souleva du sol, il le mordit à l'avant-bras.

— Calme-toi, gronda Linton en s'efforçant de détourner la tête du garçon.

Aveuglé par la colère, ce dernier serra les mâchoires de toutes ses forces. Plusieurs élèves de sixième, intrigués par le vacarme, avaient quitté leur chaise pour observer l'échauffourée depuis le seuil de leur salle de classe.

Leur professeur les écarta sans ménagement et se précipita pour prêter main-forte à son collègue. Il empoigna Fahim par les chevilles et tira en arrière, si bien que le garçon resta suspendu entre les deux hommes, les dents toujours solidement enfoncées dans le bras de Linton. Ce dernier, fou de douleur, saisit son agresseur par les cheveux et le força à lâcher prise.

— Je vous hais ! hurla Fahim. Vous pouvez tous crever !

Entre deux bordées de menaces, il tendait le cou et claquait obstinément des mâchoires. Craignant d'être mordu de nouveau, Linton lâcha prise. Le crâne de Fahim heurta lourdement le sol.

— Merde, il a perdu connaissance, bredouilla le professeur de sciences en s'agenouillant près du garçon.

— Il était comme enragé, dit son collègue avant de sortir un téléphone portable de la poche de sa veste et de composer le numéro des urgences. Tu n'avais pas le choix.

Yasmine, qui avait assisté à la scène depuis le palier du premier étage, s'avança d'un pas chancelant puis s'agenouilla au chevet de son fils.

— Bande de brutes, gémit-elle. Regardez ce que vous avez fait à mon petit garçon…

# 8. Balade au bord de l'eau

Dans l'exercice de ses fonctions, le docteur McAfferty, réputé pour sa manie de distribuer sans compter les punitions les plus lourdes, n'avait jamais joui d'une grande popularité. Depuis qu'il avait pris sa retraite, le temps ayant fait son œuvre, les agents reconnaissaient unanimement ses qualités professionnelles et humaines. Il avait toujours été à leur écoute et avait reconnu ses torts chaque fois qu'il avait commis une erreur de jugement.

Le soir venu, toute la population du campus avait appris que sa femme, sa belle-mère et deux de ses petits-enfants avaient perdu la vie lors du crash. Même les agents qui avaient rejoint les rangs de CHERUB après son départ se sentaient affectés par l'ambiance morose qui régnait dans le bâtiment principal.

Le réfectoire était étrangement silencieux. À l'exception des T-shirts rouges, tout le monde gardait le regard braqué sur les postes de télévision réglés sur la chaine *News 24*.

Des hommes en costume sombre rassemblés dans un studio débattaient des causes possibles de l'accident. Des membres des familles endeuillées exprimaient publiquement leur chagrin. James, assis en compagnie de Dana et de ses amis, piochait mécaniquement dans son assiette de spaghetti bolognaise sans quitter des yeux l'écran LCD.

— Je déteste *News 24*, dit-il. Ces journalistes parlent pour ne rien dire. Il est évident qu'on ne saura rien avant des mois. À ce moment-là, ils seront passés à une autre histoire depuis longtemps.

Un petit garçon se glissa entre sa chaise et celle de Dana.

— Salut ! lança-t-il joyeusement.

— Joshua ! s'exclama James en reconnaissant le fils de Zara Asker, la directrice de CHERUB. Qu'est-ce que tu as grandi !

Joshua Asker n'avait pas encore quatre ans. Depuis son plus jeune âge, il voyait en James l'être le plus admirable de la création.

— J'ai un truc à te demander, dit le petit garçon.

Les agents rassemblés considérèrent l'enfant avec étonnement. James posa une main sur son épaule.

— Tu peux parler devant eux, dit-il. Ils ne vont pas te mordre.

— Après manger, déclara Joshua. On va se promener au lac avec papa et Boulette. Tu viens avec nous ?

James pencha la tête en direction de Dana.

— Elle peut m'accompagner ?

Joshua s'accorda quelques secondes de réflexion.

— D'accord, mais tu joueras avec moi, hein ? Et pas de bisous.

Dana éclata de rire.

— Ne te fais pas de souci. Je ne vais pas embrasser James. Il est dégoûtant.

Ce dernier, hilare, se pencha pour poser un baiser sur la joue de sa petite amie. Joshua grimaça puis posa les mains sur ses yeux.

— Ça vous dirait, une chouette balade près du lac, après le repas ? demanda James aux autres membres de sa bande.

À l'exception de Callum et Shakeel, qui prétendaient crouler sous les devoirs, ses camarades accueillirent favorablement sa proposition.

— Boulette est sur le campus ? s'étonna Lauren depuis la table voisine. Dans ce cas, je viens avec vous.

— Moi aussi, dit Bethany.

Plusieurs de leurs amies décidèrent de se joindre à elles.

Joshua s'absenta brièvement pour enfiler son manteau et son bonnet, et récupérer le sac de pain dur que le chef cuisinier lui avait préparé pour nourrir les canards. Il revint se planter devant la table de James.

— Allez, allez, finissez vos assiettes ! ordonna-t-il.

Quelques minutes plus tard, il sortit fièrement du réfectoire suivi de onze agents. Son père, Ewart Asker, l'attendait sur la berge du lac en compagnie de sa petite sœur Tiffany qui sommeillait dans sa poussette.

Pendant que Lauren et ses amies jouaient avec Boulette, James, les mains dans les poches de son hoodie, suivit le sentier goudronné aux côtés d'Ewart. Il avait eu plusieurs accrochages avec ce dernier au cours de sa carrière à CHERUB, mais leurs relations s'étaient récemment améliorées.

— Zara a des infos sur le crash ? demanda-t-il. Des éléments qui n'auraient pas été rendus publics ?

— Pas que je sache, répondit Ewart. Tout ce que je sais, c'est qu'elle est allée à Londres pour participer à une réunion de crise de la cellule antiterroriste.

— Alors ils pensent que c'est un attentat ?

— Ils doivent bien envisager cette possibilité, dit Ewart.

— Pauvre Mac, soupira James en levant les yeux vers le ciel parfaitement dégagé. Sa femme n'avait que soixante-deux ans. Ils avaient encore de belles années à passer ensemble.

— Oui, c'est triste. Mais elle a eu une belle vie. Angus et Megan, eux, n'ont même pas atteint l'adolescence.

— Tu les connaissais ?

— Je les ai vus une fois, à un barbecue, il y a quelques années. Ils jouaient dans le jardin avec leurs cousins. Ça me fait drôle, je te jure.

— J'ai entendu dire que Mac avait six enfants et environ une douzaine de petits-enfants. Au moins, il n'est pas seul au monde.

— À ce propos, j'ai une faveur à te demander, dit Ewart.

— Ah bon ? Eh bien... je t'écoute.

— Avec toutes ces missions et la promotion de Zara, on n'a jamais eu l'occasion de faire baptiser les enfants.

Boulette, qui pourchassait une balle à grelot, fila entre leurs jambes.

— Ce chien est un grand malade, sourit James.

Ewart s'éclaircit la gorge.

— Zara et moi sommes d'anciens agents, ce qui signifie qu'aucun de nous n'a de famille. On voulait te demander si tu accepterais d'être le parrain de Joshua.

James était abasourdi.

— Oui, je suppose... dit-il, le visage illuminé d'un large sourire. Je veux dire, bien sûr, j'en serais honoré. Pour être honnête, j'ai toujours pensé que tu ne m'aimais pas beaucoup.

Ewart haussa les épaules.

— On a eu des mots, toi et moi, mais je n'oublie pas que tu m'as sauvé la vie. En plus, tu t'es toujours bien occupé de Joshua. Il n'a ni grand frère ni cousin, et il n'arrête pas de nous demander de tes nouvelles quand tu pars en mission. Tu es très important pour lui.

— Il a tellement grandi ces derniers temps, dit James.

— Il nous fait une poussée de croissance, en effet. Et il commence à poser des questions embarrassantes.

James sourit.

— Genre, comment on fait les bébés ?

— Non, ça, je pourrais m'en sortir. Il ne comprend pas pourquoi les agents n'ont pas de parents, et il se demande pourquoi ils disparaissent pendant des mois.

— Bientôt, selon le règlement, il n'aura plus le droit de pénétrer dans l'enceinte du campus.

— Zara et moi discutons avec le comité d'éthique afin qu'ils acceptent de modifier les règles d'admission à CHERUB.

— De façon à ce que vos enfants puissent faire partie de l'organisation ?

Ewart hocha la tête.

— Ainsi que ceux des anciens agents et des membres du personnel. On a toujours eu des problèmes de recrutement. Ça pourrait être une bonne solution.

James semblait circonspect.

— Ça ne te poserait pas de problème d'envoyer l'un de tes enfants sur une mission à haut risque ? Et puis, je ne suis pas sûr que des enfants *normaux* pourraient cohabiter avec des orphelins.

— Il y aura forcément des problèmes à régler, soupira Ewart. Je suis convaincu que certains anciens agents refuseront tout net de placer leurs enfants à CHERUB, mais d'autres pourraient être séduits par notre système éducatif, en dépit des risques encourus lors des missions. À titre personnel, si je n'étais pas prêt à envoyer mes propres enfants en mission, le moment venu, comment pourrais-je exiger tous ces sacrifices de toi, de Lauren ou de Dana ?

— Je vois.

Joshua se planta au beau milieu du sentier et posa les mains sur ses hanches.

— Viens jouer avec moi, James ! lança-t-il.

— D'accord. Ça te dirait que je t'attrape par les pieds et que je te trempe la tête dans le lac ?

— T'es trop bête, sourit le petit garçon.

Il inspecta le contenu du porte-bagages de la poussette et en sortit un ballon.

— Moi, je suis Arsenal, dit Joshua.

— Dans tes rêves, grogna James. C'est *moi*, Arsenal. Toi, tu es l'équipe des filles de Chelsea.

— Nan ! protesta l'enfant en martelant furieusement le sol du talon.

Ewart secoua la tête.

— Je n'arrive pas à croire que tu aies fait de mon fils un supporter d'Arsenal.

— Bon, d'accord, Joshua, dit James en posant le pied sur le ballon. On est tous les deux Arsenal. À l'attaque !

Il prit deux pas d'élan puis frappa de toutes ses forces. La balle fendit les airs et toucha Lauren entre les omoplates.

Elle fit volte-face et se précipita vers son frère, les poings serrés. Joshua rayonnait de bonheur.

— C'était un accident, mentit James en adressant un clin d'œil à son petit complice.

— Si tu continues à me chercher, je te refais le portrait, et crois-moi, ça n'aura rien d'accidentel.

∴

Lorsqu'il reprit conscience, Fahim eut la sensation d'avoir reçu une boule de bowling à l'arrière du crâne. Du bout des doigts, il effleura le drap sur lequel il était étendu, souleva les paupières, puis reconnut les murs blancs d'une chambre d'hôpital.

Les images de son affrontement avec le professeur de sciences lui revinrent aussitôt en mémoire. Un sentiment familier de culpabilité le submergea. Comme à l'ordinaire, il jugeait insensé l'acte qu'il avait commis sous l'empire de la colère.

— Tu es réveillé ? dit sa mère en caressant doucement sa joue.

Lorsqu'il essaya de tourner la tête, il éprouva une violente douleur aux tempes et sentit la nausée le gagner.

Yasmine glissa un bras derrière son dos, souleva son oreiller et plaça une cuvette sous son menton. Fahim y rendit tripes et boyaux, perdit brièvement connaissance, puis fut secoué d'une violente quinte de toux.

— À l'aide ! hurla Yasmine. Il s'est évanoui.

Une poignée de secondes plus tard, une infirmière fit irruption dans la chambre.

— Écartez-vous, ordonna-t-elle en enfilant une paire de gants en latex.

Elle se pencha au-dessus du lit et plongea deux doigts dans la gorge de Fahim pour dégager ses voies aériennes obstruées par les vomissures.

# 9. Un sentiment de plénitude

James et Dana sortaient ensemble depuis dix mois, soit neuf mois et demi de plus que les pronostics les plus optimistes formulés par leurs camarades au début de leur relation. Ils partageaient désormais CD, T-shirts et chaussettes. Un rasoir Mach-3 trônait sur la tablette de la salle de bain de Dana. Des pots de crème, des atomiseurs et des poudriers jonchaient celle de James.

Il était onze heures passées. Les deux amoureux, plus ou moins dévêtus, étaient étroitement enlacés sur le lit de James.

— Je ferais mieux d'y aller, dit Dana. J'ai entraînement de combat demain matin.

Elle libéra son bras endolori et le massa longuement.

— Moi aussi, répliqua James. Reste, s'il te plaît. Tu peux dormir ici. Personne ne le saura.

La jeune fille bâilla à s'en décrocher la mâchoire.

— N'y pense même pas. J'ai envie de passer une nuit tranquille, et tu ne peux pas t'empêcher de me harceler.

— Allez, je te promets que je me tiendrai tranquille, supplia James en plaquant un pied sur le ventre nu de son amie.

— Arrête, pouffa-t-elle en remontant son jean jusqu'aux genoux. Tes orteils sont glacés.

— Tiens, tu me piques mes caleçons, maintenant? Je me demandais pourquoi mon tiroir était à moitié vide.

— Je les trouve hyper confortables.

— Faut surtout pas te gêner. Qu'est-ce que tu dirais si je piquais tes sous-vêtements ? Je suis sûr que les culottes avec les chiffres roses et le liséré vert m'iraient à ravir.

Dana, hilare, glissa ses pieds nus dans ses rangers puis se dirigea vers la porte sans prendre la peine de les lacer.

— J'aimerais voir la tête de tes potes, dans les vestiaires, avant l'entraînement.

— Reste, je t'en supplie.

— Tu n'es encore qu'un gamin, gloussa Dana. Je ne veux pas être accusée de détournement de mineur.

— Arrête ton char. J'aurai seize ans dans moins d'un mois.

— On n'en est pas encore là, James, dit fermement la jeune fille en posant une main sur la poignée de la porte. Je t'ai demandé d'être patient, et j'ai précisé que tu ne serais pas déçu.

James avait perdu sa virginité lors de sa précédente mission ; et Dana avait fait le grand saut avec un agent de dix-sept ans, peu de temps avant de sortir avec James. Pourtant, tous deux avaient estimé qu'il serait irresponsable de mettre en péril leur carrière à CHERUB en ayant des relations intimes avant l'âge réglementaire de seize ans.

Pour être tout à fait précis, Dana avait pris seule cette décision. James, qui marchait sur des œufs depuis qu'il s'était rendu coupable d'une infidélité, s'y était sagement plié.

— Le jour de mon anniversaire, dit-il, à minuit pile, je viendrai frapper à la porte de ta chambre, la bave aux lèvres.

— Tu es tellement romantique… sourit Dana avant de se pencher pour lui donner un ultime baiser.

•••

66

Son état ayant été jugé sans gravité, Fahim fut invité à quitter l'hôpital à onze heures et quart. Son père poussa sa chaise roulante jusqu'au hall, mais il parvint à se traîner jusqu'à la voiture puis, lorsqu'ils eurent regagné leur domicile, à gravir les marches menant à sa chambre.

Malgré ses paupières lourdes et son esprit embrumé, il ne parvint pas à trouver le sommeil. Il resta étendu sur le dos, les yeux braqués au plafond. La voix de son père résonnait dans le vestibule.

Ce dernier travaillait fréquemment la nuit afin de s'entretenir avec des employés et des relations de travail au Pakistan et en Indonésie. Fahim n'avait jamais pu déterminer avec précision la nature de ses activités. Chaque fois qu'il avait essayé d'en savoir plus, il avait reçu la même réponse : *j'ai plusieurs cordes à mon arc.*

Jusqu'à l'âge de dix ans, il s'était mépris sur le sens de cette expression et s'était imaginé que Hassam possédait une armurerie. Il l'avait supplié en vain de l'emmener au stand de tir.

— Tu n'arrives pas à dormir ? demanda Yasmine, qui s'était glissée en silence à son chevet.

Fahim tressaillit. Sa vue et son ouïe n'avaient pas subi de dommages, mais son cerveau semblait traiter les informations avec une lenteur exaspérante.

— Ce matin... gémit-il.

Il ne put achever sa phrase. Sa gorge le faisait souffrir. L'équipe médicale y avait introduit de force un tube en plastique lorsqu'il avait vomi pour la seconde fois.

— Nous parlerons quand tu iras mieux, murmura Yasmine. Pour le moment, tu dois te reposer.

— Ce matin, insista Fahim, papa t'a battue. Je le sais, j'ai tout entendu. Pourquoi lui as-tu parlé de l'avion qui s'est écrasé ? Qu'est-ce que ça a à voir avec vous ?

— C'est compliqué... bredouilla Yasmine, visiblement

mal à l'aise. La vie moderne est en train de nous séparer. Ton père a été élevé dans le respect des traditions, et je ne suis sans doute pas la femme dont il rêvait. Tu sais qu'il a bon cœur. Il nous aime et nous offre tout ce dont nous avons besoin.

Fahim était accablé. Comme à son habitude, sa mère suggérait qu'elle avait bien mérité les coups que son mari lui avait portés.

— Tu changes de sujet. Je te parlais de l'avion.

Yasmine resta silencieuse. Fahim scruta attentivement son visage. Il ignorait si elle tentait d'échafauder un mensonge crédible ou si elle était tout simplement en train de chercher les mots justes.

— L'avion qui s'est écrasé avait été rénové par une société appartenant à ton grand-père, expliqua-t-elle. Ton père lui fait parvenir du matériel de temps en temps, mais rien de plus.

Fahim n'était pas satisfait de cette réponse.

— Pourtant, tu avais l'air très inquiète.

— Je me suis souvenue que nous collaborions avec Anglo-Irish Airlines, voilà tout. Ton père avait raison. J'ai réagi de façon excessive.

— En t'écoutant parler, j'ai cru que papa était un terroriste, soupira Fahim en esquissant un sourire.

Yasmine haussa les sourcils puis lui caressa doucement l'épaule.

— Qu'est-ce que tu es allé chercher, mon chéri ? Je comprends à présent pourquoi tu t'es mis dans un tel état, au collège…

...

En se glissant sous les draps, James éprouva un sentiment de plénitude. Certes, ses projets de stage professionnel n'avaient pas abouti, mais il était intelligent, séduisant et n'avait encore que quinze ans. Il disposait d'une chambre confortable et de suffisamment d'argent de poche pour pimenter ses week-ends. Grâce aux coups de main donnés aux instructeurs et à son don pour les mathématiques, il parvenait sans peine à obtenir la moyenne exigée par ses professeurs sans pour autant passer pour une bête à concours auprès de ses camarades. Il avait une foule de copains, une petite sœur qu'il aimait beaucoup et un oreiller qui embaumait le parfum de sa petite amie.

Hélas, il n'était pas le seul à avoir remarqué qu'il s'était peu à peu enfoncé dans une routine douillette.

La porte de sa chambre s'ouvrit à la volée. Le faisceau d'une lampe torche le contraignit à fermer les paupières.

— Debout, fillette ! lança une voix grave.

L'inconnu se jeta sur le lit puis referma les bras autour de la taille de James. Deux lattes du sommier se brisèrent. En dépit de ses soixante-treize kilos de muscle, il se retrouva incapable de faire un geste.

— Nom de Dieu, gémit-il.

Le colosse plaqua une main sur son front.

— Salut, ma petite poule. Tu peux pas savoir à quel point je suis heureux de te rencontrer. J'ai tellement entendu parler de toi…

— Ça va, mon pote ? demanda un second individu resté en retrait près de la porte.

James, qui avait la désagréable sensation d'être un jouet en caoutchouc livré aux crocs experts d'un pitbull, reconnut aussitôt la voix de Dave Moss, un agent avec qui il avait fait équipe lors de l'une de ses premières missions. Dave avait quitté CHERUB pour l'université deux ans plus tôt.

— Je vois que tu as déjà fait connaissance avec mon ami Jake McEwen, dit le garçon. Au fait, je te conseille de zapper son prénom.

— Si tu m'appelles Jake, je t'arrache les bijoux de famille et je les fais bouffer à ta sœur, menaça la brute.

McEwen avait pris sa retraite avant que James ne soit recruté, mais sa légende avait survécu à son départ. Son nom était gravé sur une douzaine de coupes exposées dans les vitrines du dojo. On prétendait qu'à l'âge de treize ans, il avait étendu Norman Large, l'instructeur le plus redouté de l'histoire de CHERUB, d'un seul *mawashi geri*.

— Dave, bredouilla James avant que McEwen ne presse un avant-bras sur sa gorge.

L'unique mot que James était parvenu à prononcer était lourd de sens. *Salut Dave. Quelle surprise de te revoir ! Je croyais qu'on était amis. Pourrais-tu me dire ce qui se passe ? Je crois que ce cinglé de McEwen est en train de m'assassiner. Pourrais-tu avoir l'obligeance d'intervenir ?*

Hélas, le colosse enfonça un bâillon en caoutchouc dans sa bouche avant qu'il n'ait pu préciser le fond de sa pensée, le retourna sur le ventre, lui enfonça un genou entre les omoplates, puis brandit une paire de menottes. James se tortillait en tous sens pour échapper à son emprise.

— Laisse-moi t'attacher les mains, ma petite fleur des champs, à moins que tu ne préfères que je te déboîte les deux épaules.

James comprit que toute résistance était vaine. Il poussa un cri de rage impuissante et tendit les bras en arrière. McEwen le tira hors du lit et le força à se redresser.

Dave Moss alluma la lampe de chevet puis ramassa un T-shirt noir, un short et une paire de rangers boueuses parmi les effets éparpillés sur la moquette. James constata qu'il s'était laissé pousser la barbe et que ses cheveux descendaient au milieu de son dos. Avec ses bottes militaires et son T-shirt blanc, il évoquait un croisement improbable entre un Hell's Angel et Jésus-Christ.

— Il y a une rumeur qui traîne sur le campus, dit ce

dernier. Il paraît que tu te ramollis. Mr Kazakov t'a préparé un petit programme de remise à niveau.

— Assez discuté, gronda McEwen en poussant James dans le dos. Direction le camp d'entraînement, là où personne ne t'entendra crier.

## 10. En petite tenue

Une demi-heure plus tard, une nouvelle dispute éclata dans le vestibule. Fahim, qui ne parvenait toujours pas à trouver le sommeil, se glissa hors du lit et entrouvrit la porte de sa chambre.

— Ce garçon a besoin de discipline, dit fermement Hassam. Je vais en parler à mon père.

À ces mots, Fahim sentit son cœur s'emballer.

— Il me recommandera une école proche de son domicile.

— Tu m'avais promis que *notre* fils vivrait ici et recevrait une éducation à l'anglaise. Je veux qu'il reste près de moi. Je refuse qu'il parte pour Abu Dhabi, à des milliers de kilomètres de chez nous.

— Je ne le reconnais plus ! hurla Hassam. Avec ses Nike, sa PlayStation, les sucreries et les cookies dont il s'empiffre, il ne connaît plus rien de sa véritable culture.

Yasmine éclata de rire.

— Mais est-ce que tu t'es regardé, avec tes Rolex et tes voitures de frimeur ? Tu prétends être un bon musulman lorsque tu te trouves en présence de ton père, mais tu ne possèdes même pas de tapis de prière, tu n'observes pas le ramadan et tu n'as jamais mis un pied à la mosquée depuis que nous nous sommes installés dans ce pays.

— Je t'interdis de me parler sur ce ton ! cria Hassam. Jusqu'alors, je t'ai confié l'éducation de notre garçon, mais tu en as fait un petit imbécile occidentalisé jusqu'à l'os.

— Tu souhaites qu'il aille vivre à Abu Dhabi pour te faire bien voir de ton père. Notre fils n'est pas un pion.

— Il ira vivre où bon me semble. Comment les choses pourraient-elles être pires qu'aujourd'hui ? Combien les dégradations qu'il a commises au collège vont-elles me coûter ?

Yasmine prit une profonde aspiration.

— Si tu chasses mon fils de cette maison, j'irai voir la police et je leur dirai tout ce que je sais à propos de l'avion.

Fahim sentit son sang se glacer. Ainsi, Yasmine lui avait menti. Une gifle claqua, puis des cris aigus retentirent, amplifiés par la coupole du vestibule. Ces hurlements étaient plus profonds, plus désespérés qu'à l'ordinaire. Au bord des larmes, il franchit la porte de sa chambre, s'élança sur la coursive, puis dévala les marches menant au rez de chaussée. Il n'avait pas retrouvé son état normal. La tête continuait à lui tourner et ses yeux ne semblaient plus capables de faire le point. Il n'était pas assez fort pour mettre son père hors d'état de nuire, mais il espérait que sa présence l'inciterait à se montrer plus clément.

— Laisse-la tranquille ! cria-t-il.

Yasmine, éplorée, se traînait à quatre pattes près de la table basse renversée. Des magazines de mode étaient éparpillés sur le tapis.

— Tu m'espionnes à présent ? rugit Hassam en apercevant son fils immobile au pied de l'escalier.

L'homme avait perdu tout sens commun. Son front ruisselait de sueur. Il gardait les poings si fermement serrés que le sang n'irriguait plus ses phalanges.

— J'ai entendu maman crier. Tu fais deux têtes de plus qu'elle. Tu n'as pas honte de lui faire du mal ?

— Ne te mêle pas de ça, Fahim, sanglota Yasmine en essuyant son nez sanglant d'un revers de manche.

— Retourne te coucher immédiatement, ordonna Hassam

en tendant l'index vers l'escalier. Qu'est-ce que tu cherches, une bonne correction ?

— Pour l'amour de Dieu, il est malade, gémit la femme. Laisse-le tranquille.

Hassam lui assena un coup de pied dans le ventre. Yasmine lâcha une plainte déchirante et se plia en deux.

— Je vais vous apprendre le respect, gronda l'homme en détachant sa ceinture. Je suis ici chez moi, et j'entends bien qu'on m'obéisse.

Fahim se retourna et essaya vainement de courir vers l'escalier. Hélas, il éprouvait les pires difficultés à contrôler ses jambes engourdies. La boucle de la ceinture l'atteignit à l'omoplate et déchira la peau. Submergé par la douleur, il tomba à genoux et reçut un second coup à l'arrière du crâne.

— Je vous garantis que la discipline va régner à nouveau sous mon toit. Je ne peux plus tolérer votre comportement.

Fahim fondit en sanglots, puis, tremblant de tous ses membres, se mit à ramper sur la moquette. Hassam fit tournoyer sa ceinture.

— Épargne-le, je t'en supplie, gémit Yasmine en s'agrippant aux jambes de son mari. Il n'a que onze ans. Tu vas le tuer.

L'homme s'immobilisa puis fit deux pas en arrière.

— Retourne dans ta chambre, ordonna-t-il à son fils, et restes-y jusqu'à ce que je vienne te chercher.

.:.

Tous les agents du campus redoutaient d'être convoqués à une session d'entraînement individuel. En règle générale, cette épreuve sanctionnait ceux qui avaient commis de graves violations du règlement ou dont l'état physique exigeait une sévère reprise en main. James, qui était en pleine forme et s'était comporté de façon irréprochable depuis des mois, ne comprenait pas ce qui lui valait un tel traitement.

McEwen le poussa sans ménagement à l'extérieur du bâtiment puis ôta ses menottes.

— Monte là-dedans, ma mignonne, gronda-t-il en désignant un minibus stationné le long du trottoir.

James s'exécuta sans protester. Dave Moss lui lança son short, son T-shirt et ses rangers.

— Mets-toi en tenue, gronda-t-il avant de regagner le bâtiment en compagnie de son complice.

D'ordinaire, le véhicule était utilisé par les instructeurs pour transporter les recrues du programme d'entraînement. Les sièges et la moquette étaient maculés de boue séchée, et l'atmosphère empestait la sueur. Cette fois, il était rempli à craquer d'agents opérationnels. James se glissa sur une banquette, salua Gabrielle d'un hochement de tête, puis enfila son T-shirt.

Pike était assis au volant du minibus. Lauren occupait le siège passager.

— Oh, j'ai pigé, souffla James. On est entre T-shirts noirs.

— Bien observé, dit Gabrielle. On vient de voir passer une autre navette pleine d'agents d'élite. C'est Kazakov qui conduisait.

Dana fut la dernière à prendre place à bord du véhicule. Lorsqu'elle se fut installée près de James, Dave Moss et McEwen montèrent à leur tour, puis claquèrent les portières arrière.

— On peut y aller, lança Dave à l'intention de Mr Pike.

Ce dernier enfonça la pédale d'accélérateur et contourna le bâtiment principal. Les agents lâchèrent un soupir de soulagement. Ils roulaient dans la direction opposée au portail sécurisé du campus, ce qui excluait l'hypothèse d'un long stage commando en milieu naturel. Les exercices organisés dans le périmètre de CHERUB duraient rarement plus de vingt-quatre heures.

Le minibus roula le long de la piste d'athlétisme puis

longea les terrains de football et de rugby. Pendant deux kilomètres, il suivit la piste de terre qui entourait le camp d'entraînement des recrues. James avait la conviction qu'ils se dirigeaient vers une partie du campus où il ne s'était jamais aventuré.

Le véhicule tourna à droite et suivit le mur d'enceinte. En cette zone peu fréquentée, cette paroi de quinze mètres de haut était séparée de la piste par une bande de terre de trente mètres de large parsemée de barbelés et de capteurs de mouvement. Des pancartes ordonnaient aux intrus de rester immobiles et d'attendre l'intervention de l'équipe de sécurité, sous peine de sauter sur une mine antichar. L'existence de CHERUB devant rester secrète, le campus figurait sur les cartes comme un champ de tir de l'armée britannique.

— Je ne suis pas venue ici depuis l'âge de neuf ans, dit Dana.

— Qu'est-ce qu'il y a dans le coin ?

— Des arbres. J'adorais crapahuter dans cette forêt, quand je vivais au bâtiment junior. Les éducateurs nous autorisaient à y camper, de temps à autre. On faisait les imbéciles dans les tentes et on préparait des hot-dogs au feu de bois, ce genre de trucs…

— C'est complètement inconscient de laisser des gamins livrés à eux-mêmes.

— Pas vraiment, sourit Dana. Tout le campus est truffé de caméras et de capteurs. En plus, on était équipés de talkies-walkies.

Le minibus s'immobilisa à l'extrémité de la piste, derrière le véhicule conduit par Kazakov, sur une vaste dalle de béton parsemée de touffes d'herbes folles. À l'extrémité de la plate-forme se trouvaient un hangar, une montagne d'engrais naturel où s'approvisionnaient les jardiniers du campus et la carcasse rouillée d'une excavatrice JCB.

Dès qu'il eut mis pied à terre, James remarqua un poste de

sécurité au toit hérissé d'antennes, aménagé à l'angle de deux pans perpendiculaires du mur d'enceinte. Il n'était qu'à trois kilomètres de son lit, mais il avait l'impression de se trouver au bout du monde.

— Brrr, il fait froid, lâcha Dana en glissant ses mains sous ses aisselles.

Un groupe de T-shirts blancs, âgés de dix-huit à vingt-deux ans, était assis sur des quads, devant le hangar. Ils portaient des combinaisons pare-balles. Parmi eux, James reconnut Paul et Arif, deux garçons qui l'avaient aidé à apprendre à nager peu après son recrutement à CHERUB.

— Je pense que ce sont nos ennemis, dit Dana.

Comme tous les adolescents, les résidents du campus fréquentaient essentiellement des camarades de leur âge. À l'exception de Lauren, le plus jeune T-shirt noir avait quatorze ans. Elle n'avait, pour sa part, pas encore fêté son treizième anniversaire. Si elle se moquait fréquemment de ses amies, elle éprouvait un profond malaise lorsqu'elle se trouvait en présence d'un agent plus âgé inférieur en grade. À plusieurs reprises, elle en était venue à regretter sa promotion et s'était prise à rêver d'un modeste T-shirt gris.

— Tu n'as pas froid ? lui demanda James.

— Si, un peu. Tu as une idée de ce qu'on fait ici ?

— Ce n'est pas la première fois que ça se produit. De temps en temps, ils ramassent tous les T-shirts noirs, ou tous les T-shirt gris, ou toutes les filles de douze ans, peu importe, et les soumettent à une épreuve plutôt corsée. Le problème, c'est que les règles changent à chaque fois. Impossible de deviner ce qu'ils nous réservent.

— Rassemblement ! cria Mr Pike. Mr Kazakov va vous expliquer en quoi consiste l'exercice.

Comme tous les instructeurs de CHERUB, Pike était un colosse qui imposait le respect, mais il se distinguait de ses collègues par son sens de la mesure et de la justice. Sa présence apaisait l'inquiétude de James. Kazakov, lui, était un ancien membre des forces spéciales russes au caractère pour le moins ombrageux.

— On a reçu des plaintes, gronda ce dernier. Il paraît que vous passez votre temps à frimer sur le campus, que vous vous croyez tout permis et que vous traitez avec mépris les moins gradés que vous. Vous prenez l'entraînement par-dessus la jambe, parce que vous pensez que vous n'avez plus rien à apprendre. Ce soir, vous allez enfin recevoir le coup de pied où je pense que vous méritez depuis longtemps.

Il se tourna vers les T-shirts blancs réunis devant le hangar.

— J'imagine que vous reconnaissez quelques-uns de ces anciens agents. Certains travaillent régulièrement ici, pendant les vacances scolaires. D'autres sont venus spécialement pour participer à cet exercice. Rassurez-vous, l'affrontement sera parfaitement équilibré : seize contre seize.

— Regardez le ventre de Dave Moss, chuchota James à l'adresse de Lauren et de Dana. Je crois qu'il n'a pas fait de sport depuis qu'il a quitté CHERUB. S'ils se sont tous laissés aller de cette façon, ils n'ont aucune chance contre nous.

— Qu'est-ce que tu dis, Adams ? brailla Kazakov en marchant d'un pas décidé dans sa direction. Tu as une remarque à formuler ?

— Non, non. Je m'éclaircissais la gorge.

Kazakov referma ses mains autour de son cou, serra pendant quelques secondes, puis relâcha son étreinte.

— Ça va mieux, comme ça ? Ça t'a dégagé les bronches ?

— Oui, monsieur, bredouilla James, le visage écarlate.

— D'autres commentaires ? demanda l'instructeur en balayant le groupe d'agents du regard. Bien. C'est mieux comme ça. Le prochain qui l'ouvre passera son week-end à nettoyer les pneus des minibus avec une brosse à dents.

Les T-shirts noirs baissèrent la tête et contemplèrent la

pointe de leurs rangers. Kazakov les passa en revue et remit à chacun une paire de lunettes de protection.

— Voilà tout l'équipement dont vous disposerez, poursuivit-il. L'exercice se déroulera en petite tenue. Votre objectif : regagner le bâtiment principal et passer une bonne nuit de sommeil. Chouette programme, pas vrai ? Le problème, c'est que les T-shirts blancs ont reçu l'ordre de vous en empêcher. À chaque fois que vous serez capturés et menottés, vous serez reconduits ici même, et vous devrez tout recommencer depuis le début. Je précise que vos adversaires se déplaceront en quad. En outre, chacun d'eux sera équipé d'un fusil d'assaut, de deux chargeurs de munitions simulées, d'un dispositif de vision nocturne, d'une combinaison pare-balles complète et d'un émetteur-récepteur. Mr Pike et moi-même coordonnerons leurs déplacements en nous basant sur les informations transmises par le système de sécurité, caméras, radars infrarouges et détecteurs de mouvement.

Kazakov observa une pause puis ajouta :

— Ah, j'oubliais… Nous avons aussi recruté les meilleurs T-shirts rouges du bâtiment junior. Une douzaine d'entre eux sont postés dans des endroits stratégiques du campus. Ils ne sont pas autorisés à vous capturer, mais ils sont chargés de renseigner les T-shirts blancs, de poser des pièges et de faire feu sur vous dès que vous apparaîtrez dans leur champ de vision. L'exercice s'achèvera à sept heures du matin. Tous ceux d'entre vous qui ne seront pas parvenus à rejoindre leur chambre effectueront une course de remise en forme de dix kilomètres avec un sac à dos contenant une charge de trente kilos avant le petit déjeuner, et ceci pendant les dix jours à venir. Pour le reste, les règles habituelles de sécurité restent en vigueur. Des questions ?

Gabrielle leva le bras.

— Nous n'avons aucune protection. Nous pourrions être sérieusement blessés par les munitions simulées.

— Nous avons choisi des cartouches de catégorie trois, expliqua Mr Pike. Elles ne sont pas aussi puissantes que celles que certains d'entre vous ont utilisées au village-combat des SAS, associées au port de casques et de combinaisons pare-balles. Cependant, elles sont loin d'être inoffensives sur la peau nue, comme vous pouvez vous en douter. Je vous conseille vivement de tout mettre en œuvre pour éviter d'être touchés. Et ne quittez pas vos lunettes de protection.

— Très bien, conclut Kazakov en portant un sifflet à sa bouche. À mon signal, vous commencerez à courir. Quarante secondes plus tard, vos adversaires seront autorisés à se lancer à vos trousses.

James prit une profonde aspiration, puis ajusta ses lunettes d'une main tremblante.

# 11. Quarante secondes

Dès qu'ils entendirent le coup de sifflet, James, Dana et Lauren détalèrent comme des lapins. Les quarante secondes d'avance qui leur avaient été accordées étaient insignifiantes. Leurs adversaires, armés de fusils capables de faire mouche à deux cents mètres, chevauchaient des quads dont la vitesse de pointe culminait à soixante kilomètres heure.

— J'ai une idée, haleta Lauren sans interrompre sa course. J'ai passé des mois à nettoyer les fossés d'évacuation derrière le camp d'entraînement. Je connais ce réseau comme ma poche. Je suis certaine que personne n'osera nous suivre dans ces tranchées pleines de bouc.

— Je ne tiens pas plus que ça à patauger là-dedans, dit James. Je crois qu'on devrait aller à l'essentiel : courons droit devant nous et faisons confiance à notre bonne étoile.

— On ne tiendra pas deux secondes, ricana Lauren.

Les trois fugitifs s'enfoncèrent dans les sous-bois. Ils ne disposaient pas de lampe. Les ronces lacéraient leurs mollets dénudés.

Une détonation retentit. James poussa un hurlement avant de plonger dans un buisson.

— T-shirt rouge, lâcha Dana avant de rejoindre son petit ami.

— Ça ne fait même pas quarante secondes, protesta Lauren en se mettant à couvert à son tour.

— Je suppose que ce gamin a la gâchette facile.

James examina son bras. La munition simulée avait été crachée par un authentique fusil d'assaut. Sa tête constituée de poudre colorée avait explosé à l'impact. À bout portant, la douleur aurait été insoutenable. Par chance, le projectile avait frôlé sa peau avant de se perdre parmi les branchages.

James et Dana sortirent prudemment la tête de leur cachette dans l'espoir de déterminer l'origine du tir. Leurs yeux s'étaient accoutumés à l'obscurité, mais le tireur d'élite qui les avait pris pour cible restait invisible. Pour ne rien arranger, à en juger au rugissement des moteurs qui parvenait à leurs oreilles, deux quads remontaient la piste à vive allure.

Une seconde balle frappa un tronc d'arbre. Deux oiseaux effrayés prirent leur envol.

— On est mal, dit James. Quand je pense à tous les coups de main que j'ai donnés aux instructeurs... Je vous jure qu'ils ne sont pas près de me revoir.

— Faites comme vous voulez, mais moi, je vais passer par les fossés, déclara fermement Lauren.

— On devrait peut-être la suivre, murmura Dana.

— Ce sera sans moi. Ce sont des égouts à ciel ouvert. Ça pue et ça grouille de cafards.

— Dans ce cas, je reste avec toi. Bonne chance, Lauren.

Cette dernière lui adressa un sourire malicieux.

— C'est vous qui allez en avoir besoin, croyez-moi.

Au moment où elle jaillit de sa cachette, le faisceau de deux autres quads filant pleins gaz sur la piste balaya le sous-bois. À l'évidence, les T-shirts blancs, incapables de se déplacer parmi les arbres, avaient décidé de gagner au plus vite une zone dégagée du campus.

— Ils vont essayer de nous coincer au moment où on essaiera de rejoindre les terrains de sport, dit James.

Au moins, le grondement des moteurs leur permettait de se déplacer dans la forêt sans que le son de leurs pas attire l'attention du sniper qui avait fait feu dans leur direction à deux reprises.

— J'espère que les T-shirts rouges ne sont pas équipés de lunettes de vision nocturne, chuchota James.

— Dans tes rêves, répondit Dana. Comment crois-tu qu'il ait réussi à te flinguer dans l'obscurité ?

∴

Le sniper était une petite fille de neuf ans d'origine irlandaise, nommée Siobhan Platter. Au cours des deux années qu'elle avait passées au campus, elle avait obtenu deux ceintures noires et remporté à deux reprises le tournoi de tir réservé aux résidents du bâtiment junior. Sachant que les T-shirts noirs se précipiteraient vers la forêt pour échapper aux quads lancés à leurs trousses, elle s'était perchée au sommet d'un arbre, à une cinquantaine de mètres de leur point de départ.

Lorsque le dos de James Adams s'était présenté dans son champ de vision, elle avait estimé pouvoir le toucher à trois reprises. La première balle l'aurait cloué au sol ; les suivantes, tirées dans les jambes, l'auraient immobilisé pour de bon. Son devoir accompli, elle aurait communiqué sa position aux T-shirts blancs afin qu'ils viennent prendre livraison de leur prisonnier avant qu'il n'ait pu se remettre en route.

Mais Siobhan n'avait pas pris en compte les effets de l'adrénaline produite par l'apparition d'une cible réelle dans son scope à intensificateur de lumière.

Après avoir manqué sa cible, elle avait entendu Lauren faire part à ses camarades de ses projets d'évasion par les fossés d'évacuation. À ses yeux, cette jeune fille de douze ans offrait une cible plus facile que James Adams et Dana Smith, âgés respectivement de quinze et seize ans.

Elle avait détaché le harnais de sécurité du tronc auquel elle était suspendue, ajusté ses lunettes de vision nocturne puis, profitant du vacarme des quads qui remontaient la piste, s'était laissée tomber de son perchoir.

Alourdie par le poids de son fusil et de son sac à dos, elle avait effectué une réception extrêmement brutale. En dépit d'une vive douleur aux genoux, elle avait serré les mâchoires afin de réprimer un gémissement de douleur.

Par chance, James et Dana, pressés de se tirer de la situation délicate dans laquelle ils se trouvaient, ne manifestaient aucune intention de débusquer le sniper qui les avait pris pour cible. Siobhan épaula la bandoulière de son fusil et commença à se déplacer vers l'est. Sans interrompre sa course, elle actionna l'interrupteur de ses lunettes afin de basculer en mode de détection infrarouge. Ce dispositif rendait sa progression plus difficile, mais il permettait de visualiser la moindre différence de température, y compris les empreintes laissées par les semelles tièdes de Lauren sur l'humus de la forêt.

La traque n'était pas aisée, car le sol était en grande partie recouvert de broussailles, mais elle parvint à garder le contact en se concentrant sur les zones les plus stériles.

— Ici SP, chuchota-t-elle dans le micro fixé à son casque. Je suis à la poursuite de Lauren Adams. Elle se dirige vers l'est. Elle a l'intention de rejoindre le camp d'entraînement en passant par les fossés d'évacuation.

— Excellent travail, Siobhan, répondit Mr Pike dans son oreillette. Garde ta cible en visuel. J'envoie quelqu'un pour la capturer près de la clôture.

La fillette était enchantée par les compliments de l'instructeur en chef, mais elle restait contrariée d'avoir gâché une occasion unique de neutraliser James Adams. Elle était déterminée à démontrer de quoi elle était capable et à s'occuper personnellement du cas de Lauren.

James et Dana étaient confrontés à un dilemme. Devaient-ils demeurer le plus longtemps possible à l'abri de la forêt ou emprunter l'un des sentiers, une stratégie plus risquée mais plus expéditive ? Ils venaient de parcourir cinq cents mètres en rampant, si bien que leurs coudes et leurs genoux étaient à vif. Dana, qui avait accidentellement roulé dans une flaque, était couverte de boue. En des circonstances ordinaires, James se serait bruyamment réjoui de sa mésaventure, mais il était épuisé et impatient de regagner son lit au plus vite.

— T-shirts rouges droit devant, chuchota sa petite amie en s'embusquant derrière un buisson.

Deux enfants étaient postés au centre d'une clairière, à la vue de tous, sans le moindre souci de discrétion. Ils leur tournaient le dos.

— Bande d'amateurs, sourit James.

— Ils ont des fusils, des lunettes de vision nocturne et des sacs à dos bourrés de munitions. Si on pouvait les dépouiller, on augmenterait considérablement nos chances de réussir l'exercice.

— Ça marche. On rampe jusqu'à la lisière et on les chope.

Les petits garçons, visiblement désorientés, étaient en communication par radio avec les instructeurs. Les deux T-shirts noirs entamèrent leur progression, centimètre par centimètre, dans le plus grand silence. Soudain, leurs cibles se dirigèrent d'un pas décidé vers le sentier le plus proche.

Conscients de leur supériorité physique, James et Dana étaient convaincus de pouvoir attraper leurs jeunes adversaires. Ils se redressèrent et se précipitèrent dans leur direction.

James fut le premier à se porter à leur hauteur. Au moment où il s'apprêtait à se saisir de l'un d'eux, son camarade lança :

— Allez-y !

Aussitôt, un obstacle se dressa devant James avant qu'il ne puisse ralentir sa course. Dana, qui sprintait dans son sillage, trébucha contre ce qu'elle prit pour une racine, bascula en avant et roula sur le sol. Alors, un réseau de cordes se referma sur James qui se sentit soulevé dans les airs.

— Un filet ! gronda-t-il en essayant vainement de s'extraire du piège.

Dana, un pied pris dans une maille, resta suspendue la tête en bas.

— Plus haut ! lança un enfant.

Malgré l'ingénieux système de poulie mis en place pour alléger leur fardeau, les T-shirts rouges éprouvaient de vives difficultés à hisser leurs prisonniers.

James fut rapidement convaincu qu'il n'avait aucune chance de s'en tirer, mais Dana, qui pouvait toucher le sol en tendant les bras, n'avait pas abandonné tout espoir de dégager sa cheville, et il pouvait encore lui venir en aide.

L'un des garçons aperçus dans la clairière épaula son fusil, visa le postérieur de James et enfonça la détente. Le projectile, tiré à courte distance, lui arracha un hurlement.

— Défais ma botte ! supplia Dana.

Un T-shirt rouge lui décocha une balle dans le sein droit.

James dénoua le lacet de son amie puis s'efforça de desserrer sa botte. Le filet, qui se balançait comme un pendule, s'éleva brutalement d'un mètre. Un projectile l'atteignit à la cuisse. Ses adversaires violaient délibérément la règle interdisant de s'en prendre à un prisonnier.

— C'est bon, vous m'avez capturé ! protesta-t-il. Arrêtez de me tirer dessus !

Une nouvelle balle le frappa dans le bas du dos.

— Dans ce cas, tu n'as pas le droit d'aider ta copine, répliqua l'un des enfants.

James, ulcéré qu'un morveux lui jette un article du règlement au visage, acheva de libérer la cheville de Dana. Cette dernière effectua une chute de deux mètres. Ses bras musclés encaissèrent l'impact mais sa tête heurta le sol avec une telle force que la monture de ses lunettes s'enfonça profondément dans l'une de ses arcades sourcilières.

Elle effectua une roulade et se redressa d'un bond. Les deux T-shirts rouges qui l'avaient attirée dans le piège décochèrent une douzaine de balles. Par chance, ils étaient si intimidés par sa présence que la plupart des projectiles manquèrent largement leur cible.

L'un de leurs camarades, moins impressionnable, fit mouche à quatre reprises en moins de deux secondes, pile entre les omoplates.

Dana poussa un grognement sourd puis considéra la silhouette de James, recroquevillé dans le filet à plus de quatre mètres du sol.

Elle caressa l'idée de lui venir en aide mais, avec une cheville endolorie, une seule botte et des tirs venant de toutes les directions, elle estima que sa tentative était vouée à l'échec.

— En plus des trois qui te canardent, cria James, il doit y en avoir deux autres planqués quelque part, en train de tirer sur la corde !

Dana, diminuée par sa blessure, ne donnait pas cher de ses chances face à ses agresseurs. Étrangement, ces derniers semblaient pourtant satisfaits de leur prise et peu désireux de se confronter à elle. Elle jeta un dernier regard accablé à son petit ami, puis disparut dans les sous-bois.

Lorsque les T-shirts rouges cessèrent enfin de tirer et de brailler, James put alors mesurer pleinement l'ampleur de sa disgrâce. Le filet se balançait lentement en émettant un grincement discret. Son postérieur le faisait atrocement souffrir.

La fillette qui avait touché Dana dans le dos l'observait avec curiosité.

— Ici LW, dit-elle dans l'émetteur fixé à son casque. Notre piège a fonctionné comme prévu. On a attrapé une espèce de plouc complètement abruti et on vous serait reconnaissants de nous envoyer quelqu'un pour nous en débarrasser.

James était furieux d'être traité de la sorte par une gamine de neuf ans.

— Eh, morveuse, gronda-t-il, je te signale que je travaille avec les instructeurs. Tu ferais mieux de faire preuve d'un peu de respect à mon égard. Un de ces jours, on risque de se retrouver dans le camp d'entraînement, toi et moi, et je pourrai faire de toi tout ce qui me plaira.

— Quelqu'un t'a autorisé à l'ouvrir ? ricana la petite fille.

Elle épaula son fusil et mit en joue son interlocuteur.

— Tu n'as pas le droit, protesta James. C'est interdit par le règlement, tu le sais aussi bien que moi.

— Si j'étais toi, j'écrirais une lettre pour me plaindre auprès des Nations unies, lança-t-elle avant d'enfoncer à nouveau la détente.

# 12. Vision de nuit

Siobhan s'apprêtait à fêter son dixième anniversaire. Sauf accident, elle obtiendrait l'accréditation d'agent opérationnel avant Noël. Elle était sûre d'elle et en pleine santé, mais, en raison de son jeune âge, elle peinait à suivre le rythme imposé par Lauren.

Elle actionna l'interrupteur de l'intensificateur de lumière et constata avec étonnement que le dispositif était pratiquement inefficace.

C'était une nuit sans lune, et la source d'éclairage artificiel la plus proche se trouvait en contrebas de l'élévation où l'avait menée sa traque, à cinq cents mètres, masquée par la végétation.

— Ici SP, chuchota-t-elle dans l'émetteur. Je me trouve à deux cents mètres derrière le camp d'entraînement. J'ai perdu Lauren Adams. Qu'est-ce que disent les capteurs et les caméras ?

— Ta balise GPS me renvoie ta position exacte, répondit Kazakov. Je jette un œil aux données et je te rappelle.

Siobhan s'accroupit et demeura parfaitement immobile, attentive au moindre son. Un clapotis parvint à ses oreilles. Il provenait d'un fossé d'évacuation situé droit devant elle, à une vingtaine de mètres.

Elle bascula en mode infrarouge, puis commença à progresser lentement, fusil brandi, en balayant son champ de vision à la recherche de sa proie. Feuilles mortes et brindilles craquaient discrètement sous ses rangers. L'examen du sol ne révélait aucune empreinte thermique.

Il n'avait pas plu depuis des jours. Une odeur déplaisante flottait dans l'atmosphère. Les flaques d'eau croupie avaient favorisé l'éclosion des larves d'insectes volants. L'un d'eux se posa sur le nez de Siobhan. Elle s'en saisit et l'écrasa sans pitié entre le pouce et l'index.

— Les capteurs de mouvement indiquent un déplacement tout près de ta position, il y a moins d'une minute, l'informa Kazakov. Je te conseille de rester sur tes gardes.

— OK, répondit Siobhan. Je vais aller jeter un œil.

En vérité, l'idée que Lauren ou l'un de ses camarades se cachait à quelques mètres de l'endroit où elle se trouvait lui donnait froid dans le dos.

Rassemblant tout son courage, elle marcha droit devant elle, puis s'accroupit au bord du fossé d'évacuation. Aussitôt, une main se referma sur son poignet et la tira fermement vers la tranchée.

Elle eut beau se débattre et s'agripper à la berge boueuse avec l'énergie du désespoir, son adversaire, qui disposait d'une force peu commune, la précipita dans les eaux noires. Une main glacée se referma sur sa nuque, la força à y plonger la tête et la maintint ainsi plusieurs secondes.

— Tu n'aurais jamais dû t'en prendre à moi ! cracha Lauren. Tu n'as rien remarqué ? Je suis T-shirt noir, et tu n'as même pas encore obtenu le gris.

Sur ces mots, elle plaqua Siobhan contre la rive et lui enfonça le visage dans la vase fétide.

Lauren, qui avait passé trois mois à curer les tranchées d'évacuation dans le cadre d'une sanction disciplinaire, était insensible à la puanteur ambiante. Siobhan, elle, le cœur au bord des lèvres, sanglotait à chaudes larmes.

— Pauvre petit T-shirt rouge, ironisa Lauren. Pourquoi tu pleures ? Ton ours en peluche te manque ? Je te conseille de te reprendre. Tu as presque dix ans. Si tu te mets dans ces états pour un simple plongeon dans la boue, tu ne tiendras pas un jour de programme d'entraînement.

Constatant que Siobhan était inconsolable, Lauren ressentit un léger sentiment de culpabilité. Elle était furieuse d'avoir été tirée du lit, abandonnée dans une zone reculée du campus et prise pour cible par de simples recrues. La petite fille n'était pas responsable de ses malheurs, mais elle avait eu la malchance de croiser sa route au moment où elle éprouvait un irrépressible désir de vengeance.

— File-moi ton équipement, ordonna-t-elle. Lunettes de vision nocturne, sac à dos et fusil.

Elle arracha le récepteur de l'oreille de Siobhan et découvrit que le dispositif n'avait pas survécu à son séjour dans les eaux boueuses. Elle éprouva une profonde déception, car l'appareil lui aurait permis d'espionner les échanges entre les instructeurs et les T-shirts blancs.

Lorsqu'elle se fut essuyé les yeux, Siobhan constata que Lauren ne portait qu'une culotte et un soutien-gorge. Elle avait mis son T-shirt et son short dans un sac en plastique abandonné dans les fourrés par un jardinier du campus. Grâce à cette stratégie, elle avait fait chuter la température de son corps pour atténuer sa signature thermique. En outre, elle s'était couverte de boue des pieds à la tête afin de se fondre dans les ténèbres.

Lauren glissa ses vêtements secs dans le sac à dos de Siobhan, puis s'assura du bon fonctionnement du fusil et des lunettes de vision nocturne.

— Qu'est-ce que je fais, maintenant ? pleurnicha la petite fille.

— Change de ton, s'il te plaît. Je sais que les instructeurs ne peuvent pas forcer les T-shirts rouges à participer aux exercices d'entraînement. Tu t'es donc portée volontaire. Tu ne crois quand même pas que je vais te plaindre ?

— Mais je…

— Tu es trempée. Si j'étais toi, je rentrerais au bloc junior en vitesse, avant d'attraper la crève.

— OK, gémit Siobhan avant de saisir une racine à deux mains et de se hisser péniblement hors de la tranchée.

Lauren la regarda disparaître dans la forêt. Elle n'éprouvait pas beaucoup de sympathie à son égard et jugeait son attitude parfaitement immature pour une recrue qui vivait depuis près de deux ans sur le campus. Pourtant, elle ressentait un indéfinissable malaise à l'idée d'avoir fait pleurer une fillette de neuf ans.

...

Dana, qui avait conservé son unique botte, progressait en boitant dans les sous-bois. Tout bien pesé, elle jugeait préférable de n'avoir qu'un pied mouillé et glacé, et divisait ainsi par deux ses chances de marcher sur une ronce ou un tesson de bouteille.

Elle avait envisagé de se rendre afin de recommencer l'épreuve en compagnie de James, mais les faits avaient jusqu'alors confirmé les théories de Lauren : les T-shirts blancs et rouges manœuvraient par équipes, une stratégie qui ne leur permettait pas de traquer simultanément toutes leurs cibles.

Dana atteignit une piste parsemée d'obstacles en rondins et de fosses remplies de vase, où les T-shirts rouges et les recrues fraîchement débarquées au campus étaient initiés au franchissement du parcours commando.

Au mépris des risques qu'impliquait le choix d'une voie aussi dégagée, elle courut aussi vite que le lui permettaient l'obscurité environnante et sa démarche bancale. Dix minutes plus tard, elle arriva sans encombre au sommet de la butte qui dominait le lac séparant la forêt des terrains de sport.

Malgré les recommandations de la direction en matière d'économies d'énergie, les néons des vestiaires étaient restés allumés. Les bornes de secours disséminées autour de la pièce d'eau étaient illuminées.

Dana s'accroupit à l'orée du sous-bois. Les lieux semblaient déserts, mais elle soupçonnait les T-shirts rouges d'être tapis sur le toit des bâtiments, prêts à la prendre pour cible, à la neutraliser puis à la livrer à leurs complices.

Elle se remémora les règles qu'elle avait eu l'occasion de mettre en œuvre au cours des exercices de guérilla urbaine auxquels elle avait participé : rester baissée, progresser par bonds successifs d'immeuble en immeuble, rester le moins de temps possible exposée aux tirs ennemis. Mais le village combat des SAS où elle s'était entraînée ne disposait pas d'espaces dégagés. Or, certains bâtiments du campus étaient distants de plusieurs centaines de mètres.

Dana se redressa et avisa un bosquet situé à mi-chemin du lac. Dès qu'elle l'aurait atteint, elle traverserait la pièce d'eau à la nage, ferait halte sous l'abri situé sur la rive opposée, puis progresserait jusqu'à la construction qui abritait les vestiaires.

Dana s'allongea sur le ventre et commença à ramper à vive allure. Lorsqu'elle eut parcouru trente mètres, elle estima que la voie était libre et courut jambes fléchies jusqu'aux arbres. Elle ignorait que sa présence avait été détectée par un capteur dès qu'elle avait quitté la forêt. Kazakov avait aussitôt alerté les T-shirts blancs.

Elle entendit gronder les quads avant même d'avoir pu atteindre son premier point de passage.

— Et zut ! s'exclama-t-elle.

Les phares de trois véhicules apparurent au sommet de la colline. Dana sprinta en direction du lac, mais ses poursuivants se déplaçaient à plus de soixante kilomètres heure. Elle n'avait pas la moindre chance d'échapper à la capture.

Elle se retrouva à découvert, à mi-chemin entre le lac et le bosquet, prise en tenaille par les quads de ses adversaires.

— À genoux, les mains sur la tête ! ordonna Dave Moss en braquant son fusil d'assaut dans sa direction.

La mort dans l'âme, Dana s'exécuta. Une paire de menottes atterrit dans l'herbe, juste devant elle.

— Tu sais ce qu'il te reste à faire, ajouta Dave. Et pas de geste brusque.

# 13. Deux pigeons

Comme Lauren l'avait prévu, nul n'osa la suivre dans les canaux d'évacuation, si bien qu'elle put patauger librement dans la vase et les ordures. Dès qu'elle eut quitté le réseau à l'ouest du camp d'entraînement, elle ôta ses rangers, les vida de l'eau boueuse dont elles étaient gorgées, puis délogea la colonie de scarabées qui y avait trouvé refuge.

Elle progressa pieds nus jusqu'à un abri de jardin et se rinça à l'aide d'un tuyau d'arrosage. Consciente que son teint pâle faisait d'elle une cible facilement repérable, elle s'abstint délibérément de nettoyer son visage maculé de boue. Elle essuya ses lunettes de vision nocturne à l'aide de son T-shirt, les réajusta, puis enfila son short.

Lorsqu'elle se remit en route, elle constata avec inquiétude que ses chaussures produisaient à chaque pas un son visqueux des plus indiscrets. Elle craignait que l'un de ses poursuivants ne soit posté à l'entrée du camp. En outre, elle savait qu'il était truffé de caméras de surveillance.

Elle épaula le sac à dos de Siobhan puis se déplaça au pas de gymnastique. Malgré l'équipement dont elle disposait, elle doutait de ses capacités à atteindre le bâtiment principal à pied sans être interceptée par les T-shirts blancs et leurs auxiliaires en culottes courtes.

Sa seule chance de salut consistait à prendre le contrôle de l'une des voitures de golf réservées au personnel du campus. Les règles en vigueur lors des exercices tactiques interdisaient formellement d'endommager les véhicules motorisés, ce qui excluait la possibilité que les quads se portent à son contact. Si elle parvenait à mettre la main sur un tel moyen de transport, seuls des tirs parfaitement ajustés pourraient la neutraliser avant qu'elle n'atteigne le bâtiment principal.

La flotte du campus comptait une douzaine de ces engins. Les agents n'étaient autorisés à les piloter que pour conduire un camarade blessé à l'infirmerie ou transporter une lourde charge.

Lauren espérait trouver une voiture de golf derrière le hangar des jardiniers, mais elle craignait que ses adversaires, qui avaient sans doute envisagé qu'elle opterait pour une telle stratégie, ne lui aient tendu une embuscade.

Parvenue à une dizaine de mètres de son objectif, elle sortit prudemment la tête de la végétation et découvrit un véhicule garé derrière le bâtiment.

Elle augmenta la sensibilité de ses lunettes et scruta attentivement les environs en mode amplification de lumière, puis renouvela l'examen en mode infrarouge. Elle remarqua plusieurs empreintes dans la boue autour du parking. En étudiant leur couleur et leur espacement, elle estima que deux agents avaient traversé la zone sans s'arrêter, quelques minutes plutôt.

Elle quitta sa cachette, s'approcha furtivement de la voiturette, débrancha le câble électrique qui la reliait à la borne de rechargement puis s'installa derrière le volant. Une vive puanteur assaillit ses narines. Des ordures étaient éparpillées sur la banquette arrière. Le véhicule avait été utilisé pour conduire des ordures jusqu'à la décharge. Un sac avait crevé, mais le conducteur ne s'était pas donné la peine de nettoyer les dégâts.

Lauren relâcha le frein à main, tourna la clé de contact et enfonça la pédale d'accélérateur. La voiture effectua un bond en avant d'une dizaine de centimètres, puis le moteur cessa de fonctionner.

— J'y crois pas, marmonna Lauren en boxant sauvagement le volant.

Elle n'écartait pas la possibilité que le véhicule soit réellement en panne, mais elle jugeait plus probable l'hypothèse d'un sabotage commis par les T-shirts blancs. Ce constat réduisait à néant ses espoirs de trouver une voiture en état de marche.

Elle caressa l'idée d'emprunter l'un des motoculteurs garés dans le hangar, mais leur vitesse de pointe culminait à huit kilomètres heure, et elle doutait que les règles interdisant tout contact entre véhicules s'appliquent à une tondeuse équipée d'une selle.

Craignant de se trouver dans le champ d'une caméra de surveillance, elle abandonna la voiturette et trouva refuge dans les taillis. Après avoir rampé sur une cinquantaine de mètres, elle tomba sur l'un des filets de protection du parcours d'obstacles.

— Réfléchis, réfléchis, réfléchis, chuchota-t-elle en se massant les tempes.

Tout bien pesé, mieux valait regagner le fossé d'évacuation et traverser le camp d'entraînement jusqu'à l'extrémité opposée du campus, à distance respectable des autres T-shirts noirs et de leurs adversaires. En outre, cette zone comptait moins d'espaces dégagés que les abords du lac.

Seul point noir, elle devrait franchir à découvert les deux cents mètres qui séparaient la clôture du camp de l'atelier de préparation des véhicules.

Soudain, elle repensa au kart de James et à son moteur capable d'atteindre cent kilomètres heure. Un sourire radieux illumina son visage maculé de boue.

..

Un T-shirt blanc relâcha la corde qui retenait le filet. James, empêtré dans les mailles, eut toutes les peines du monde à se relever.

— Remue-toi, espèce de lavette, gronda McEwen avant de lui donner un solide coup de pied aux fesses.

— Eh, il y a des règles ! protesta James. Tu n'as pas le droit de me frapper.

— Tu m'as bien regardé ? répliqua son agresseur en épaulant son fusil d'assaut. Est-ce que j'ai une tête à respecter les règles ? Allez, on se bouge.

Les T-shirts blancs ayant pris tout leur temps pour le sortir du piège, il retrouva Dana au point de départ de l'exercice. Il posa un rapide baiser sur ses lèvres.

— Quelle est la situation ? demanda-t-il.

À leurs côtés, plusieurs T-shirts noirs reprenaient des forces avant leur deuxième tentative. À l'abri du poste de sécurité établi à l'angle du mur d'enceinte, Pike et Kazakov braillaient des ordres dans leurs émetteurs-récepteurs.

— Ça craint à mort, répondit Dana. La moitié des T-shirts noirs ont déjà été capturés. Personne n'a réussi à progresser plus de cent mètres à découvert.

— Tu ne crois pas qu'on devrait se déplacer tous ensemble ?

— Si on tentait de passer en force, je suppose qu'un ou deux d'entre nous pourraient passer entre les mailles du filet, mais ça ne ferait qu'aggraver la situation de ceux qui seraient capturés. Chaque tentative déséquilibrerait le rapport de force en faveur de nos adversaires.

— Mince, tu as raison…

— Le seul point positif, c'est que plusieurs T-shirts rouges se sont fait piquer leur matériel, et que deux T-shirts blancs ont été contraints à l'abandon après un accident de quad. Il devrait y avoir moins de fusils braqués dans notre direction.

— Tu as des nouvelles de Lauren ? demanda James.

— Aucune, répondit Dana en consultant sa montre. Si elle est passée par les fossés, elle doit à peine avoir atteint la lisière de la forêt.

— Sans équipement, on n'a aucune chance de franchir la zone découverte. La seule solution, c'est de dresser une embuscade et de rafler tout ce qui nous tombe sous la main.

— L'idéal serait de faucher un quad, mais ça ne va pas être facile. En plus, je suppose que tous les T-shirts noirs vont tenter de mettre en œuvre la même stratégie.

— Dans ce cas, on ferait mieux de se mettre en route avant les autres.

James et Dana se dirigèrent vers Jennie Ross, la jeune femme en T-shirt blanc qui patientait au centre de la clairière, carnet à la main et stylo derrière l'oreille.

— C'est bon, vous vous êtes suffisamment reposés ? demanda-t-elle. Les agents étaient plus solides, de mon temps.

— Ouais, mais les nanas avaient des sales gueules, apparemment, répliqua James.

Jennie sortit un sifflet de la poche de son pantalon de treillis.

— À mon signal, vous aurez quarante secondes d'immunité.

Elle se tourna vers la forêt et hurla à pleins poumons :

— Préparez-vous ! J'ai deux pigeons qui en redemandent !

# 14. Esprit de sacrifice

Lauren entendit un coup de feu claquer, puis une balle frappa le sol, à moins d'un mètre de sa position. Elle plongea derrière un buisson pour observer les environs. Grâce à son dispositif de vision nocturne, elle aperçut un T-shirt rouge allongé sur le toit de l'atelier de préparation des véhicules.

Elle envisagea d'ouvrir le feu, mais son adversaire disposait d'une combinaison pare-balles intégrale et d'un émetteur-récepteur qui lui permettait d'obtenir des renforts en quelques minutes.

— Ne me tire pas dessus ! cria-t-elle d'une voix plus aiguë qu'à l'ordinaire. Je suis de ton côté, mais mon émetteur ne fonctionne plus.

Le petit garçon la considéra avec suspicion puis leva une main.

— Combien je montre de doigts, là ? demanda-t-il.

Lauren esquissa un sourire. Son adversaire estimait que seul l'un de ses complices pouvait posséder des lunettes de vision nocturne et répondre correctement à sa question.

— Trois, répondit-elle avant de quitter sa cachette.

Elle lui adressa un signe amical de la main.

— Pourquoi ta radio est-elle en panne ? demanda le garçon.

— Je suis tombée dans un fossé d'évacuation. Je crois qu'elle a pris l'eau.

Craignant que son adversaire ne remarque sa taille trop

élevée pour une résidente du bâtiment junior, elle trottina jusqu'au hangar en conservant les jambes légèrement fléchies.

— Quelle est la situation ? demanda-t-elle.

— C'est mort, dans ce coin, répondit le T-shirt rouge. Kazakov m'a demandé de me poster ici pour intercepter toute personne qui essaierait de traverser le camp d'entraînement, mais tout se passe de l'autre côté du campus.

— C'est clair, on perd notre temps. Je crois que je vais rejoindre les autres. Tu m'accompagnes ?

Le garçon rampa jusqu'au bord du toit puis se laissa glisser au sol. Sans lui laisser le temps de retrouver son équilibre, Lauren lui porta un *mae geri* à l'estomac qui le contraignit à se plier en deux.

— Ah, au fait, j'ai menti, sourit-elle avant de balayer ses jambes et de le clouer à plat ventre dans le gravier.

Le T-shirt rouge lança une bordée d'injures. Il s'était laissé berner par la voix familière entendue dans l'obscurité. Il réalisait trop tard qu'il ne s'agissait pas de celle d'une camarade du bâtiment junior, mais de celle de la fille qui venait aider les petits à se mettre au lit. Il porta la main à son émetteur, mais Lauren lui arracha le dispositif et planta un coude à la base de son cou.

— File-moi ta combinaison, ton flingue et tes munitions. Ensuite, je te conseille de regagner ta chambre en vitesse, parce que, si je te retrouve sur mon chemin, je te garantis que tu passeras un sale quart d'heure.

— OK, je rentre, c'est promis.

Le petit garçon hocha la tête. Lorsqu'elle l'eut dépouillé de son équipement et se fut assurée qu'il prenait la direction du bâtiment junior, elle fixa le récepteur à son oreille afin d'espionner les échanges entre les instructeurs et leurs complices, puis enfila la combinaison pare-balles de sa victime, un vêtement si étroit qu'il lui fut impossible d'en remonter la fermeture Éclair.

En dépit de la promesse qui lui avait été faite, elle craignait que le T-shirt rouge, ivre de colère et de frustration, ne coure rendre compte de sa mésaventure auprès des instructeurs. Elle constata avec soulagement que la porte de l'atelier n'était pas verrouillée, comme c'était la règle sur le campus, dont les innombrables caméras de surveillance dissuadaient les résidents de commettre le moindre larcin.

Elle pénétra dans le hangar, actionna l'interrupteur de la lampe suspendue au-dessus d'un établi et considéra la carcasse calcinée du kart de Shakeel. Celui de James était garé dans un coin de l'atelier. Par chance, aucune pièce n'avait été démontée. Elle enfonça le bouton qui commandait l'ouverture du rideau de fer, s'installa au volant du véhicule, puis tourna la clé de contact.

•••

Lauren avait reçu sa première leçon de pilotage à l'âge de dix ans et roulait au moins une heure par mois afin de conserver ses réflexes. Les instructeurs encourageaient leurs élèves à conduire prudemment en des circonstances ordinaires, mais ils leur apprenaient aussi à manœuvrer à grande vitesse de façon à pouvoir se tirer sains et saufs de situations dangereuses.

CHERUB disposait de nombreux véhicules de service. Lauren avait conduit la plupart d'entre eux, des Mercedes aux Range Rover en passant par les Mini et les scooters. Les industriels avaient investi des fortunes dans leur conception et dans les tests de fiabilité de leurs composants.

Le kart de Lauren, lui, avait été bricolé par son frère et trois de ses camarades. La pédale d'accélérateur était extrêmement réactive. Les freins, qui n'avaient pas été modifiés, n'étaient pas adaptés à la puissance du moteur et entraient en action près d'une seconde après leur activation.

Dans les virages, le comportement du véhicule évoquait les dérapages incontrôlés de Boulette pourchassant une balle en caoutchouc dans la cuisine des Asker. Soucieuse de ne pas compromettre l'opportunité exceptionnelle qui s'offrait à elle, Lauren roula à vitesse modérée. En outre, le ronronnement discret du moteur lui permettait d'écouter les échanges sur la fréquence générale.

Ce qu'elle entendait n'avait rien de très réjouissant. En l'espace de quelques minutes, Kerry, Gabrielle et deux autres agents furent capturés. Les assaillants avaient dressé une embuscade afin de se saisir d'un groupe de fuyards qui avait décidé de tenter un passage en force. Kazakov s'amusait comme un petit fou. À plusieurs reprises, il félicita ses troupes d'avoir réalisé un sans-faute, ce qui signifiait qu'aucun T-shirt noir n'était parvenu à passer entre les mailles du filet.

Lauren croyait en ses chances d'être la première à rejoindre le bâtiment principal. Elle suivit le sentier qui longeait le terrain de rugby. Seuls les courts de tennis la séparaient désormais de son objectif.

Un cri résonna dans son oreillette.

— Dana Smith et James Adams sont cachés derrière les arbres, près du lac. Je demande l'autorisation de faire feu.

Lauren reconnut la voix de Ryan Smithe, une petite fille dont elle s'était fréquemment occupée lors de ses activités au bâtiment junior.

— Pas tout de suite, répondit calmement Pike. Est-ce qu'on a une équipe mobile dans le coin pour procéder à leur arrestation?

— Affirmatif, dit McEwen. Je suis avec Dave Moss. Faites-nous signe, on est prêts.

— OK, Ryan, poursuivit Pike. Garde-les en visuel et signale-moi tous leurs déplacements.

Lauren était perturbée par ces informations. Si, comme

elle le pensait, les T-shirts blancs avaient saboté toutes les voitures de golf, elle disposait du seul moyen d'échapper aux quads. En dépit des incessantes provocations de son frère, quelque chose en elle lui commandait de se porter à son secours.

Elle se trouvait à moins de cent mètres du bâtiment principal. Était-elle prête à tout remettre en cause pour sauver James des griffes de ses poursuivants ? Se sacrifierait-il pour elle, s'il se trouvait dans sa situation ? Elle était loin d'en être convaincue.

Elle examina la jauge de carburant et constata que le réservoir était rempli aux deux tiers.

— Je n'arrive pas à croire que je suis en train de faire ça, grogna-t-elle en amorçant un demi-tour.

Le kart modifié était nettement plus rapide que les quads, mais son châssis, équipé de jantes minuscules conçues pour rouler au pas sur les terrains de golf, frôlait le bitume. Les véhicules des T-shirts blancs, eux, disposaient de quatre roues motrices chaussées de larges pneus tout terrain.

À un kilomètre et demi du bâtiment principal, elle distingua deux de ces engins postés au sommet d'une colline. À son grand soulagement, ils ne la prirent pas en chasse. De toute évidence, compte tenu de la direction vers laquelle elle se dirigeait, ils la prenaient pour un membre du personnel de CHERUB.

À en juger aux communications radio, le chaos le plus total régnait dans la forêt. Les six T-shirts noirs qui avaient décidé de faire équipe étaient parvenus à faire main basse sur un stock de fusils d'assaut et ripostaient courageusement aux tirs ennemis. Des unités mobiles de T-shirts blancs se dirigeaient vers le lieu de l'affrontement afin de procéder aux arrestations.

Lauren actionna le bouton du transmetteur et s'exprima d'une voix haut perchée.

— Je viens de voir cinq T-shirts noirs sortir du camp d'entraînement, mentit-elle. Je demande des renforts.

— Décline ton identité et précise ta position, répondit Kazakov.

— Désolée, je vous entends très mal… Mon émetteur a pris l'eau. Je répète, je viens de voir un groupe de T-shirts noirs sortir du camp d'entraînement. Ils progressent dans ma direction, mais je ne peux les neutraliser à cinq contre un.

Kazakov commença à paniquer.

— À tous les T-shirts blancs en patrouille près du lac, dirigez-vous vers l'ouest. Cinq T-shirts noirs ont été signalés aux environs du camp d'entraînement. Les autres, tenez bon, et empêchez à tout prix vos cibles de sortir de la forêt.

Les complices de Kazakov confirmèrent un à un qu'ils avaient reçu ses instructions. Lauren était aux anges. Les deux quads aperçus quelques minutes plus tôt se mirent en mouvement puis disparurent de son champ de vision. Elle était très fière du tour qu'elle venait de jouer à ses adversaires. Mieux valait désormais ne pas tomber aux mains de McEwen, qui n'était pas homme à laisser un tel affront impuni.

Elle dépassa les terrains de football, tourna à droite puis s'engagea à faible vitesse sur le sentier menant vers le lac.

# 15. Embuscade

Accroupis entre les arbres, James et Dana virent plusieurs quads filer dans l'obscurité.

— Ils se dirigent vers le camp d'entraînement, chuchota Dana.

— Tu penses qu'ils sont après Lauren ?

— Ils n'enverraient pas autant d'effectifs pour capturer une seule cible.

À une centaine de mètres de leur position, T-shirts noirs et blancs échangeaient des tirs. James et Dana envisagèrent de prendre part à la bataille, mais ils ne disposaient pour toute arme que d'un lourd bâton ramassé parmi les feuilles mortes.

— La moitié des quads sont partis vers l'ouest et un grand nombre de T-shirts blancs se battent dans la forêt, fit observer James. On pourrait peut-être en profiter pour tenter une sortie...

Dana ne se montra pas très enthousiaste.

— J'ai déjà essayé, et je t'assure qu'il est impossible de traverser l'espace découvert à pied. Tenons-nous-en à notre plan. Dès qu'un quad passera suffisamment près de nous, on passera à l'action.

Au cours des minutes qui suivirent, les sons de la bataille qui faisait rage dans la forêt s'amplifièrent. James et Dana virent un groupe de T-shirts noirs franchir la lisière de la forêt et dévaler la pente en direction du lac. Ils ne disposaient pas de véhicules, mais ils avaient réussi à se procurer des armes. Certains portaient même des vêtements et des gilets pare-balles de grande taille, ce qui signifiait qu'ils étaient parvenus à neutraliser plusieurs T-shirts blancs.

Au moment où les fuyards atteignaient la berge de la pièce d'eau, un quad solitaire s'immobilisa à quelques mètres de leur position. McEwen était aux commandes. Dave Moss l'avait abandonné pour rejoindre le camp d'entraînement mais, fort de son fusil d'assaut et de son matériel de protection, il était convaincu de pouvoir capturer sans difficulté les deux fuyards signalés par Ryan Smythe.

Pourtant, lorsqu'il se dressa sur sa selle pour scruter les sous-bois à l'aide de ses lunettes de vision nocturne, il eut la surprise de découvrir James et Dana courant dans sa direction. Ils se trouvaient à moins de deux mètres, portant une énorme branche à hauteur d'épaule.

Il n'eut pas le temps de se saisir de son arme. Frappé de plein fouet par ce bélier improvisé, il tourna involontairement la poignée des gaz, bascula de la selle et s'abattit lourdement sur le flanc. Dana plongea sur lui, chassant brutalement l'air de ses poumons.

— Je suis tombé dans une embuscade, bredouilla-t-il dans son émetteur. Envoyez des renforts.

Dana, consciente de la supériorité physique de son adversaire, était résolue à ne pas laisser McEwen reprendre son souffle. Le gilet pare-balles dont il était équipé recouvrait les parties les plus vulnérables de son corps. Elle le frappa férocement en plein visage. Ses lunettes se brisèrent. Un filet de sang jaillit de son nez.

Dana s'empara des menottes glissées dans sa ceinture et les lui passa avant qu'il n'ait pu reprendre ses esprits.

— Où es-tu, James ? lança-t-elle.

Son petit ami avait tenté de retenir le quad mais, après avoir vainement essayé d'en saisir les poignées, il avait perdu l'équilibre et s'était affalé dans l'herbe.

Avant qu'il n'ait eu le temps de se redresser, le véhicule, emporté par son inertie, décrivit une large courbe et, prenant le sens de la pente, gagna progressivement de la vitesse. James courut tant qu'il put sans parvenir à refaire significativement son retard. Seule la haie qui entourait le lac pouvait désormais empêcher le quad d'y achever sa course.

À son grand désespoir, le véhicule abattit l'obstacle, ralentit légèrement, puis traversa le sentier de deux mètres de large qui le séparait de la pièce d'eau. James enjamba les restes de la clôture et bondit en avant, certain de pouvoir empoigner les arceaux chromés fixés à l'arrière du quad. À cet instant précis, deux balles le frappèrent successivement à l'épaule et au mollet. Vaincu par la douleur, il s'agenouilla et se retourna afin de déterminer l'origine des tirs.

Ryan Smythe et l'une de ses camarades couraient dans sa direction. Il ajusta ses lunettes de protection puis plongea derrière un parterre de fleurs. Le quad s'immobilisa en équilibre instable, le bas de caisse enjambant à demi la berge artificielle du lac, à un mètre au-dessus de la surface.

Conscientes qu'elles n'étaient pas de taille à affronter au corps à corps un adversaire de seize ans, les deux fillettes se campèrent à distance respectable et épaulèrent leur fusil. Dana se rua dans leur direction et balaya les jambes de Ryan. Sa camarade détala aussitôt vers la forêt.

— Passe-moi tes lunettes et ton flingue, minus, gronda-t-elle. Magne-toi ou je te jette à la flotte.

James, qui avait retrouvé ses esprits, se redressa péniblement puis boita vers le quad. Au moment où il s'apprêtait à empoigner les arceaux, la camarade de Ryan s'agenouilla à la lisière de la forêt et lâcha une pluie de balles sur la carrosserie. Leur seul impact suffit à déséquilibrer le véhicule.

Craignant d'être touché, James se jeta à plat ventre. Le quad bascula lentement en avant et s'enfonça dans les eaux noires du lac.

— Merde ! mais qu'est-ce que t'as foutu ? cria Dana avant de lâcher sa prisonnière.

— J'ai fait tout ce que je pouvais, répliqua-t-il, ulcéré par tant d'ingratitude. Eh, regarde, là-bas, des phares. Il y a deux quads qui se ramènent !

La fausse piste lancée par Lauren sur la fréquence générale avait fait long feu. Conscients d'avoir été dupés, les T-shirts blancs roulaient à tombeau ouvert vers le lac.

— Il faut qu'on se tire ! poursuivit James. Passe-moi les lunettes de McEwen.

— Elles sont cassées, annonça Dana en chaussant celles de Ryan.

— On pourrait essayer de traverser le lac à la nage, dit James, sans grande conviction.

Soudain, une odeur familière de gaz d'échappement emplit ses narines.

— Bon sang, je reconnais ce mélange ! cria-t-il. C'est mon kart !

Grâce à ses lunettes équipées d'un intensificateur de lumière, Dana distingua en effet la silhouette du véhicule qui roulait à vive allure, tous phares éteints, deux quads à ses trousses.

— Eh, c'est Lauren qui est au volant ! s'exclama-t-elle.

Le kart effectua un dérapage contrôlé avant de s'immobiliser à leurs côtés.

— Je peux vous déposer quelque part ? lança Lauren.

— Je t'adore, dit James, tout sourire.

Il se glissa sur le siège passager. Dana s'accroupit dans le compartiment arrière et empoigna solidement les barres soutenant le toit.

Les quads n'étaient plus qu'à quelques mètres. Lauren enfonça la pédale d'accélérateur en s'efforçant de compenser les mouvements brutaux du volant.

— Dana, passe-moi un flingue ! cria James.

Son amie lui remit le fusil dérobé à Ryan. Il l'épaula puis écrasa vainement la détente à plusieurs reprises. L'arme était à court de munitions. Il perdit un temps précieux à la recharger et à armer la culasse. Dana baissa la tête pour lui permettre de faire feu sur leurs poursuivants. Les pilotes, incapables de répliquer sans risquer de perdre le contrôle de leur quad, se rapprochaient du kart mètre par mètre. Tout contact entre véhicules au cours d'un exercice était formellement interdit par les autorités de CHERUB, mais tous les agents savaient pertinemment qu'aucune règle ne pouvait résister à une forte poussée d'adrénaline.

La première balle tirée par James atteignit la conductrice du quad le plus proche au beau milieu du front. Ses lunettes maculées de peinture colorée, elle zigzagua sur quelques dizaines de mètres et se trouva contrainte d'interrompre la poursuite.

Dès que le kart atteignit le sentier goudronné, Lauren prit de la vitesse et creusa définitivement l'écart avec le dernier quad lancé à ses trousses. Le T-shirt blanc qui le manœuvrait poussa une exclamation rageuse puis, conscient qu'il avait perdu la partie, se gara au bord de la chaussée.

Accroupie dans le porte-bagages, Dana était chahutée par les mouvements brusques du véhicule.

— Moins vite, par pitié, supplia James. Ce kart n'est pas équipé de coupe-circuit de sécurité. Si tu casses le joint de culasse, on va comprendre notre douleur.

Lauren ralentit l'allure puis, à l'étonnement de ses passagers, quitta la piste menant directement au bâtiment principal.

— Qu'est-ce que tu fous ? protesta James. On se dirige vers le jardin japonais. C'est un cul-de-sac.

Lauren immobilisa le kart devant le portail du dojo. Une volée de balles lâchée par des tireurs d'élite postés au sommet du bâtiment frappa le toit du véhicule.

— Tu peux nous expliquer ? s'étrangla Dana.

— J'ai entendu un truc intéressant sur la fréquence générale, répondit Lauren.

Puis elle cria à pleins poumons :

— Le taxi est arrivé ! Magnez-vous, on ne va pas y passer la nuit.

Quelques secondes plus tard, deux T-shirts noirs franchirent furtivement la porte latérale du dojo et sprintèrent vers le kart. Une pluie de balles frappa la chaussée. James reconnut Gabrielle O'Brien et Kerry Chang, son ex-petite amie.

Gabrielle se glissa aux côtés de Dana.

— Et moi, je me mets où ? demanda Kerry.

— Sur les genoux de ton ex, et pas de discussion, ordonna Lauren.

Un peu gêné, James passa les bras autour de la taille de Kerry. Il n'avait pas eu de contact aussi intime avec elle depuis une éternité. Son parfum réveilla une foule de souvenirs.

Lauren effectua un demi-tour, rejoignit l'allée centrale, puis roula pied au plancher vers le bâtiment principal. Elle enfonça la pédale de frein à l'approche des courts de tennis, et n'obtint aucune réaction.

— Ralentis, bon sang ! cria James. Tu es complètement malade ou quoi ?

— Ça ne marche pas, répliqua Lauren. Et je te rappelle que c'est toi qui as bricolé ces freins !

Le compteur du kart ne pouvait afficher de vitesse supérieure à cinquante kilomètres heure. L'aiguille était collée à droite du cadran, à l'extrémité de la zone rouge.

— On est trop chargés, expliqua James. Je pense que les freins sont en surchauffe. Appuie à fond sur la pédale, plein de fois, sans t'arrêter.

Ils passèrent à vive allure devant la clôture grillagée des courts de tennis puis filèrent droit vers l'arrière du bâtiment principal. Lauren actionna désespérément les freins jusqu'à ce qu'un choc ébranle le kart. L'espace d'une seconde, elle

crut que ses efforts avaient porté leurs fruits, mais un grincement assourdissant lui perça les tympans. Gabrielle et Dana
se mirent à hurler. Le train arrière venait de se briser, si bien
que l'arrière du véhicule se trouvait désormais au contact de la
chaussée, soulevant une impressionnante gerbe d'étincelles.

Lauren sentit des picotements contre ses mollets nus. Elle
baissa les yeux et découvrit un trou dans le bas de caisse, à
l'endroit où auraient dû se trouver les pédales. Le kart perdit
progressivement de la vitesse, ravagea un parterre de roses,
puis s'immobilisa à cinq mètres du bâtiment principal.

Les trois filles, tremblant de tous leurs membres, sautè-
rent de la carcasse, ajustèrent leurs lunettes puis épaulèrent
leurs fusils d'assaut. James, anéanti par la perte de son
bolide, restait figé sur le siège passager.

Dana lui donna une claque sèche à l'arrière du crâne.

— Bouge-toi, crétin. Tu feras ton deuil plus tard.

Il reprit ses esprits, quitta le kart et parcourut les cinquante
mètres qui le séparaient de l'entrée de service du bâtiment.

Dès qu'ils eurent pénétré dans le hall obscur, les cinq res-
capés célébrèrent bruyamment leur réussite et échangèrent
des embrassades.

— Tu es la sœur la plus chouette de l'univers ! s'exclama
James en serrant Lauren dans ses bras.

— J'espère que tu t'en souviendras, sourit-elle, la prochaine fois qu'il te prendra l'idée de faire le malin avec un
ballon de foot.

## 16. Ligne anonyme

Au lever du soleil, Fahim, qui avait à peine dormi, regarda longuement les ombres danser sur les murs. La grande maison évoquait un mausolée. Sylvia, la femme de ménage, avait pris son service à huit heures. Il entendait l'aspirateur ronronner au rez-de-chaussée, mais ses parents n'avaient pas donné signe de vie. Il ne se sentait pas le courage de quitter sa chambre.

Lorsque la porte s'ouvrit, il eut la surprise de voir apparaître son père, un plateau entre les mains. Chose inhabituelle, il avait troqué son éternel costume d'homme d'affaires pour un jean et un polo Ralph Lauren.

— Comment va mon garçon ? lança-t-il joyeusement.

— Pas trop mal. Où est maman ?

Hassam ignora sa question.

— J'ai préparé ton petit déjeuner. Il faut que tu manges, si tu veux guérir.

Il posa le plateau au bord du matelas. Fahim y découvrit avec étonnement deux œufs à la coque, une salade de fruits, une carafe de jus d'orange et des toasts.

— Merci, murmura-t-il.

— C'est moi qui ai tout fait, dit Hassam. Je n'ai pas l'habitude de cuisiner, alors si quelque chose ne te plaît pas, n'hésite pas à me le faire savoir.

— Ça a l'air très bon, papa.

En vérité, la présence de son père mettait Fahim mal à

l'aise. Il était rompu aux tentatives de réconciliation qui suivaient ses manifestations de colère. Au cours des ans, elles avaient revêtu diverses formes, des jouets coûteux aux baskets dernier cri, en passant par des séjours dans des parcs d'attractions et des week-ends en famille à Paris. Lorsqu'il était plus jeune, il s'était systématiquement laissé acheter par ces cadeaux. Comble de perversité, le comportement de Hassam l'avait conduit à espérer que de telles disputes éclatent. Désormais, il était en âge de comprendre qu'aucune boîte de Lego ne pouvait compenser les coups reçus par sa mère. Ces présents ne constituaient plus à ses yeux que le rappel douloureux des scènes cauchemardesques vécues tout au long de son enfance.

Il brisa la coquille d'un œuf et y trempa le coin d'un toast.

— Cette nuit, ta mère a quitté la maison, lâcha Hassam.

Fahim tressaillit. Il avait maintes fois supplié Yasmine de fuir le domicile familial et de demander le divorce, mais il s'était toujours imaginé qu'elle l'emmènerait.

— Pour toujours ?

Hassam lui adressa un sourire forcé.

— Ta mère a besoin de passer du temps toute seule pour faire le point. Elle n'a emporté que quelques bagages et réservé une chambre dans un centre de thalasso.

Cette nouvelle était rassurante.

— Elle a bien mérité un peu de repos, dit-il.

— C'est sûr. Après la crise que tu as piquée au lycée et la scène que je lui ai faite hier soir... On est un peu sanguins, toi et moi.

Fahim n'appréciait pas les manœuvres de son père visant à faire peser sur lui la responsabilité du départ de sa mère, mais il ravala son indignation et esquissa un sourire.

— Oui, dit-il, on devrait apprendre à garder notre sang-froid.

Hassam lâcha un éclat de rire nerveux.

— Si tu veux, on ira faire un tour en ville. Tu te souviens du blouson en cuir qui te plaisait tant ? Et de cette voiture radio-commandée ? Je crois que ce serait amusant de la faire rouler dans le patio.

— J'ai mal à la tête.

— Pas aujourd'hui, évidemment, dit Hassam. Demain, si ça te dit. Oh non, zut, j'ai une importante réunion. Ce week-end, c'est promis.

Fahim se redressa pour réajuster ses oreillers. Sur la housse du matelas, Hassam aperçut une tache sanglante, stigmate du coup de ceinture infligé à son fils.

— Je vais demander à Sylvia de changer tes draps, dit-il. Si elle te pose des questions, réponds-lui que tu as saigné du nez. D'accord, champion ?

Fahim manqua de s'étrangler. Son père ne l'appelait ainsi que lorsqu'il lui demandait de couvrir ses agissements coupables.

— C'est d'accord, répondit-il. Et pour l'école, qu'est-ce qu'on va faire ? Je ne veux pas aller vivre au Moyen-Orient.

Hassam souleva un sourcil. En dépit de son agacement, il s'exprima avec le plus grand calme.

— Ta mère et moi ne sommes pas d'accord sur ce point, mais je ne te forcerai pas à quitter l'Angleterre contre ton gré.

— Merci.

— Comme s'appelait ton ami, déjà ? Celui que tu voyais souvent avant le collège Warrender…

— Louis ?

— Voilà. Il vient de s'inscrire au collège Burleigh. On pourrait peut-être te trouver une place là-bas et voir si tu t'y plais…

Fahim avait toujours détesté le collège Warrender, ses entraînements sportifs obligatoires du week-end et les tonnes de devoirs exigés par ses professeurs. L'idée de fréquenter un établissement ordinaire et d'y retrouver son meilleur ami le comblait de joie.

— C'est vrai ? lança-t-il.

Aussitôt, il réalisa qu'il avait une nouvelle fois permis à son père d'acheter son silence et son pardon.

— Burleigh a un taux de réussite au bac tout à fait convenable. Je leur passerai un coup de fil dans la journée pour me renseigner sur les conditions d'admission.

∴

Lauren ignorait pour quelle raison elle avait été convoquée chez la directrice. À son grand soulagement, Zara affichait un sourire engageant.

— Entre, Lauren, dit cette dernière. Assieds-toi, je t'en prie.

La jeune fille observa le cadre LCD posé à la place d'honneur sur le plateau de verre et regarda défiler des photos d'Ewart, Joshua et Tiffany.

— Alors, tu as apprécié l'exercice de cette nuit ?

Lauren poussa une chaise à roulettes jusqu'au bureau.

— On m'a tirée du lit à minuit, on m'a passé des menottes et on m'a forcée à courir dans les bois en petite tenue. De quoi je me plaindrais ? Pour le reste, je pense que je ne m'en suis pas trop mal sortie.

— On s'efforce d'inventer de nouvelles épreuves pour préserver l'effet de surprise, mais l'exercice de cette nuit a été conçu de A à Z par Kazakov. Je suis plutôt satisfaite du résultat, mais je pense que les forces en présence étaient un peu déséquilibrées.

Lauren hocha la tête.

— On n'avait aucune chance. Si on avait pu utiliser les voitures de golf, je ne dis pas, mais là…

— Mr Pike pense renouveler cette épreuve, mais sans véhicules motorisés. Ça limitera les risques d'accident et les chances de retrouver un quad à trois mille livres au fond du lac.

— Ah ! ça, c'est encore un coup de mon frère, gloussa Lauren. Moi, le truc qui m'a le plus dérangée, c'est d'avoir dû malmener des T-shirts rouges. Franchement, certains n'avaient que huit ans, et j'ai fait pleurer Siobhan. C'était horrible.

— C'est un point de vue intéressant, dit Zara en notant cette observation sur un calepin. Je vais y réfléchir, même si tous les petits s'étaient portés volontaires pour affronter des T-shirts noirs et avaient l'autorisation de regagner le bâtiment junior quand bon leur semblait. D'ailleurs, ceux avec qui je me suis entretenue ont l'air de s'être beaucoup amusés, si l'on met de côté quelques plaies et bosses.

— Ils sont vraiment diaboliques.

— Je t'ai convoquée pour te féliciter de ton comportement au cours de l'exercice. Tu étais la benjamine des T-shirts noirs, mais tu es la seule à avoir eu l'idée de passer par les fossés et d'emprunter le kart de James. Ensuite, tu as pris des risques calculés pour sauver plusieurs de tes camarades. Mr Pike et moi-même sommes extrêmement impressionnés. Tu as surclassé les meilleurs agents du campus.

Lauren était aux anges.

— Merci, c'est gentil, sourit-elle.

— De plus, je constate que tu t'es parfaitement reprise sur le plan disciplinaire, et j'ai d'excellents échos concernant ton travail au bâtiment junior. J'ai reçu Coral, ce matin, et il est évident qu'elle se porte beaucoup mieux.

— Elle est trop mignonne, et très intelligente pour son âge.

— Compte tenu de tous ces éléments, j'ai décidé de lever ta suspension de missions opérationnelles. Les contrôleurs sont déjà au courant. Tu es libre d'accepter leurs propositions.

Sur ces mots, Zara se leva et tendit la main.

— Merci, merci infiniment, bredouilla Lauren, un sourire béat sur les lèvres, en la serrant avec insistance.

— J'espère que ces compliments ne te monteront pas à la tête. Je t'aurai toujours à l'œil, tu peux me croire. Si j'apprends que tu recommences à comploter et à faire chanter tes camarades, je serai contrainte de te mettre à la porte.

— J'ai compris la leçon. Je serai sage comme une image, c'est juré.

···

Son père ayant rejoint son bureau, Fahim se relaxa près d'une demi-heure dans le jacuzzi géant de la salle de sport aménagée au rez-de-chaussée de la villa. Au sortir du bain, il enfila un peignoir de grande marque puis gagna le salon. Chose étonnante, son père avait remis en place la table basse et les magazines, mais le tapis avait disparu. À l'endroit où il aurait dû se trouver, la moquette était légèrement humide. Une agréable odeur de savon chatouilla ses narines.

Il repensa aux événements de la veille, à sa mère effondrée sur le sol, le nez en sang. Il comprit que son père avait ordonné à Sylvia de nettoyer les taches laissées sur la moquette et de confier le tapis à la blanchisserie.

En se tournant pour regagner le hall, il remarqua une petite chose blanche, semblable à une miette, au pied d'un lampadaire halogène. En se penchant, il découvrit qu'il s'agissait d'une dent humaine.

Aux trois petits éclats d'émail manquant, il reconnut aussitôt l'une des incisives de sa mère.

— Qu'est-ce que tu fabriques ici ? demanda Sylvia en pénétrant dans le salon.

Fahim sursauta puis glissa discrètement la dent dans la poche de son peignoir.

— Rien de spécial, dit-il. Je traîne.

— J'ai changé tes draps. Pousse-toi de là, mon garçon. Ton

père a appliqué du shampooing non dilué. Si je ne fais rien, la moquette va devenir dure comme du carton en séchant.

— Depuis quand participe-t-il aux tâches ménagères ? fit observer Fahim.

La découverte de la dent l'avait profondément ébranlé. Impatient de prendre des nouvelles de sa mère, il gravit les marches quatre à quatre, s'enferma dans sa chambre et s'empara du téléphone portable rangé sur la tablette fixée au-dessus de son lit.

Dès qu'il eut composé le numéro, il crut entendre la sonnerie caractéristique du mobile de Yasmine. Il se déplaça jusqu'à la coursive et constata que le son provenait du rez-de-chaussée.

Il se pencha par-dessus la rambarde pour s'assurer que la voie était libre, descendit l'escalier puis pénétra dans le dressing de sa mère. C'était une pièce de taille respectable équipée d'un double lavabo en marbre, d'une coiffeuse et de penderies où étaient suspendues d'innombrables robes.

La sonnerie le guida jusqu'au sac à main que Yasmine portait lors du rendez-vous au lycée. Il l'ouvrit, s'empara du téléphone et déchiffra l'inscription figurant à l'écran.

## Appel entrant
## FAHIM

Comment sa mère pouvait-elle avoir quitté la maison sans emporter son portable ? À l'intérieur du sac, il trouva les clés de la maison, le biper de sa voiture et le portefeuille contenant ses cartes de crédit.

Fahim eut alors la conviction que son père lui avait menti. À l'évidence, Yasmine n'avait pu se présenter dans un centre de thalassothérapie édentée, sans clés ni moyens de régler son séjour.

Hassam avait-il commis un acte irréparable ? Avait-il tué son épouse ? L'avait-il frappée si durement qu'elle avait dû être conduite à l'hôpital ? Fahim sentit son sang se glacer dans ses veines. Il regagna précipitamment sa chambre, s'effondra sur son lit et enfouit son visage dans un oreiller.

L'idée qu'il ait pu arriver quelque chose de grave à sa mère l'emplissait d'effroi. Pourquoi lui avait-elle menti ? Pourquoi avait-elle prétendu que son mari n'avait rien à voir avec l'accident d'avion, avant de menacer de le dénoncer aux autorités ?

Fahim se sentait piégé, manipulé par les mensonges de ses parents. Cette idée lui était insupportable.

Il s'efforça d'examiner froidement la situation. Yasmine lui avait toujours ordonné de ne pas s'immiscer dans le conflit qui l'opposait à son époux. Peut-être avait-elle, cette fois, besoin qu'on lui vienne en aide ? Avait-elle perdu la vie ? Était-elle terrorisée au point qu'elle avait pris la décision de disparaître à jamais de l'existence de Hassam ?

Fahim n'était pas dupe des attentions de son père, lorsqu'il lui avait servi son petit déjeuner au lit. Tôt ou tard, son tempérament volcanique reprendrait le dessus. Il serait battu ou expédié à Abu Dhabi, et sa mère ne serait plus là pour prendre sa défense.

Fahim se leva, se dirigea vers le PC placé en mode veille, enfonça la barre d'espace et ouvrit une fenêtre de recherche Google sur son navigateur. Le numéro qu'il recherchait avait défilé en bas de l'écran de toutes les chaînes d'informations en continu depuis que la nouvelle de l'accident d'avion avait été rendue publique, mais il ne l'avait pas retenu. Il frappa *ligne anonyme accident d'avion* sur le clavier et enfonça le bouton *Recherche Google*.

Il cliqua sur le premier lien disponible. Un numéro de téléphone gratuit apparut au centre de l'écran. Il jeta un œil par l'entrebâillement de la porte pour s'assurer que personne ne se trouvait dans les parages, puis composa le numéro sur son mobile.

Après trois sonneries, un message enregistré l'informa que la ligne était surchargée et qu'un opérateur répondrait à son appel dès que possible.

Tandis qu'un quatuor à cordes entonnait un air apaisant, Fahim s'interrogea sur le bien-fondé de son geste. Si sa mère était morte, son intervention était parfaitement justifiée. En revanche, si elle était encore en vie, elle risquait d'être considérée comme complice et de finir ses jours en prison.

La musique d'attente s'interrompit.

— Ligne directe des enquêteurs, détective Love à l'appareil. Je vous écoute.

*Quelle espèce de salaud serait capable de dénoncer sa propre mère ?* s'interrogea Fahim.

— Je... je ne sais pas très bien, balbutia-t-il. Je crois que mon père... enfin, je pense que...

L'opérateur parla d'une voix très calme.

— Vous n'avez rien à craindre. Commencez par le début.

— Non... c'était juste une blague, je vous prie de m'excuser.

Fahim coupa la communication et jeta le portable sur son lit, comme s'il lui brûlait les doigts.

Son visage était écarlate, ruisselant de sueur. Quel que fût le crime que son père avait commis, il se sentait incapable de trahir sa mère.

# 17. Mac

*TREIZE JOURS PLUS TARD*

Tout agent convoqué au centre de contrôle du campus pouvait légitimement s'attendre à se voir confier une mission opérationnelle. Lauren ne s'y était jamais présentée sans éprouver un sentiment où se mêlaient excitation et appréhension. Cette fois, c'était différent. En ce lundi matin, elle devait rencontrer le docteur McAfferty, et cette perspective la mettait singulièrement mal à l'aise.

— Je peux entrer ? demanda-t-elle en passant la tête dans le bureau de Dennis King.

King était l'un des deux contrôleurs en chef de CHERUB. De la vaste pièce située à l'une des extrémités du couloir incurvé, il supervisait les opérations de routine, comme les tests de sécurité et les missions de recrutement.

— Bonjour jeune fille, répondit-il gaiement en ôtant ses lunettes. Ne reste pas plantée là. Mac t'attend.

Lauren observa le bureau. L'alcôve percée d'une haute fenêtre qui faisait ordinairement office de coin détente avait été réaménagée. Canapé et fauteuils avaient été retirés afin d'établir un poste de travail provisoire. McAfferty était assis devant une table à tréteaux où il avait méticuleusement disposé des piles de documents indexés à l'aide de post-it.

— Ah ! te voilà, lança-t-il, tout sourire, avant de serrer la main de Lauren. J'étais justement en train de consulter ton dossier. Je te félicite, ma grande.

Lauren était perturbée par la bonne humeur affichée par l'ancien directeur.

— Pour quelle raison ? bredouilla-t-elle.

— Tu n'as pas fêté ton treizième anniversaire la semaine dernière ?

— Ah, ça... Oui, c'était super. Mes copines m'ont emmenée faire du shopping à Londres, puis elles ont organisé une fête à tout casser au huitième étage.

— Bien. Vous avez dû beaucoup vous amuser. Je me rappelle du jour où tu es arrivée au campus comme si c'était hier. Tu avais neuf ans, n'est-ce pas ? Qu'est-ce que tu as changé...

Mac se rassit lentement, une main plaquée contre son dos, puis laissa échapper un grognement. Il avait la soixantaine bien tassée, mais les agents, habitués à le voir effectuer son footing quotidien dans le parc du campus, l'avaient toujours connu en pleine forme.

— Vous allez bien ? s'inquiéta Lauren en se laissant tomber sur une chaise en plastique.

— Ma femme pratiquait la poterie, expliqua Mac. Elle a gagné de nombreux prix et a même écrit des livres sur ce sujet.

— Oui, je me rappelle du joli vase que vous gardiez dans votre bureau.

— Comme ma fille cadette a attrapé le virus, je lui ai proposé de récupérer le four en céramique, mais ce machin pèse des tonnes, et je me suis collé un lumbago en l'installant dans le coffre de mon gendre.

Lauren était embarrassée. Elle ne savait trop quoi dire, mais elle ne voulait pas paraître insensible au drame qui venait de frapper Mac.

— Tout le monde est profondément touché par ce qui vient de vous arriver, dit-elle, sentant le rouge lui monter aux joues.

— Merci. Ce matin, j'ai appris que l'Administration fédérale de l'aviation allait rapatrier les corps, ce qui nous permettra de leur offrir des obsèques dignes de ce nom. C'est un soulagement.

— Super.

Lauren prit aussitôt conscience du caractère déplacé de son intervention. *Je comprends* ou *c'est mieux ainsi* aurait été plus convenable. Les informations communiquées par Mac n'avaient rien de *super*.

— J'ai reçu des centaines de messages de soutien, et Zara a été formidable. Elle s'est occupée de tout, à la maison, et elle m'a servi de chauffeur. J'ai dû hausser le ton pour qu'elle accepte de regagner le campus et se remettre au travail.

Lauren hocha la tête.

— Je suis vraiment contente qu'elle ait été choisie pour prendre votre succession. Elle est vraiment géniale.

— Sais-tu pourquoi je suis de retour ? demanda Mac.

— Tout le monde se doute que c'est à cause de l'accident aérien.

— Je ne suis pas complètement à la retraite, tu sais... Je conserve toujours des fonctions dans plusieurs cellules antiterroristes, je reste conseiller du gouvernement et j'ai gardé mon accréditation. À chaque fois qu'un incident sérieux se produit, un haut responsable des services de renseignement est chargé d'étudier le dossier et de déterminer si l'assistance de CHERUB doit être requise. Ça n'a rien de très excitant, mais je n'avais aucune envie de rester tout seul chez moi à ruminer mes idées noires, alors j'ai proposé mon aide à Zara.

— Je suppose que si je me trouve dans ce bureau, c'est que vous avez trouvé quelque chose d'intéressant, demanda Lauren.

— Possible, mais ça pourrait tout aussi bien être un canular.

— De quoi s'agit-il ?

— La ligne anonyme gratuite chargée de collecter les informations concernant l'accident a reçu plus de huit cents appels. Chaque conversation a été enregistrée et classée de A à D. En gros, la catégorie A désigne un tuyau permettant de procéder immédiatement à une arrestation ; la B, une piste sérieuse nécessitant des jours ou des semaines d'investigation ; la C, une info mise de côté, au cas où un nouvel élément viendrait la confirmer. La plupart des appels sont classés en catégorie D. Ce sont des blagues, des canulars ou des délires de déséquilibrés. Par acquit de conscience, j'étudiais machinalement ces communications quand je suis tombé là-dessus.

Mac fit glisser un doigt sur le trackpad de son ordinateur portable et double-cliqua sur un fichier audio.

La voix d'un jeune garçon jaillit du haut-parleur intégré.

« *Je... je ne sais pas très bien. Je crois que mon père... enfin, je pense que...*

— *Vous n'avez rien à craindre. Commencez par le début.*

— *Non... c'était juste une blague, je suis désolé.* »

Lauren ne voyait pas en quoi cet appel pourrait être utile à l'enquête. Devant son expression médusée, Mac lâcha un bref éclat de rire.

— Tu n'as pas l'air très impressionnée, dit-il.

— Je ne comprends pas très bien où vous voulez en venir.

— Oh, je sais, ce n'est pas grand-chose, mais les petits ruisseaux font les grandes rivières, et il faut bien commencer quelque part. Cette communication m'intrigue.

— En cours de techniques d'investigation, j'ai étudié une affaire de meurtre résolue grâce à une minuscule trace de peinture découverte sur un réverbère.

— L'interlocuteur du garçon de l'enregistrement est un enquêteur nommé Mark Love. Il a classé la communication en catégorie D sans même vérifier l'origine de l'appel. Les trente années que j'ai passées à la tête de CHERUB m'ont appris à connaître les enfants, tu peux me croire. Et je suis certain que celui-là n'était pas d'humeur à plaisanter.

Lauren restait sceptique. Elle craignait que le jugement de son ancien directeur ne soit affecté par le drame qu'il était en train de traverser.

— Selon toi, quel âge a ce garçon ? demanda Mac.

— Douze ans, peut-être moins. Il n'a pas encore mué. En fait, ça pourrait presque être une fille.

— Bien vu. Tu n'as rien remarqué d'autre ?

— Il a un léger accent du Moyen-Orient.

— À part ça, que dirais-tu de sa voix ?

— J'ai l'impression qu'il était nerveux. Peut-être qu'il avait peur. Allez, dites-moi ce que vous avez appris en vérifiant l'origine de l'appel.

— Il provient d'un téléphone portable à carte anonyme rechargé à de nombreuses reprises grâce à une carte bancaire appartenant à une certaine Yasmine Hassam, et à une occasion par son mari, Hassam Bin Hassam. Ils ont un fils, Fahim, âgé de onze ans. Ils vivent à Hampstead, au nord de Londres, à environ trois kilomètres du quartier où James et toi avez grandi.

— C'est tout près, mais il n'y a que des bourges, à Hampstead. On n'y mettait jamais les pieds.

— Ça, je m'en doutais un peu, sourit Mac.

— Alors, c'est ce Fahim qui a appelé la ligne des enquêteurs ?

— Je n'ai pas encore de preuve formelle, mais j'en suis convaincu.

— Que savez-vous des Bin Hassam ? Ont-ils un profil de terroristes ?

— Oui et non. Hassam possède une société, Bin Hassam Dubaï Import-Export, ou BHDIE, qu'il gère avec son frère Asif. Ils achètent de l'espace sur des avions cargos en partance des aéroports du monde entier et acheminent essentiellement des produits manufacturés chinois bon marché destinés aux solderies. De nombreuses compagnies de ce type opèrent depuis Dubaï afin de profiter des faibles taxes douanières et d'un des plus grands centres de fret au monde. La plupart ont mauvaise réputation. BHDIE a été condamnée pour évasion fiscale en Inde et en Allemagne. En Angleterre, elle figure sur la liste des sociétés soupçonnées de fraude.

Lauren haussa les épaules.

— En gros, c'est un duo d'hommes d'affaires véreux, mais rien ne permet de les associer à des activités terroristes.

— Nos services n'ont jamais entendu parler d'eux, mais Asif Bin Hassam est interdit de vol par l'Agence de sécurité aérienne des États-Unis.

— Pour quelle raison ?

— Je n'ai pas plus de précisions. Cette mesure a été prise en 2003. En fait, l'expression « interdit de vol » est mal choisie, parce que les individus qui en sont frappés peuvent embarquer à bord d'un avion de ligne depuis un aéroport américain, à condition de se soumettre à un contrôle extrêmement rigoureux. Le problème, c'est qu'il ne s'agit que d'une liste de noms, sans date ni description physique, et il doit exister de nombreux Asif Bin Hassam de par le monde.

— Vous voulez dire qu'une personne peut être refoulée par les autorités à cause d'une simple homonymie ?

— Exactement, dit Mac. Même le sénateur Ted Kennedy, le frère de JFK, a eu des problèmes à cause d'un terroriste qui utilisait le pseudonyme de T Kennedy.

— Vous avez demandé aux Américains de quoi est soupçonné le Asif Bin Hassam qui figure sur leur liste ?

— Il y a été inscrit à la suite du témoignage d'un informateur anonyme basé au Pakistan. C'est tout ce que nous savons.

— Mais vous estimez que cette piste vaut le coup d'être suivie, n'est-ce pas ?

— Certainement, répondit Mac. D'autant que tu n'as pas encore tout vu.

Sur ces mots, il remit à Lauren un listing détaillant les achats réalisés par carte bancaire et les appels effectués depuis son portable par Yasmine Bin Hassam au cours des deux derniers mois. Elle avait l'habitude de passer une douzaine de coups de fil par jour et dépensait des sommes astronomiques dans les magasins les plus luxueux de Londres.

— Quel jour Fahim a-t-il appelé la ligne des enquêteurs ?

— Le mardi 11 septembre. Deux jours après l'accident d'avion.

— Elle n'a plus effectué d'appels ni utilisé sa carte bancaire depuis le 10, s'étonna Lauren. C'est comme si elle avait disparu de la surface de la terre. Vous pensez qu'elle a fui le pays ?

— On a vérifié auprès des autorités aéroportuaires et maritimes. Si elle s'est enfuie, elle a forcément utilisé un faux passeport.

— Dès le lendemain de sa disparition, son fils a appelé la hotline, et il était visiblement mort de trouille.

Mac sourit.

— Alors, dis-moi, penses-tu toujours que je suis un vieux croulant qui n'a plus toute sa tête ?

— Oh, je n'ai jamais pensé une chose pareille… bredouilla Lauren.

— Une seule chose m'embarrasse, dit Mac en faisant glisser un autre document dans sa direction. Fahim a été exclu de son collège le 10 septembre. Tiens, c'est le rapport du psychologue scolaire.

Lauren lut à haute voix les passages soulignés au feutre jaune fluo par l'ancien directeur.

— Souffre d'insécurité émotionnelle, recherche en permanence l'attention de son entourage… De nature légèrement paranoïaque, convaincu de susciter l'hostilité de ses camarades et de ses professeurs… Comportement dissipé en classe, sujet aux accès de colère et aux tics faciaux… Ses parents ont indiqué qu'il était régulièrement victime de crises de panique, de terreurs nocturnes et de somnambulisme.

— J'ai connu des témoins plus fiables… soupira Mac.

— Les petits ruisseaux font les grandes rivières, répéta Lauren en posant le dossier sur la table. Nous n'avons aucune preuve, mais déjà un solide faisceau de présomptions. Je crois que nous devrions creuser dans cette direction.

## 18. Légendes urbaines

James et Kerry avaient obtenu depuis longtemps leur qualification de conduite avancée, mais ils étaient encore trop jeunes pour se voir délivrer un permis de conduire officiel. Ils supplièrent Meryl Spencer de les laisser se rendre en voiture au *Deluxe Chicken*, assurant qu'ils se gareraient à distance respectable de l'établissement, mais la responsable de formation rejeta fermement leur requête.

Leur scénario de couverture faisait d'eux des élèves de seconde inscrits dans un lycée situé à plus de trente kilomètres de leur lieu de travail. Meryl les déposa au village le plus proche du campus, puis ils endurèrent un trajet de quarante minutes dans un bus bondé dont les passagers étaient soit trop pauvres pour posséder une voiture, soit trop âgés pour conduire.

Le chauffeur avait une mine renfrognée. Personne ne souriait. Lorsque James aida une retraitée à monter son Caddie, il n'obtint en retour qu'un regard suspicieux, comme si la vieille dame craignait qu'il ne lui vole ses provisions.

— Merci mon chien, murmura-t-il en regagnant sa place à côté de Kerry.

La jeune fille esquissa un sourire, chose rare lorsqu'elle se trouvait en sa compagnie. James lui avait brisé le cœur en la quittant pour Dana, mais près d'une année s'était écoulée, et il s'étonnait que leurs relations ne se soient pas améliorées. Elle sortait désormais avec Bruce, le meilleur ami de James depuis que Kyle avait quitté CHERUB.

— Tu as des nouvelles de Bruce ? demanda-t-il.

— Il te salue. Il a bien rigolé quand je lui ai appris qu'on allait faire notre stage ensemble.

— Il va bien ?

— Apparemment, mais je crois que le climat lui tape sur les nerfs. Il espérait se dorer au soleil dans l'hémisphère Sud, mais c'est le milieu de l'hiver, là-bas, et il paraît qu'il bruine du matin au soir.

James sourit. Kerry ne lui avait pas parlé aussi longtemps depuis onze mois.

— T'avais pris quoi, comme premier choix ?

— La banque Stern & Frank. Ça avait l'air tranquille, et ça m'aurait bien plu, de passer deux semaines au centre de Londres.

— J'ai entendu dire que ce n'est pas aussi peinard qu'on le prétend. L'année dernière, quand Katie Price y a fait son stage, la boîte était en pleine opération de fusion-acquisition. Elle a passé quinze jours à déménager des dossiers jusqu'à une heure du matin.

— Je sais, et en plus, elle devait prendre son service à sept heures et demie. Cela dit, sur mon CV, j'ai peur que ça fasse un peu tache, ces deux semaines à faire frire des ailes de poulet.

Le véhicule fit une halte pour laisser monter une femme encombrée d'une double poussette et de trois enfants au visage barbouillé de chocolat. Elle se planta devant le chauffeur puis explora le contenu de son sac à main à la recherche d'un porte-monnaie.

— Ça me rend dingue, ce genre de personnes, grogna Kerry. Elle ne pouvait pas faire ça pendant qu'elle attendait à l'arrêt de bus ?

∴

Le centre de loisirs était situé en périphérie d'une ville de taille moyenne, à quinze kilomètres du campus. Il disposait d'une piste de bowling et d'un cinéma multiplex. La patinoire, incendiée dans les années 1990, n'avait jamais été reconstruite. Le parking pouvait accueillir six cents véhicules. *Deluxe Chicken* jouxtait plusieurs fast-foods appartenant à des enseignes internationales, un centre de lavage auto haute pression, une salle de machines à sous et un pub où les pintes étaient servies dans des gobelets en plastique afin d'éviter que les bagarres du vendredi et du samedi soir ne tournent au bain de sang.

L'une des portes du *Deluxe Chicken* avait été condamnée à l'aide de panneaux de contreplaqué. James poussa tant qu'il put sans parvenir à la faire bouger. Kerry frappa du poing contre la vitrine afin d'attirer l'attention de la jeune femme d'une vingtaine d'années qui passait la serpillière sur le carrelage. Sous sa chemise aux couleurs du restaurant, elle portait une minijupe noire. Le regard de James s'attarda sur ses jambes, puis glissa jusqu'à ses socquettes et ses Reebok roses en mauvais état.

— Nous ne servons pas le petit déjeuner ! cria l'employée en désignant le cadran de sa montre.

Kerry secoua la tête.

— On est les stagiaires ! brailla-t-elle.

— Quoi ? demanda la jeune femme en portant une main en entonnoir à son oreille.

— Les stagiaires ! répéta Kerry.

— Passez par-derrière, et demandez Gabriel.

L'allée qui séparait *Deluxe Chicken* de la pizzeria voisine était jonchée de canettes de bière.

— Très sympa comme coin, ironisa James. Eh, qu'est-ce qu'il y a ? Pourquoi tu me regardes comme ça ?

— Tu le sais très bien, lança Kerry, visiblement contrariée.

— Ben non, c'est pour ça que je te pose la question.

— Ne fais pas l'innocent. Je t'ai vu mater les jambes de cette fille.

— Oooh, laisse tomber, tu veux…

— Ne compte pas là-dessus. Si tu franchis la ligne jaune, je te garantis que Dana sera la première informée.

— Tu es complètement parano, dit James. J'en ai marre que tu me prennes pour un obsédé.

Ils franchirent la porte de service du restaurant, foulèrent le linoléum maculé d'empreintes boueuses d'une cuisine délabrée, puis tombèrent nez à nez avec un homme filiforme. Le badge épinglé à sa chemise marron portait l'inscription *Gabriel, manager*.

— Bonjour, lança-t-il avant de consulter sa montre. Vous étiez censés vous présenter il y a dix minutes.

— Il n'y a qu'un bus par heure, et il était en retard, expliqua Kerry.

— Demain, je vous conseille d'emprunter le précédent. Je suis chargé de votre formation, en plus de mes autres responsabilités, alors j'aimerais que vous respectiez les horaires.

— Pourquoi ne pas nous infliger une retenue sur salaire ? ironisa James. Oh, suis-je bête, j'oubliais que nous sommes ici pour travailler gratuitement…

Kerry lui donna un discret coup de coude.

— Pour commencer, annonça Gabriel, je veux que vous gardiez constamment à l'esprit le mot *hygiène*. Hygiène. Hygiène. Si nos produits ne sont pas préparés conformément à la charte *Deluxe Chicken*, nos clients risquent d'ingérer des salmonelles, ce qui compromettrait la réputation de notre groupe et pourrait lui valoir une forte amende. Passez une chemise et une casquette, puis lavez-vous les mains. Ensuite, vous lirez notre manuel puis vous répondrez au questionnaire afin d'obtenir la première étoile sur votre badge. Cette qualification est valable dans tous les établissements *Deluxe Chicken*, partout dans le monde.

— Super cool, dit James.

Dix minutes plus tard, ils s'assirent à une table du restaurant puis, crayon en main, entreprirent la lecture d'un fascicule dont la couverture était ornée du logo de la chaîne de restauration et de l'inscription *Bienvenue dans la grande famille Deluxe Chicken*. Son étude ne prit pas plus d'un quart d'heure.

— OK, voyons si nous avons le niveau, ricana James, avant de lire à haute voix la première question du test figurant à la fin du document. *Après vous être rendu aux toilettes, vous devez : A, éteindre la lumière ; B, regagner immédiatement votre poste de travail ; C, vous laver soigneusement les mains à l'eau chaude et au savon.* Je sèche là... Tu as une idée ?

— James, on est ici pour deux semaines, dit Kerry. Essaye de prendre sur toi, par pitié.

— Mais c'est tellement ridicule... Deuxième question : *un client renverse sa boisson sur le sol : A, vous placez un cône de sécurité puis prévenez le membre de l'équipe chargé du nettoyage dans les plus brefs délais ; B, vous ignorez l'incident car il ne dépend pas de votre responsabilité ; C, vous profitez de la situation pour effectuer quelques glissades.*

Kerry observa un silence glacé.

— Ouais, j'avoue, gloussa James, j'ai ajouté une petite touche personnelle.

— Bon sang, mais quand est-ce que tu te décideras enfin à grandir ? Si tu te fais virer, Meryl Spencer t'infligera une punition que tu n'es pas près d'oublier, et tu viendras encore te plaindre d'être traité de façon injuste.

James se replongea dans l'étude du questionnaire.

— C'est marrant, ce fascicule a déjà dû servir à une trentaine de personnes. On voit encore la trace des croix qui ont été gommées.

— Oui, répondit Kerry, et le plus inquiétant, c'est que certains membres de la grande famille *Deluxe Chicken* ont répondu à côté...

James éclata de rire puis jeta un regard oblique à la jeune femme qui passait la serpillière. Il déchiffra le prénom inscrit sur son badge : Gemma. Elle était irrésistible, un rien vulgaire, avec sa jupe ultracourte et ses bijoux fantaisie. Craignant d'essuyer les remontrances de Kerry, il détourna les yeux.

— Vous avez l'air de bien vous amuser, dit-elle. Je peux me permettre de vous donner quelques conseils ?

James et Dana hochèrent la tête.

— Premièrement, sachez que Gabriel est un maniaque du règlement. Il a vingt-huit ans, mais je crois qu'il n'a jamais touché une nana de sa vie. Ça explique bien des choses… Deuxièmement, j'imagine que vous avez déjà entendu toutes ces légendes urbaines concernant les fast-foods, les employés qui laissent tomber la bouffe par terre, qui crachent dans les friteuses et tout ça… Eh bien, elles sont toutes authentiques, surtout quand je suis aux cuisines.

James, hilare, serra chaleureusement la main de sa nouvelle collègue.

— Eh ! j'ai l'impression qu'on a plein de choses en commun ! s'exclama-t-il, à la plus grande consternation de Kerry.

# 19. Approche directe

Lauren n'était toujours pas pleinement convaincue du bien-fondé de l'opération à laquelle Mac souhaitait qu'elle participe. De son point de vue, les listings téléphoniques et bancaires, les informations concernant Asif Bin Hassam et les quelques mots lâchés par Fahim au téléphone ne permettaient pas de conclure avec certitude à une conspiration terroriste. Zara et le comité d'éthique avaient approuvé l'ordre de mission, mais elle les soupçonnait d'avoir agi davantage par égard pour l'ancien directeur que par adhésion à ses théories.

— Les médias ne parlent plus du crash, dit-elle. Avez-vous des informations qui n'ont pas été rendues publiques ? Aux dernières nouvelles, personne ne savait si l'accident avait été causé par un problème technique ou par un acte terroriste.

— Les investigations en sont toujours au même point, dit Mac. Vendredi dernier, je me suis entretenu par visio-conférence avec les enquêteurs. Ils n'ont abouti à aucune conclusion. Ils ont récupéré quatre-vingts pour cent de l'avion et de nombreux corps, mais des pièces importantes restent introuvables, notamment celles qui se sont détachées au moment de la déflagration qui a endommagé une aile et le système hydraulique. Elles pourraient s'être abîmées en mer à une centaine de kilomètres du point d'impact de l'appareil. Et sans elles, il va être difficile de déterminer la cause de l'incident initial. Une bombe ? L'explosion accidentelle d'un récipient pressurisé dans les bagages d'un passager ? Un court-circuit suivi d'un incendie touchant le réservoir ? Il y a des centaines de possibilités.

— Pourtant, la police a reçu un message de revendication.

— Plusieurs, en fait, rectifia Mac. Dès qu'un accident comme celui-là se produit, les groupes terroristes en profitent pour se faire de la publicité. Pour le moment, aucun d'entre eux ne nous a fourni de preuve convaincante.

— Alors, en gros, l'enquête n'a pas avancé d'un centimètre.

— En effet, mais si des terroristes sont impliqués, ils risquent de frapper à nouveau. Les autorités et les services de renseignement considéreront cette menace en priorité tant que cette hypothèse ne sera pas définitivement écartée.

Une voix enfantine résonna dans le dos de Lauren :

— Bonjour, docteur Mac. Alors, elle a accepté de faire partie de l'équipe ?

Jake, le petit frère de Bethany, un garçon âgé de onze ans, installa une chaise en plastique devant la table.

— Je n'ai pas encore eu le temps de l'informer de tous les détails de l'opération, expliqua Mac.

Lauren avait toujours su qu'elle participerait un jour ou l'autre à une opération en compagnie d'un agent plus jeune, mais elle s'était toujours imaginée jouant le rôle de la grande sœur auprès d'une petite fille. Partir en mission avec le frère de sa meilleure amie était une tout autre affaire.

Jake avait le don de lui taper sur les nerfs. De plus, elle était outrée que Mac l'ait tenu informé avant elle, au mépris des usages hiérarchiques en vigueur à CHERUB. D'un autre point de vue, il était évident que Fahim se lierait plus facilement à un garçon de son âge qu'à une fille de treize ans. Enfin, elle espérait que son coéquipier, qui, depuis le jour où il avait obtenu son T-shirt gris, se plaignait de ne pas se voir confier de mission d'envergure, ferait montre de professionnalisme.

— Je crois qu'il n'est pas nécessaire que je fasse les présentations, dit Mac.

Jake et Lauren hochèrent la tête.

— À l'origine, je comptais envoyer Bethany pour accompagner son frère, mais elle suit toujours une procédure de remise en forme suite à sa mission au Brésil. Fahim fréquente un nouvel établissement scolaire depuis une semaine. C'est l'une des pires écoles du quartier de Camden, et les parents ne se bousculent pas pour y inscrire leurs enfants. Inutile de préciser que je n'aurai aucun mal à vous trouver une place. Avec un peu de chance, Fahim n'aura pas eu le temps de se faire des amis, ce qui facilitera votre entrée en contact. Dans un premier temps, vous vous contenterez de rassembler des informations. Hassam Bin Hassam gère ses affaires depuis son domicile, ce qui signifie que, si vous parvenez à vous faire inviter chez lui, vous serez en mesure de placer son bureau sous surveillance et d'accéder aux données de ses ordinateurs. En parallèle, vous tâcherez de déterminer ce que Fahim sait des activités de son père.

— En espérant que ce n'est pas qu'un paumé complètement dérangé, fit observer Jake.

Lauren ignora la remarque agaçante de son coéquipier.

— Ne pourrions-nous pas associer un second garçon à l'opération? Rien ne dit que Fahim s'entendra avec Jake.

— Si la menace terroriste est avérée, une autre attaque pourrait avoir lieu prochainement. C'est pourquoi nous allons opter pour une approche directe.

— Ça veut dire que nous dirons à Fahim qui nous sommes, conclut Jake.

Lauren lui lança un regard noir.

— Je sais ce qu'est une approche directe. Au cas où tu ne l'aurais pas remarqué, je porte un T-shirt noir. Je ne débute pas dans le métier, minus.

Mac frappa du poing sur la table.

— Jake, c'est la première fois que tu participes à une mission aussi importante. Lauren, ta suspension vient d'être levée. J'avais la naïveté de croire que vous auriez tous les deux le bon sens de ravaler votre orgueil afin de favoriser le bon déroulement de l'opération. Me serais-je trompé ?

— Non, monsieur, répondirent en chœur les deux agents.

— Je veux avoir l'assurance que vous vous comporterez de façon responsable et mettrez de côté vos petites rivalités. Est-ce que je me fais bien comprendre ?

Jake et Lauren hochèrent la tête.

— Procéder à une approche directe n'est-il pas un peu dangereux dans le cadre d'une opération visant un groupe terroriste ? demanda cette dernière.

— Nous ne prendrons pas plus de risques que lorsque nous faisons venir une recrue au campus pour lui faire subir des tests d'évaluation, et nous avons beaucoup à y gagner. Fahim a contacté les services de police. Il est déstabilisé. Je pense vraiment qu'il sera sensible à nos arguments. Au lieu de passer une semaine ou davantage à créer un lien d'amitié artificiel, nous jouerons cartes sur table dans les quarante-huit premières heures de la mission. S'il refuse de nous aider, nous ferons pression sur lui en le menaçant de jeter son père en prison.

— L'idéal serait quand même que je devienne son ami, fit observer Jake.

— Bien entendu. Une cible qui accepte de coopérer de son plein gré est toujours plus fiable que quelqu'un qui agit sous la contrainte. Je veux simplement que vous vous teniez prêts à employer cette solution si vous ne parvenez pas à gagner la confiance de Fahim.

— Je comprends, dit Jake.

Considérant le peu d'éléments qui soutenaient la thèse de Mac, Lauren ne débordait pas d'enthousiasme, mais l'excitation flagrante de son coéquipier lui fit prendre conscience qu'elle s'était endurcie avec l'expérience.

— N'oubliez pas que Fahim ne sait plus à quel saint se vouer, poursuivit Mac. Sa mère a disparu. Il ne lui reste que son père. En outre, son évaluation psychologique le décrédibilisera sans le moindre doute s'il s'avise de claironner qu'il a été approché par des enfants espions.

— Quand passerons-nous à l'action ? demanda Lauren.

— Dès que possible. Nous vous avons déjà trouvé un appartement à proximité de la maison des Bin Hassam. Vous emprunterez le même bus que Fahim pour vous rendre au lycée.

— Et qui sera notre contrôleur de mission ? interrogea Lauren. Vous ?

Mac hocha la tête.

— Je n'ai pas rempli cette fonction depuis vingt ans, mais tout le personnel de CHERUB est débordé. Je pourrai continuer à étudier les éléments relatifs à l'enquête concernant les causes de l'accident pendant que vous serez en cours.

Jake lui adressa un sourire radieux.

— Vous êtes trop vieux pour être notre père. Je suppose que vous tiendrez le rôle de notre grand-père.

Mac venait de perdre un petit-fils. Aux yeux de Lauren, Jake manquait singulièrement de tact. Pourtant, Mac lâcha un éclat de rire, saisit une règle sur la table et frappa gentiment les doigts du petit garçon.

## 20. La tête dans le micro-ondes

En semaine, à l'heure du déjeuner, le fast-food n'accueillait jamais plus d'une dizaine de clients.

— Bienvenue chez *Deluxe Chicken* ! lança Kerry avec enthousiasme, en dépit de sa chemise en nylon marron et du ridicule calot en papier qui trônait sur sa tête. Puis-je prendre votre commande ?

La silhouette de la jeune femme plantée devant elle évoquait une montgolfière engoncée dans un blouson de cuir. L'odeur de son déodorant se mêlait à celle de la friture.

— Deux menus méga Deluxe, un Fanta et une portion de haricots à la tomate, dit-elle. Et j'ai découpé un coupon de réduction de cinquante pour cent dans le journal.

Kerry examina le morceau de papier que lui tendait la cliente, puis se tourna vers la cuisine.

— Gabriel, Gemma ? appela-t-elle.

N'obtenant aucune réponse, elle étudia le panneau de commande de la caisse enregistreuse. Elle poussa le bouton *discount*, mais les mots *entrer code* apparurent à l'écran.

— Je suis désolée, soupira-t-elle, mais je ne sais pas où appuyer pour valider la réduction.

Elle quitta son poste et trouva Gemma, James et un assistant prénommé Randall en train de bavarder près du poste de préparation des sandwiches.

— J'ai un problème en caisse, expliqua-t-elle. L'un de vous pourrait-il me filer un coup de main ?

Gemma l'accompagna jusqu'au comptoir.

— Navrée de vous faire attendre, s'excusa Kerry auprès de la cliente.

— Je dois reprendre mon travail dans quinze minutes, soupira cette dernière. Vous pourriez accélérer la cadence ?

Gemma lui arracha le coupon des mains, puis l'examina attentivement.

— Regarde ce qui est écrit en bas : PROM6. Ça veut dire que tu dois appuyer sur *promotion* puis sur *6*. La touche *discount* est réservée aux commandes spéciales. Seul le manager peut l'activer.

Kerry appliqua la procédure puis se tourna vers l'étagère en aluminium où les employés de cuisine déposaient les commandes.

— Où sont les haricots ? gronda-t-elle.

— Ils seront prêts dans cinq minutes, répondit Randall.

Il venait de violer délibérément la charte *Deluxe Chicken*, qui interdisait aux employés d'évoquer un temps d'attente à haute voix.

— Dans ce cas, laissez tomber, soupira la cliente. Donnez-moi un deuxième Fanta à la place.

Inquiète de voir une courte file d'attente se former derrière la jeune femme, Kerry posa sachets de frites, gobelets et boîtes en carton sur un plateau. Elle était ulcérée par l'attitude passive de James et de Gemma, qui étaient restés embusqués dans la cuisine.

Par chance, Gabriel jaillit de son bureau.

— Au boulot ! lança-t-il à l'adresse de Gemma. Il est inadmissible que des clients soient obligés de patienter. Ouvre une seconde caisse, s'il te plaît. Randall, active la manœuvre. Quant à toi, James…

Gabriel avait pris James en grippe dès leur première rencontre.

— Compte tenu de ton attitude, je préfère que tu n'entres

pas en contact avec la clientèle. Prends un seau et un balai, et va nettoyer la ruelle. Débarrasse-nous des flaques de vomi et des canettes brisées.

James était furieux d'avoir été choisi pour remplir cette tâche ingrate. Il envisagea d'envoyer paître son interlocuteur et de quitter les lieux sur-le-champ, mais la perspective d'annoncer à Meryl que son stage avait tourné au désastre au bout de trois heures l'en dissuada. Il remplit un seau d'eau tiède, ajouta une dose de désinfectant, puis poussa la porte de service.

À l'intérieur du restaurant, le relatif afflux de clientèle ayant été jugulé, Gabriel invita Kerry à prendre le second poste de préparation des sandwiches. En règle générale, il n'était utilisé que le week-end, lorsque les joueurs de bowling et les spectateurs sortant du cinéma prenaient d'assaut l'établissement.

— Tu as l'air intelligente, dit le manager. Je vais te montrer comment ça fonctionne.

Flattée par ces propos, Kerry lui adressa un sourire amical. James pénétra dans les cuisines, un seau rempli de verre brisé à la main.

— Ah ! James, lança Gabriel. Quand tu en auras fini avec la ruelle, tu videras les poubelles et tu passeras un coup de chiffon sur les tables.

Kerry ne put résister à la tentation de tirer la langue à son ancien petit ami.

— Ceci est une station de cuisson *Deluxe Chicken*, identique à celles utilisées dans le monde entier, expliqua Gabriel sur un ton docte, en se pressant contre son apprentie. Deux friteuses, une pour le poulet, l'autre pour les frites. Un poste de préparation des salades, des crudités et des sandwiches-club. Au-dessus, les trois fours micro-ondes qui nous permettent de servir nos produits à la température souhaitée par les clients. Notre ingrédient principal reste le poulet surgelé. Tout est stocké dans la chambre froide. Chaque carton comporte un carré de couleur. Il suffit d'enfoncer la touche correspondante sur le panneau de contrôle pour obtenir la cuisson idéale.

Kerry considéra la masse de graisse blanchâtre figée dans les friteuses.

— Ça fond en combien de temps ? demanda-t-elle.

— Une quinzaine de minutes. Pendant le processus, l'employé est censé remplir les bacs de salade et de crudités, puis nettoyer les plans de travail à l'aide de gel antibactérien.

Gabriel poursuivit son exposé pendant près de dix minutes. Malgré l'ennui qu'il lui inspirait, Kerry, soucieuse de faire bonne impression, hochait la tête, riait poliment aux blagues vaseuses du manager et posait des questions pertinentes. L'homme se tenait beaucoup trop près d'elle à son goût, une attitude qui la mettait extrêmement mal à l'aise. Elle parvint à conserver son calme jusqu'à ce qu'il pose une main sur ses reins.

— Arrêtez ça immédiatement, gronda-t-elle.

Gabriel sourit.

— Mais c'est que ça mordrait ? plaisanta-t-il en lui pinçant gentiment la joue.

Kerry fit un pas de côté pour se soustraire aux assiduités du manager, plaça une main derrière sa nuque et lui frappa le front contre un four micro-ondes avec une telle violence que l'une des équerres murales se brisa.

— Eh ! lança Gabriel en tendant un doigt menaçant vers la jeune fille. Qu'est-ce qui te prend ? Fais gaffe, je pratique le karaté.

— Ah vraiment ? Ça tombe bien, j'ai moi-même quelques notions.

Randall, James et Gemma observaient la scène avec stupéfaction.

— Si tu poses encore tes sales pattes sur moi, espèce de pervers, je te plonge la tête dans la friteuse ! cracha Kerry.

144

Elle caressa l'idée de briser l'index tendu dans sa direction mais, jugeant cette riposte disproportionnée, elle se contenta de le plaquer sans ménagement contre un réfrigérateur.

— Alors, qu'est-ce que tu attends ? cracha-t-elle en adoptant une posture de combat. Montre-nous quelques figures, Bruce Lee.

Gemma frappa joyeusement dans ses mains.

— Bien joué, petite sœur ! Je l'ai déjà menacé de prévenir mon copain Danny s'il continuait à avoir les mains baladeuses.

Le choc contre le micro-ondes avait plongé Gabriel dans un profond état d'hébétude.

— Retournez à votre poste immédiatement, bredouilla-t-il en effectuant une série de gestes désordonnés.

Sur ces mots, il se rua dans son bureau et claqua la porte derrière lui.

Gemma prit Kerry dans ses bras.

— La leçon que tu lui as donnée ! s'exclama-t-elle. Dire que je te prenais pour une bêcheuse...

James contempla avec admiration la porte fissurée du micro-ondes.

— Ce type est un salaud, dit Kerry. Franchement, s'en prendre à une stagiaire pendant son premier jour de travail... Je suppose qu'il pensait tomber sur une fille sans défense. Ce n'était vraiment pas son jour de chance.

# 21. Camden Central

Mac fit appel à l'unité de relocalisation d'urgence des services de renseignement britanniques, un département chargé de fournir des solutions d'hébergement aux agents en mission et aux témoins placés sous protection. En moins de deux jours, ses spécialistes contactèrent plusieurs agences immobilières londoniennes et signèrent le bail de location d'un appartement comportant trois chambres, dans un immeuble luxueux situé à deux pas de la maison de Hassam Bin Hassam.

Mac s'occupa personnellement de l'inscription scolaire de ses jeunes collaborateurs. Au fil des ans, il était devenu expert dans l'art de manipuler les directeurs d'établissement et leurs systèmes informatiques. Comme prévu, il n'eut aucune difficulté à placer Jake dans la classe de Fahim.

Trois heures après le briefing, les agents entassèrent leurs bagages dans le coffre de sa Mercedes, puis ils prirent la direction de Londres. Le timing était extrêmement serré. Mac devait effectuer des achats à la boutique d'uniformes avant son rendez-vous de dix-sept heures avec le responsable du lycée.

•••

Lauren éprouvait toujours des difficultés à s'endormir au premier soir d'une mission. Au cours de sa carrière, elle avait essuyé des coups de feu et des jets de gaz lacrymogène ; elle avait été kidnappée et avait échappé *in extremis* à une explosion dévastatrice. Pourtant, l'expérience n'avait pas apaisé sa nervosité. Tourmentée par les questions soulevées lors de la préparation de l'opération, elle n'avait pas fermé l'œil de la nuit.

Elle toucha à peine au petit déjeuner complet préparé par Mac.

— Ça ne te plaît pas ? s'étonna ce dernier.

— Je suis un peu tendue, expliqua Lauren.

Mac consulta sa montre.

— Rien d'anormal, sourit-il.

— Ça ira mieux quand la mission aura débuté et que je commencerai à savoir de quoi il retourne. Je crois que j'ai peur de l'inconnu, en fait.

— Et toi, Jake, comment te sens-tu ?

Vêtu d'un short de football et de chaussettes blanches portés la veille, le petit garçon avait englouti le contenu de son assiette. Il était plutôt petit pour ses onze ans. Ses cheveux hérissés et ses grands yeux marron lui donnaient un air innocent des plus trompeurs.

— Moi, je ne me fais jamais de souci, dit-il, les joues pleines de bacon et de pain grillé. Je suis bien entraîné, et je connais mon ordre de mission presque par cœur.

Lauren serra les mâchoires. L'arrogance de son coéquipier lui sortait par les yeux.

— Tu ne devrais pas prendre les choses à la légère, Jake. Nous ne sommes plus à l'entraînement. Pas question de recommencer l'exercice en cas d'échec. Désormais, la moindre erreur de jugement pourrait entraîner des conséquences dramatiques.

— Ouais, ouais, ouais… J'entends le même refrain depuis que j'ai cinq ans. Je ne suis pas complètement idiot, tu sais ? Seulement, je ne vois pas de raison de m'inquiéter pour des trucs sur lesquels je n'ai aucun contrôle.

Il se tourna vers Mac.

— Doc, vos œufs brouillés sont bien meilleurs que ceux du campus. Il vous en reste ?

Excédée, Lauren quitta la table sans ajouter un mot et regagna sa chambre afin de revêtir son uniforme. Elle se demandait combien de temps elle parviendrait à côtoyer son coéquipier sans lui administrer la correction qu'il méritait.

∴

Fahim n'avait pas été admis au collège Burleigh en raison d'une interminable liste d'attente. En désespoir de cause, son père l'avait inscrit au lycée Camden Central, à l'autre bout du quartier, un établissement qui souffrait d'une réputation détestable.

Fahim, qui craignait que son père ne le force à poursuivre sa scolarité à Abu Dhabi, n'avait émis aucune protestation. Les élèves de sa classe le traitaient avec respect, mais son isolement faisait de lui une cible idéale pour les caïds de Camden Central lorsqu'il se retrouvait seul dans la cour de récréation ou aux abords du lycée. Chaque matin, soucieux de ne pas attirer l'attention, il parcourait d'un pas vif les trois cents mètres qui séparaient l'arrêt de bus du portail, les mains dans les poches de son blazer, les yeux rivés sur le trottoir.

— Il est plus gros que sur les photos de son dossier scolaire, glissa Jake à l'oreille de Lauren.

Les agents quittèrent le banc d'où ils avaient guetté l'arrivée du bus et suivirent leur cible à quelques pas de distance. Ils ne craignaient pas de se faire remarquer, car la rue grouillait d'élèves portant des uniformes strictement identiques.

— Il a l'air complètement déprimé, fit observer Lauren.

Elle avait vu juste. Hassam avait servi à son fils d'innombrables excuses justifiant qu'il ne pouvait pas entrer en contact avec sa mère, mais ce dernier avait la certitude qu'il lui mentait. Son père lui avait juré s'être entretenu avec Yasmine sur son portable, mais Fahim savait que l'appareil se trouvait toujours dans le dressing et que sa batterie était désormais déchargée.

Hassam avait prétendu que sa femme se trouvait à la campagne, dans une zone non couverte par son opérateur téléphonique. Une semaine plus tard, elle s'était rendue à Dubaï au chevet d'un parent malade. Fahim, qui connaissait la combinaison du coffre-fort de son père, en avait examiné discrètement le contenu et y avait trouvé le passeport de Yasmine.

Il ne s'était pas fait d'ami au lycée de Camden Central. Il s'efforçait de ne pas penser à sa mère, de crainte de fondre en larmes en public. Sa détresse était telle qu'il avait caressé l'idée de mettre fin à ses jours, puis envisagé de tuer son propre père. Tout bien pesé, il avait estimé préférable de le dénoncer à la police, mais s'était ravisé en considérant les conséquences d'un tel acte.

Yasmine disparue et Hassam derrière les barreaux, il serait inévitablement confié à la garde de son grand-père ou de son oncle Asif. La perspective de subir l'éducation extrêmement rigide imposée à ses cousins le terrifiait.

— Quel goinfre, dit Jake en voyant le garçon sortir d'une maison de la presse, un Snickers et un paquet de Skittles à la main.

— Tu ne peux pas la fermer deux secondes ? grogna Lauren.

— Oh, j'oubliais, ricana le petit garçon. J'ai touché un point sensible. Bethany m'a dit que ta mère était obèse.

Lauren serra les mâchoires.

— Si tu tiens à tes dents, je te conseille de ne pas parler de ma mère.

— Eh ! t'énerve pas. Quel mauvais caractère…

Ils atteignirent le portail du lycée. Camden Central s'était ouvert à la mixité en 2003 dans l'espoir d'attirer de nouvelles recrues, mais il accueillait toujours cinq garçons pour une fille. À l'exception de quelques malchanceux qui n'avaient pas obtenu l'inscription dans l'établissement de leur choix, la plupart des élèves venaient des cités environnantes.

— T'es bonne ! lança un élève de seconde à l'adresse de Lauren.

L'un de ses camarades lui souffla un baiser. Un troisième garçon la saisit brutalement par les hanches.

Lauren sentit le rouge lui monter aux joues. Elle regrettait d'avoir choisi sa jupe la plus courte pour son premier jour de cours, mais plus encore de ne pouvoir corriger ses agresseurs sans mettre la mission en péril.

Les agents suivirent leur objectif dans un couloir étroit. Les hurlements des élèves étaient assourdissants. Un ballon de football fendit les airs et s'écrasa contre une porte, à quelques centimètres de la tête de Jake.

Un garçon musculeux d'origine indienne saisit Fahim par le col de la veste, glissa une main dans sa poche et en tira le sachet de Skittles. Ses camarades, des élèves de quatrième, échangèrent des sourires maléfiques. Il déchira l'emballage, bascula la tête en arrière et laissa les friandises tomber en pluie dans sa bouche. La moitié d'entre elles manquèrent leur cible et roulèrent sur le carrelage. Jake et Lauren s'immobilisèrent et s'adossèrent contre un mur en s'efforçant d'adopter un comportement détaché.

— Fous-moi la paix, Alom, gémit Fahim.

Un autre garçon lui décocha un crochet dans les côtes.

Alom recracha les Skittles à demi mâchés dans la paume de sa main.

— Un peu écœurant, finalement, lança-t-il. Tiens, je te les rends. Allez, mange.

Fahim jeta un regard désespéré autour de lui et comprit qu'aucun enseignant ne lui viendrait en aide.

— J'insiste, sourit Alom. Mange, ou je te fais la tête au carré à la sortie.

La bande avait encerclé sa victime, bientôt rejointe par une foule d'élèves. Parmi eux, Fahim reconnut plusieurs garçons de sa classe.

— Tirons-le de là, dit Jake. C'est une occasion en or de gagner sa confiance.

— Fais marcher ta cervelle, répliqua Lauren en le retenant par le bras. Tu tiens vraiment à provoquer une bagarre générale ? Au mieux, on se fera virer du bahut. Au pire, l'un de ces minables sortira un couteau et te le plantera dans le dos.

— Mange ! Mange ! Mange ! scandait la foule.

Fahim était au bord des larmes.

— Ne m'oblige pas à te cogner, gronda Alom.

Les membres de sa bande se tenaient si près de Fahim qu'il pouvait sentir leur haleine. Il tendit la main, paume tournée vers le plafond. Alom y fit rouler les Skittles baignés de salive.

— Régale-toi, gros lard ! gloussa son tortionnaire.

Fahim porta la masse de sucre multicolore à ses lèvres. Au moment où l'assistance s'attendait à le voir l'avaler, il fit un pas en avant et l'écrasa sur le visage de son ennemi.

— Va te faire foutre ! lâcha-t-il.

Alom recula vivement. Les Skittles fondus glissèrent sur son menton puis dégoulinèrent sur son T-shirt, y laissant une traînée multicolore.

Fahim fendit la foule médusée et détala dans le couloir.

— Il est complètement dingue, sourit Lauren.

Alom et sa bande étaient estomaqués.

— Cours, gros lard ! hurla-t-il. Si je t'attrape, tu es *mort*.

Plusieurs élèves de sixième éclatèrent de rire.

— Qu'est-ce qui vous fait marrer, les nains ? beugla Alom, hors de lui. Cassez-vous, ou je vous démonte la gueule !

Alors, il remarqua le sourire discret qui flottait sur les lèvres de ses complices.

— Et vous, c'est quoi votre problème ? Pourquoi vous l'avez laissé se tirer ?

Les garçons haussèrent les épaules et bredouillèrent de vagues excuses, prétextant avoir été pris par surprise.

Lauren consulta sa montre.

— Rejoins ta classe et sois sympa avec Fahim, Jake, chuchota-t-elle. J'ai cours à l'étage du dessus, mais je garde mon portable allumé, au cas où.

— Ce type est peut-être un gros lard, mais il faut reconnaître qu'il en a dans le pantalon…

# 22. Science-fiction

Au matin de sa deuxième journée de stage chez *Deluxe Chicken*, James se sentait profondément démoralisé. Kerry s'était présentée au restaurant vêtue d'un jean déchiré. Elle portait les baskets boueuses qu'elle réservait d'ordinaire aux séances de jogging dans le parc du campus. Elle avait défait le dernier bouton de sa chemise marron, un acte de rébellion qui violait délibérément le règlement intérieur.

Sa tenue et son attitude constituaient une provocation envers Gabriel, mais le manager avait préféré se retrancher dans son bureau.

Il avait laissé Gemma organiser les activités de Kerry, de James et de Harold, un retraité qui travaillait en cuisine deux fois par semaine pour arrondir ses fins de mois.

— Gabriel n'ose plus sortir de son bureau, confia Gemma à Kerry. Tu lui as flanqué une trouille bleue. Il pense que si tu dénonces son comportement, il sera viré ou privé de promotion jusqu'à la fin de sa carrière.

— Il fait bien de se planquer, commenta Kerry, assise sur le comptoir, au mépris des règles d'hygiène. Il a raison d'avoir peur de moi. S'il ose me toucher à nouveau, je lui colle la tête à l'intérieur du micro-ondes et je le réchauffe trois minutes à huit cents watts.

James affichait un sourire radieux.

— J'adore, lança-t-il à ses collègues. Si vous saviez comme elle est disciplinée, d'habitude... Je vous jure, ça ne lui ressemble pas. Ça me fait penser à cet épisode des *Simpsons* où Lisa pète les plombs, se met à fumer et dit à sa prof d'aller se faire foutre.

— Je ne suis pas si disciplinée que ça, protesta Kerry. À t'entendre, des fois, on pourrait croire que je n'ai rien d'humain.

James aurait voulu enfoncer le clou, mais il ne pouvait pas citer d'exemples sans évoquer la vie au campus.

Le matin, durant le trajet en bus, son ex s'était montrée plus bavarde qu'à l'ordinaire. Il la soupçonnait de se sentir un peu seule depuis que Bruce était parti en mission. Même Gabrielle, sa meilleure amie, passait le plus clair de son temps en compagnie de son petit copain Michael. S'il s'y prenait habilement, il n'écartait pas la possibilité d'obtenir un moment d'intimité, en toute illégalité…

À l'instant où cette pensée se formait dans son esprit, il eut l'impression qu'un signal d'alarme résonnait à ses oreilles. Il avait deux bonnes raisons de renoncer à toute relation intime avec Kerry. D'une part, il ne regrettait pas une seule seconde leur relation tumultueuse et filait le parfait amour avec Dana. D'autre part, son ex sortait désormais avec Bruce, l'un de ses meilleurs amis. Fait non négligeable, ce dernier était un expert en arts martiaux qui avait juré de démolir tous ceux qui, en son absence, oseraient tourner autour de sa bien-aimée.

Toutefois, un élément crucial venait contredire ce raisonnement : depuis le jour de leur rencontre, James et Kerry s'étaient sentis irrésistiblement attirés l'un vers l'autre. Malgré l'amour qu'il éprouvait pour Dana, le sourire de son ex n'avait rien perdu de sa magie, et il fondait toujours devant son expression boudeuse. Il ne savait pas au juste ce qui lui faisait cet effet, mais il restait plus que jamais sous son emprise.

•••

Jake, qui n'avait connu que le campus de CHERUB, ne savait rien du monde réel. De son point de vue, les écarts de conduite étaient soumis à des règles extrêmement précises. Un devoir rendu en retard lui coûtait trente tours de stade, une remarque déplacée adressée à un professeur une semaine de corvée de lessive. À ses yeux, la vie à Camden Central relevait purement et simplement de la science-fiction.

Les élèves s'asseyaient sur les tables et bavardaient sans égard pour les enseignants. Ils hurlaient sans raison apparente et jetaient des ordures par la fenêtre. Lors du premier cours de la journée, il parvint à s'installer à côté de Fahim. Cependant, soucieux de respecter les règles de prudence qui lui avaient été enseignées, il ne prononça pas un mot.

Le professeur mit près de vingt minutes à instaurer un semblant d'ordre, à faire l'appel et à écouter les excuses des élèves qui n'avaient pas rendu leurs devoirs. Il distribua des exercices photocopiés, mais la plupart des garçons prétendirent ne pas avoir de stylo. Découvrant deux individus hilares suspendus aux rideaux au fond de la classe, il s'empourpra puis se mit à hurler.

Une demi-heure après le début du cours, le chaos était tel que Jake réalisa qu'il ignorait de quelle discipline il était question. Des cris retentirent dans le couloir. L'enseignant entrebâilla la porte de la classe et découvrit une bande de filles de troisième en train de s'écharper. Lorsqu'il quitta la pièce pour intervenir, ses élèves lancèrent contre le tableau tous les objets qui leur tombaient sous la main.

— Comment peut-on apprendre quoi que ce soit dans cet asile de fous ? soupira Jake, lorsqu'il retrouva Lauren dans le préau, à l'heure de la récréation.

Sa coéquipière éclata de rire puis lui tendit la moitié d'un Twix.

— C'est impossible. Ce lycée figure sur la liste des pires établissements du pays en matière de résultats au bac.

— C'est plutôt marrant, au fond, confessa Jake, avec un sourire coupable.

— C'est une façon de voir les choses… Je ne suis pas sûre que le type de ma classe qui s'est fait pisser sur son sac et s'est pris un coup de genou dans les parties partage ton point de vue.

— Tu me fais marcher ?

— Non, j'ai assisté à la scène. Les élèves de ta classe débarquent de l'école primaire. Ce sont des anges, comparés aux cinglés que je suis obligée de supporter.

Un fracas retentit à l'étage. Des élèves de cinquième étaient en train de vandaliser un casier métallique. D'autres se jetaient au visage des verres remplis au distributeur d'eau minérale.

— J'ai gardé un œil sur Fahim, dit Jake.

— Où est-il ?

— Il discute avec le prof d'histoire. C'est la seule personne avec qui je l'ai vu échanger un mot, d'ailleurs… J'ai l'impression qu'il aimerait bien se lier avec deux élèves indiens de notre classe, mais ils l'ignorent royalement.

— Le pauvre… soupira Lauren. Au moins, ça devrait faciliter nos manœuvres d'approche.

— On a cours de sciences dans cinq minutes. Je ne sais pas comment la salle est disposée, mais je me proposerai pour être son partenaire de labo, si j'en ai l'occasion.

— Si ça ne fonctionne pas, on entrera en contact avec lui à la sortie. Surtout, ne le perds pas de vue.

.·.

Après le coup de feu de midi, Gemma informa James qu'il était autorisé à prendre sa pause déjeuner.

— Tu vas où ? demanda-t-elle en enfilant une doudoune blanche.

— Je sais pas trop. Je vais essayer de me trouver un truc comestible. Ensuite, j'irai peut-être faire un tour au magasin *PC World*, de l'autre côté de la rue.

— Je ne pensais avoir affaire à un *nerd*, sourit la jeune femme.

— Ce n'est pas ce que tu crois, s'empressa d'ajouter James. Je vais recevoir un peu d'argent pour mon anniversaire, dans quelques semaines, et j'aimerais bien me payer quelques jeux vidéo.

— Je vais déjeuner au pub du coin. Mon copain Danny travaille là-bas, et la bouffe est plutôt sympa. Tu m'accompagnes ?

— Je n'ai pas encore dix-huit ans, loin de là. Ils refuseront de me servir.

— T'inquiète. On ira dans l'arrière-salle. Je te conseille le chili burger, il est top.

∴

Lorsqu'ils pénétrèrent dans le pub, Gemma échangea un baiser avec l'homme qui se tenait derrière le bar. C'était un trentenaire vêtu de jean des pieds à la tête. James remarqua des tatouages fanés sur ses mains, dont un signe de reconnaissance propre au milieu carcéral et un logo d'arsenal.

Il suivit Gemma jusqu'à une salle dédiée aux concours de fléchettes et de billard qui n'était ouverte au public que le week-end. Ils prirent place dans un box, puis la jeune femme alluma une cigarette. Danny posa trois pintes de bière blonde sur la table et s'assit à son tour sur la banquette.

— Tu es un fan d'Arsenal, fit observer James avant de vider d'un trait un tiers de son verre.

— Exact, répondit l'homme.

— Tu vas aux matchs ?

Danny haussa les épaules.

— Ça fait un bail que ce n'est pas arrivé. Quand j'avais ton âge, je faisais partie d'un club de supporters. Qu'est-ce qu'on se marrait… On payait le billet trois livres, on faisait le tour des pubs après les matchs, on rentrait ronds comme des queues de pelle et on se faisait engueuler par nos parents. Aujourd'hui, les places les moins chères sont à cinquante livres.

— Il paraît que ça chauffait drôlement, dans le temps, dans les tribunes du vieux stade de Highbury.

Danny éclata de rire.

— Quand ça ne chauffait pas, on s'arrangeait pour mettre un peu d'ambiance, si tu vois ce que je veux dire. Une fois, j'ai été arrêté par la police pour avoir dérouillé deux supporters de Chelsea.

— Qu'est-ce que tu as récolté ? demanda James.

— Juste un avertissement, répondit Danny, visiblement gêné de ne pouvoir faire état d'une lourde condamnation. Mais je n'avais que seize ans. Pour les membres du club, finir au commissariat, c'était un peu comme obtenir une médaille d'or aux jeux Olympiques. Je suis allé en prison quelques années plus tard, pour avoir collé un coup de boule à un prêtre dans un supermarché.

— Un prêtre ? ricana James.

— J'étais en train de braquer la caisse. J'étais hyper nerveux. J'ai aperçu ce type du coin de l'œil et j'ai cru que c'était un flic… Vous en voulez une autre ?

James se leva et sortit son porte-monnaie.

— C'est ma tournée, dit-il.

— T'inquiète pas pour ça, petit. Tu ne crois quand même pas que je paye les consommations dans mon propre pub ?

Quelques minutes plus tard, Danny posa sur la table trois pintes et trois shots de tequila.

— Cul sec ! lança-t-il avant de vider le verre d'alcool fort et d'engloutir la moitié de sa bière. Et toi, James, tu as déjà vu jouer Arsenal ?

— Oui, il y a des années. Je remettrais bien ça un de ces jours, mais il paraît qu'il faut être abonné, maintenant.

Danny sortit son portefeuille de la poche arrière de son jean et exhiba une photo de Gemma tenant dans ses bras un bébé. Un autre enfant âgé d'environ quatre ans se tenait à sa jambe.

— Ils sont mignons, dit James. Gemma, tu devais être super jeune quand tu as eu le premier.

La jeune femme pointa l'index en direction de son compagnon.

— Ce salaud m'a mise en cloque quand j'avais seize ans, gloussa-t-elle. Mon père a failli devenir dingue.

— Il est dentiste, précisa Danny. Il roule en Lexus, ce sale con plein de fric.

— Il pensait que je me marierais avec un expert-comptable ou un avocat, dit Gemma. Je ne veux plus rien avoir à faire avec lui.

— En plus, je lui en ai collé une quand il est monté sur ses grands chevaux. Ça m'a fait du bien, mais ça n'a rien arrangé.

James commençait à cerner la personnalité de Danny. À l'évidence, ce n'était pas un individu très recommandable.

— Tu sors en boîte ? demanda ce dernier.

— Non, je suis trop jeune. Il paraît que la police ne rigole pas avec ça.

— Les flics sont comme tout le monde, sourit Gemma. Ils sont prêts à fermer les yeux pour une caisse de whisky. Tu connais le *Scandale* ?

— C'est une boîte gay, non ?

— Plus maintenant, expliqua Danny. Aujourd'hui, tout le monde peut entrer. J'organise une soirée là-bas tous les mercredis. Moi et mes potes, on peut te faire entrer, si ça te dit. Le DJ est le petit frère de mon meilleur ami. C'est pas vraiment mon style de musique, mais les jeunes adorent.

— Il a raison, insista Gemma. Tu devrais passer demain. Je suis certaine que ça te plaira.

— Oui, sans doute, dit James. Je peux venir avec ma copine ?

— Laquelle ? ricana Gemma.

— Ben… Dana, répondit James. Je n'en ai qu'une.

— Et Kerry ? Tu répètes sans arrêt que c'est ton ex, mais je jurerais qu'il se passe encore quelque chose entre vous.

James secoua énergiquement la tête. Danny éclata de rire.

— Amène Dana, Kerry, et toutes tes autres copines si ça les branche. Je n'ai rien contre la polygamie.

James termina sa bière. La tête commençait à lui tourner.

— Je n'y avais jamais réfléchi, gloussa-t-il, mais ça me semble être une excellente solution.

— Dans tes rêves, gronda Gemma.

## 23. Cartes sur table

Lors de la première heure de cours de l'après-midi, les camarades de Jake et Fahim se livrèrent à de tels débordements que leur professeur principal, appelé à la rescousse, prit la décision d'appliquer une sanction collective. Lorsque la sonnerie annonçant la fin de la journée retentit, les vingt-huit élèves furent contraints de passer une heure à ramasser les divers détritus qui jonchaient les couloirs du lycée.

Leur punition purgée, Jake et Fahim, qui avaient passé la journée assis côte à côte, prirent ensemble le chemin du retour.

— Ma sœur m'attend à l'arrêt de bus, dit Jake en consultant le SMS qui venait d'apparaître sur l'écran de son téléphone portable.

Fahim observait nerveusement les alentours.

— Ils sont sans doute déjà rentrés chez eux, le rassura son nouvel ami.

— Tu ne devrais pas traîner dans le coin. Si Alom me tombe dessus, tu dérouilleras autant que moi.

Jake composa discrètement un message sur son mobile.

JARRIVE. SA RISK DE CHAUFFER

— Merde, dit Fahim. Ils sont là. Va-t'en, je t'en supplie.

Alom et les membres de sa bande étaient rassemblés près des cabines téléphoniques, à cinquante mètres du portail du lycée.

— Non. On est amis, maintenant. Je ne te laisserai pas tomber.

Dès que les six voyous aperçurent leur souffre-douleur, ils se mirent à scander son nom en se dirigeant vers lui.

— Ne sois pas stupide, Jake. Ils sont plus grands et plus nombreux que nous. On n'a aucune chance.

Alom saisit Fahim par le col de sa veste et le souleva du sol.

— Viens, on va faire un tour, gronda-t-il. Il y a trop de profs dans le coin.

L'un de ses complices écarta Jake à coups de pied.

— Dégage, connard. Cette histoire ne te regarde pas.

Alom relâcha sa victime, balaya ses jambes d'un coup de pied et l'envoya rouler sur le trottoir.

— Tu aimes te vautrer par terre, hein, gros porc ?

— Foutez-lui la paix ! cria Jake avant de porter un coup de poing dévastateur dans l'abdomen du garçon qui prétendait le chasser.

Ce dernier, un colosse qui le dominait d'une trentaine de centimètres, s'effondra sur le bitume, en état de choc.

Aussitôt, Jake sentit la panique le gagner. Il était troisième dan de karaté et maîtrisait la plupart des autres disciplines martiales, mais sa taille et sa musculature restaient celles d'un enfant. Emporté par la colère, il avait commis l'imprudence de provoquer six adversaires bien plus grands et plus lourds que lui. L'affrontement était désormais inévitable.

Il devait à tout prix se tenir à distance de ses ennemis et ne pas se laisser plaquer au sol. Il recula de trois pas et neutralisa l'un d'eux d'un coup de pied circulaire au bas-ventre.

Dans les films de kung-fu, les mauvais garçons avaient la politesse de former une file d'attente et de se faire corriger à tour de rôle. La réalité était plus cruelle. Les trois complices d'Alom qui n'avaient pas été mis hors combat se ruèrent sur Jake.

La raison lui commandait de prendre la fuite et de trouver refuge à l'intérieur du lycée, mais il se refusait à abandonner Fahim à la merci de ses tortionnaires.

— Allez, approchez, bande de branleurs ! lança-t-il en adoptant une posture de combat.

— Eh ! mais c'est Karaté Kid, ricana l'un de ses adversaires.

Un coup de poing en plein visage effaça son sourire. Sa mâchoire émit un craquement sinistre. Ses deux complices le contournèrent pour saisir Jake par les bras.

Il se débattit tant qu'il put, mais le garçon qu'il avait touché à l'abdomen était parvenu à se redresser. Ses mains se refermèrent sur ses chevilles, puis il se sentit soulevé dans les airs. Les trois voyous l'allongèrent sur le capot d'une voiture et commencèrent à le rouer de coups.

— Lâchez mon petit frère ! lança Lauren, à bout de souffle, en débouchant à l'angle de la rue.

Les camarades d'Alom la regardèrent avec amusement. Ils n'imaginaient pas une seconde qu'une fille ose s'en prendre à des garçons de son âge. Ils commettaient une lourde erreur...

Elle saisit deux d'entre eux pas le cou, cogna leur crâne l'un contre l'autre et les laissa s'effondrer à ses pieds sans connaissance.

En dépit de la pluie de coups qu'il venait d'essuyer, Jake rassembla toute son énergie pour assener à son dernier adversaire un double coup de talon à l'arrière de la tête. Ce dernier s'écrasa sans connaissance contre le mur de parpaings qui entourait le lycée.

— Alors, tu fais moins ton malin ? rugit le petit garçon.

Lauren s'approcha calmement d'Alom. Ce dernier, qui avait vu tous ses complices rendre les armes, n'en menait pas large.

— Lâche Fahim ou je te brise la nuque, dit froidement la jeune fille.

Alom considéra l'état dans lequel se trouvaient ses camarades : deux d'entre eux, assis sur le trottoir dans un profond état de confusion mentale, frottaient leur crâne endolori ; un autre maintenait d'une main sa mâchoire disloquée ; le quatrième gisait au pied du mur d'enceinte, le nez en compote et la lèvre fendue ; le cinquième, touché à l'abdomen, avait préféré prendre la fuite.

— Je ne veux pas d'ennuis, bredouilla Alom.

Sur cette sortie absurde, il relâcha sa victime, adressa à Lauren un sourire innocent, puis détala sans demander son reste.

— Rien de cassé, Fahim ? demanda la jeune fille.

Jake boita dans sa direction, une main plaquée sur l'estomac. Rassemblés devant le portail, une dizaine d'élèves avaient assisté à la scène.

— C'est eux qui ont commencé ! leur lança-t-il. Quand la police et les secours seront ici, vous n'avez pas intérêt à moucharder, compris ?

— On ferait mieux de foutre le camp, dit Lauren.

Constatant que Jake et Fahim éprouvaient des difficultés à se déplacer, elle saisit le revers de leur blazer et les tira à l'écart du champ de bataille, jusqu'à un restaurant *McDonald's* pratiquement désert.

— Entrez, ordonna-elle.

— Je n'ai pas d'argent, fit observer Fahim.

— T'inquiète, c'est moi qui offre. Il faut qu'on parle.

Le petit garçon lui adressa un sourire reconnaissant.

— Ne t'inquiète pas. Je ne vais pas vous balancer aux flics. J'apprécie ce que vous avez fait pour moi.

En vérité, Fahim était mort d'inquiétude. Si son père apprenait qu'il s'était trouvé impliqué dans une violente bagarre de rue, si, par malheur, il était une fois de plus chassé de son établissement scolaire, Hassam saisirait l'occasion pour le mettre dans le premier avion à destination des Émirats arabes unis.

— Rien à voir avec ce qui vient de se passer, dit Lauren en

164

sortant un billet de vingt livres de la poche de son blazer. Qu'est-ce que vous prenez ?

Alors, elle remarqua que les joues de Jake étaient baignées de larmes.

— Ça ne va pas ? demanda-t-elle. Tu veux un Kleenex ?

— Non, c'est bon, répondit le petit garçon d'une voix étranglée. Je voudrais des frites et un Coca.

Jake et Fahim s'installèrent dans un box isolé, au fond de la salle. Quelques minutes plus tard, Lauren posa sur la table des sachets de frites, des gobelets et une boîte de nuggets.

— Ça nous en fait deux chacun, fit observer Fahim.

— C'est pour vous, dit Lauren. Je suis végétarienne.

— J'en veux pas, grommela Jake en massant sa poitrine endolorie.

— Tu es sûr que tout va bien ? demanda sa coéquipière.

— J'ai du mal à reprendre mon souffle.

Lauren se tourna vers Fahim.

— On a des choses importantes à se dire. Nous sommes ici pour t'aider.

— Je sais que je vous dois une fière chandelle. Si vous n'étiez pas intervenus, je ne sais pas ce qu'Alom aurait fait de moi.

Lauren secoua la tête.

— Je ne parle pas de la bagarre de tout à l'heure. Il y a deux semaines, tu as appelé la ligne anonyme des services anti-terroristes. Tu avais peur, et nous savons que ta mère a disparu.

Fahim était abasourdi.

— Pardon ? bredouilla-t-il.

— Je comprends ton étonnement. Je te demande simplement de m'écouter attentivement et de ne pas m'interrompre. Jake et moi travaillons pour le gouvernement. Les services de renseignement ont tracé ton appel.

Fahim éclata d'un rire sans joie.

— Vous me prenez pour un débile ou quoi ? Non, sans blague, comment vous savez toutes ces choses sur moi ?

— Le MI5 a enquêté sur ton père, expliqua Jake. Ils estiment qu'ils n'ont pas assez d'éléments pour procéder à son arrestation. Nous avons été chargés d'entrer en contact avec toi, en espérant que tu pourras nous fournir des informations.

— Ton appel sur la hotline, c'était une blague ? demanda Lauren. Tu penses vraiment que ton père pourrait avoir un lien avec l'accident de l'avion d'Anglo-Irish ?

Fahim était en état de choc.

— Vous avez onze et treize ans, dit-il. Vous prétendez travailler pour le gouvernement ? Vous êtes quoi, exactement, des enfants espions ?

Lauren sourit.

— En quelque sorte… et on aimerait beaucoup que tu nous aides à résoudre cette affaire. Pour le moment, nous n'avons aucune preuve contre ton père. On sait que tu as appelé la ligne des enquêteurs, ce qui signifie que tu voulais aider les autorités. Seulement, tu as eu la trouille et tu as raccroché, ce qui est parfaitement compréhensible. Mais tu n'as plus de raison de t'inquiéter. Désormais, nous sommes là pour assurer ta sécurité.

— Et on peut t'aider à retrouver ta mère, ajouta Jake.

— Qu'est-ce que vous attendez de moi ? demanda Fahim.

— Que tu nous transmettes toutes les preuves dont tu disposes, dit Lauren.

Fahim haussa les épaules.

— Je n'ai aucune preuve. J'ai surpris une conversation entre mes parents, rien de plus.

— Qu'est-ce que tu as entendu ? demanda Jake.

— Ils se disputaient à propos de l'accident d'avion. Ma mère menaçait mon père de le dénoncer à la police. Le soir même, il l'a violemment battue. Le lendemain, elle avait quitté la maison.

— Tu penses qu'il l'a tuée ?

Frappée par le manque de tact de son coéquipier, Lauren lui lança un regard lourd de reproches.

— Elle n'a ni parents ni amis en Angleterre, répondit Fahim. J'*espère* qu'elle est encore en vie, mais ça voudrait dire qu'elle est partie en pleine nuit, la bouche en sang, sans argent ni téléphone.

— Et ton père, qu'est-ce qu'il en dit ?

— Il passe son temps à me mentir, gémit le garçon, au bord des larmes. D'abord, il m'a dit qu'elle était en thalasso, puis qu'elle était allée rendre visite à un proche. La dernière fois que je lui ai posé des questions, il a juste froncé les sourcils, comme pour me faire comprendre que je ne devais plus jamais parler d'elle. Et il a fait disparaître les bandes du système des caméras de sécurité.

Lauren haussa les sourcils.

— Quelles caméras ?

— Celles qui surveillent le jardin et le portail de la villa. En son absence, j'ai voulu regarder les enregistrements de la nuit où ma mère a disparu, mais il avait changé les cassettes.

— Nous savons qu'elle n'a utilisé ni son portable ni ses cartes de crédit depuis le jour où tu as appelé la ligne anonyme. Si elle est impliquée dans l'accident d'avion, elle pourrait avoir décidé de changer d'identité.

Fahim secoua la tête.

— Elle a menacé de prévenir la police. Je ne sais toujours pas de quoi il était question, mais elle était choquée par ce qu'avait fait mon père. Elle n'était pas complice.

— Tu souhaites toujours aider les autorités ?

— Plus que jamais.

— Dans ce cas, tu vas dire à ton père que tu t'es fait des nouveaux amis au bahut. Il accepterait que tu nous invites chez toi ?

— Ça ne posera pas de problème. Notre maison est immense. Je ne le vois jamais avant huit heures du soir, dans le meilleur des cas.

— Qui s'occupe de toi ? demanda Jake.

— Personne, depuis que ma mère a disparu. La femme de ménage vient le matin. En général, je mange tout seul. Je me fais réchauffer des plats au micro-ondes.

— Dans un premier temps, nous devrons rassembler discrètement autant de preuves que possible. On a déjà placé les téléphones de ton père sur écoute. On posera des micros dans la maison et on étudiera le contenu de ses ordinateurs.

Fahim semblait anxieux.

— Et moi, qu'est-ce que je vais devenir ?

— Comment ça ? demanda Jake.

— Supposons que mon père soit jeté en prison et que ma mère ne réapparaisse jamais. Quelle sera ma vie ?

Lauren était prise au dépourvu.

— Selon nos informations, l'un de tes oncles vit en Angleterre, et tu as de la famille au Pakistan et aux Émirats arabes unis.

— Mon oncle Asif et mon père travaillent ensemble. Si l'un est coupable, l'autre aussi. S'ils sont condamnés, je serai confié à mon grand-père, à Abu Dhabi. Il est milliardaire, mais c'est le pire salaud que j'aie jamais rencontré. Mes oncles et mes tantes lui obéissent au doigt et à l'œil. Il a presque quatre-vingts ans, et ils comptent bien recevoir leur part d'héritage. Mes cousins sont sympas, mais ils vont à l'école religieuse, et ils disent que c'est l'horreur. Ils doivent apprendre le Coran par cœur et ils prennent des coups de bâton à chaque fois qu'ils se trompent en récitant.

— Et la famille de ta mère ? demanda Jake.

— Des Pakistanais venus aux Émirats pour travailler comme domestiques. Je ne les ai jamais rencontrés.

Mac n'avait pas anticipé ce problème.

— Et toi, qu'est-ce que tu voudrais ? demanda Lauren.

Fahim écarta la question d'un revers de main.

— Désolé, mais je ne peux pas vous aider, dit-il avec fermeté. Je hais mon père de tout mon cœur, mais si je le dénonce à la police, je suis foutu.

— Tu finiras peut-être par t'habituer à la vie à Abu Dhabi, suggéra Jake.

— Ça n'a rien à voir avec le pays. Mon grand-père est un homme dangereux, et il a le bras long. C'est en partie à cause de lui que je n'ai pas eu le courage d'informer les enquêteurs.

Lauren avait la désagréable sensation que la situation lui échappait. Elle passa une main dans ses cheveux et s'accorda quelques secondes de réflexion.

— Et si nous trouvions un endroit où refaire ta vie ?

— Tu peux être plus précise ? demanda Fahim.

Jake sourit.

— Tu pourrais vivre avec nous à CHERUB, lâcha-t-il.

Lauren lui adressa un coup de pied sous la table. Nul n'était autorisé à évoquer le nom de l'organisation hors de l'enceinte du campus.

— C'est quoi, CHERUB ? L'organisation pour laquelle vous travaillez ?

— Oui, répondit Lauren à contrecœur. Mais tu ne peux pas être recruté. Je veux dire… il faut être en excellente forme physique, parler plusieurs langues et passer tout un tas de tests.

— Je parle très bien l'arabe, dit Fahim. Je suis pratiquement bilingue.

Lauren était furieuse envers son coéquipier. Il avait émis une hypothèse absurde. Compte tenu de sa fragilité psychologique, il était exclu que Fahim puisse jamais faire partie de CHERUB.

— J'en parlerai à mon supérieur, dit-elle. Quoi qu'il en soit, nous sommes encore dans le brouillard. Tu dois avant tout garder l'espoir de revoir ta mère.

— Je ne veux pas finir dans un foyer minable, tu comprends ? J'ai droit à une vie normale.

À la façon dont Fahim avait ignoré son encouragement, Lauren comprit qu'il avait la certitude que sa mère avait perdu la vie.

— Je ne peux pas te promettre que tu intégreras CHERUB, mais je te garantis que nous te trouverons une famille d'accueil.

Fahim engloutit le dernier nugget.

— Je vous fais confiance, mais je préférerais parler à un adulte avant de prendre ma décision. Et je veux savoir ce qui est arrivé à ma mère. Ensuite, si vous me promettez que je ne serai jamais confié à la garde de mon grand-père, je ferai tout ce que vous me demanderez.

## 24. Superman

Leur entretien achevé, Lauren, Jake et Fahim embarquèrent sur la plate-forme d'un bus à impériale à destination de Hampstead. Les deux garçons s'installèrent sur la banquette avant. Lauren choisit un siège isolé situé près de la lunette arrière. Elle contacta son supérieur sur son mobile et lui fit part des préoccupations de Fahim.

— Passe-le-moi, dit Mac. Il faut que je lui parle.

Lauren adressa un signe à son nouvel ami. Il remonta la travée centrale puis saisit l'appareil qu'elle lui tendait.

— Bonjour, Fahim. J'ai parfaitement conscience de la situation délicate dans laquelle tu te trouves, et je suis ravi que tu acceptes de collaborer avec nous.

— Ma vie est une catastrophe. J'ai besoin d'aide.

— Si tu nous permets de rassembler des éléments à charge contre ton père, je te garantis que tu n'iras pas vivre à Abu Dhabi. Nous te trouverons une famille d'accueil et nous nous assurerons que tu ne manqueras de rien.

— Le problème, c'est que je n'ai aucune preuve matérielle. J'ai simplement surpris une conversation entre mes parents. Que se passera-t-il si vous ne trouvez rien de solide ?

— C'est peu probable, car nous sommes prêts à mener une enquête exhaustive. Quoi qu'il en soit, si nous échouons, nous ne remettrons pas en cause notre promesse.

Fahim avait vécu deux semaines cauchemardesques. Tout cela lui semblait trop beau pour être vrai.

— C'est génial, mais je préférerais avoir une garantie. Un document officiel, par exemple.

— Nous faisons partie des services secrets, Fahim. Nous ne pouvons pas passer d'accords légaux avec les témoins, mais je suis prêt à te rencontrer afin de répondre à toutes tes inquiétudes. Cependant, il y a une chose importante que tu dois prendre en compte…

— Je vous écoute.

— Si tu acceptes notre accord, nous te fournirons une nouvelle identité, et tu ne pourras plus faire demi-tour. Tu couperas définitivement les ponts avec ta famille, et tu devras renoncer à tout droit sur leur fortune.

Fahim n'hésita pas une seconde. Il avait onze ans et se préoccupait davantage d'être un enfant heureux qu'un adulte fortuné.

— Les membres de ma famille d'Abu Dhabi mènent une vie sinistre, malgré tous leurs milliards. Ils peuvent se les garder.

— Très bien. Je te demande quand même d'y réfléchir un moment, puis de prendre ta décision la tête froide.

— Pourrai-je rejoindre CHERUB, comme Jake et Lauren ?

Lauren n'avait pas informé Mac de la gaffe commise par son coéquipier. L'ex-directeur faillit en avaler son dentier.

— Eh bien… Le recrutement répond à des critères extrêmement sélectifs.

— Oui, Lauren m'a tout expliqué, monsieur, mais j'aimerais être autorisé à tenter ma chance. Je pourrais au moins passer les tests préliminaires…

— Ça me semble acceptable, mais je ne peux pas te garantir que tu seras recruté à l'issue du processus.

Un sourire illumina le visage de Fahim.

— Je vous remercie, dit-il.

— Je ne veux pas te forcer la main, mais nous devons faire vite. Je vais te laisser la nuit pour réfléchir. Je suggère que nous nous rencontrions demain matin, avant que tu ne te rendes au collège.

— Ça me va. Je dirai à mon père que j'ai un match de foot prévu avant les cours. Je sais que vous ne voulez pas que je prenne ma décision à la va-vite, mais je suis sûr que je ne changerai pas d'avis.

— J'en suis ravi. Peux-tu me repasser Lauren ?

Fahim lui remit le téléphone.

— Alors, tout est réglé ? demanda la jeune fille.

— Peux-tu m'expliquer pourquoi Fahim est au courant de l'existence de CHERUB ? gronda Mac. Non, attends, ne réponds pas tout de suite. Je ne veux pas qu'il t'entende. Mais je te garantis que ça va barder à votre retour.

Lauren avait la conscience tranquille.

— Jake vous expliquera tout ça bien mieux que moi, sourit elle, se réjouissant à l'avance du sermon qu'allait devoir endurer son coéquipier.

．．．

L'état de Jake s'était aggravé pendant le trajet. Sa cage thoracique avait gonflé de façon spectaculaire et il éprouvait des difficultés à respirer. Dès qu'il eut regagné l'appartement, Mac l'ausculta à la hâte, puis le conduisit aux urgences du quartier pour lui faire passer une radio.

À leur retour, l'ex-directeur posa sur la table basse du salon des cartons de pizza à emporter et des petits pains à l'ail. Lauren, qui les avait attendus en regardant la télé sur le canapé du salon, se jeta sur les victuailles.

Jake déboutonna sa chemise, dévoilant le bandage qui enserrait sa poitrine. À l'évidence, ses contusions n'étaient pas assez sévères pour susciter la pitié de Mac.

— Je suis désolé, gémit-il en se laissant tomber sur le sofa.

Mac secoua la tête.

— Je sais que c'est ton premier jour sur une mission de grande ampleur. J'aurais pardonné une boulette, mais tu as violé nos recommandations à deux reprises.

— Je regrette d'avoir parlé de CHERUB. Ça m'a échappé.

— Ce sont des choses qui arrivent, et je suppose que tu n'étais pas dans ton état normal, après les coups que tu venais de recevoir. Ce qui me dérange le plus, c'est ton comportement pendant la bagarre. Qu'est-ce qui t'a pris de te frotter à six adversaires de cet âge ?

— Tu es ceinture noire, pas Superman, ajouta Lauren. Et il ne faut jamais donner un coup de pied dans la tête d'un adversaire. Une telle attaque peut provoquer des lésions cérébrales irréversibles.

Jake faisait peine à voir, avec ses bandages et son pantalon d'uniforme froissé. Il était manifestement secoué, mais sa coéquipière, que son caractère arrogant mettait hors d'elle, estimait que cette brutale confrontation avec la réalité lui ferait le plus grand bien.

— Tu as de la chance que Lauren soit venue à ton secours, dit Mac.

— Elle a pris son temps pour me rejoindre, grogna Jake. Je lui avais pourtant envoyé un SMS.

— Sur ce point, j'admets que j'aurais dû attendre devant le portail plutôt qu'à l'arrêt de bus. Mais je te jure que je me suis mise en route dès que j'ai reçu ton message.

— Qu'est-ce que j'aurais dû faire ? Laisser Fahim se faire massacrer ?

— Tu aurais dû attendre l'arrivée de Lauren, expliqua Mac. Personne ne t'a demandé de jouer les héros. Compte tenu de la disproportion des forces en présence, tu t'es comporté de façon irresponsable.

— Je te rappelle que j'ai dû te retenir, ce matin, quand Alom s'en est pris à Fahim pour la première fois, ajouta Lauren. Tu as pensé à ce qui aurait pu arriver si l'un des membres de la bande avait sorti une arme, ou si j'étais arrivée deux minutes plus tard ?

Jake se dressa d'un bond.

— Ferme-la, Lauren ! hurla-t-il. Je sais que j'ai merdé, mais ce n'est pas une raison pour retourner le couteau dans la plaie !

— Rassieds-toi immédiatement, gronda Mac, que l'attitude du garçon commençait sérieusement à lasser. Lauren est un agent expérimenté. Ce n'est plus un jeu, Jake. Tu n'es plus en train de frimer devant tes copains du campus. Plusieurs personnes ont été sérieusement blessées, cet après-midi. C'est un miracle que vous vous en soyez tirés à si bon compte, mais je te signale que la police a l'intention de vous interroger. Si Fahim est impliqué, son père connaîtra tous les détails de l'affaire. Il interdira à son fils de vous revoir et la mission sera terminée avant même que vous n'ayez pu mettre un pied dans sa maison.

Jake se prit la tête entre les mains.

— Je vous ai dit que j'étais désolé... gémit-il avant de fondre en larmes.

Lauren sentit sa gorge se serrer. Jusqu'alors, elle n'avait vu en Jake que l'insupportable frère de sa meilleure amie. Sa détresse la renvoyait à l'anxiété qu'elle-même avait ressentie avant de participer à sa première mission.

Mac tendit au petit garçon un mouchoir en papier.

— Vous croyez que vous pourrez arranger le coup avec la police ? demanda Lauren.

— J'espère. J'ai déjà contacté le campus. Si les choses se passent comme prévu, le ministère devrait donner l'ordre aux enquêteurs du commissariat local de ne pas faire trop de zèle.

Jake adressa à Lauren un regard suppliant.

— S'il te plaît, promets-moi que tu ne diras rien à Bethany. Je ne veux pas qu'on se moque de moi quand je rentrerai au campus.

Lauren, qui gardait en mémoire les innombrables commentaires arrogants de Jake, estimait qu'il méritait amplement d'être la risée de ses camarades. Cependant, il était de son devoir d'établir une relation de confiance avec son coéquipier.

— Je garderai cette histoire pour moi si tu me promets de suivre mes conseils sans discuter et d'arrêter de te comporter comme un gamin.

— Ça marche, répondit Jake en épongeant ses larmes à l'aide du mouchoir en papier.

— On fait tous des erreurs, conclut Mac, visiblement apaisé. L'important, c'est d'en tirer la leçon.

# 25. Pour raison d'État

Lauren accueillit Fahim à sa descente du bus, puis ils prirent la direction du café où Mac les attendait.

— Jake n'est pas là ? demanda le garçon.

— Il a de sérieuses contusions. Rien de grave, mais il n'est pas en état d'affronter les bousculades dans les couloirs, à l'interclasse.

— Ni une nouvelle rencontre avec Alom et son gang, sourit Fahim.

— Le directeur de l'école a prévenu la police, mais Mac s'est arrangé pour que l'enquête n'aboutisse pas. Dans quelques jours, les flics déclareront ne pas pouvoir poursuivre leurs investigations en raison de témoignages contradictoires.

— Vous avez autant de pouvoir que ça ?

— On ne peut pas étouffer une affaire de meurtre ou d'attentat, mais les services secrets collaborent avec des membres haut placés de la police. Les dossiers concernant ce genre d'incidents finissent toujours à la corbeille.

— Tu as des nouvelles de la bande d'Alom ?

— Le rapport préliminaire fait état d'une mâchoire cassée et d'un traumatisme crânien, sans compter quelques bleus et une ou deux coupures.

— C'est dingue, la façon dont vous vous battez. Ça doit être génial de pouvoir entrer dans une salle de classe en te disant que tu peux massacrer tous ceux qui te chercheront des poux dans la tête. Si je suis recruté par CHERUB, je mettrai combien de temps pour atteindre ce niveau ?

— La théorie peut s'apprendre en six mois, mais il faut des années pour maîtriser la technique de façon instinctive.

— Je suis impatient.

— Tu sais, je vais être franche. Tu ne feras sans doute jamais partie de CHERUB. Ce n'est pas pour me vanter, mais les agents sont triés sur le volet. Il faut être intelligent, mais aussi stable sur le plan psychologique et en excellente forme physique. Il est possible que tu échoues aux tests préliminaires. Et je ne te parle même pas du programme d'entraînement initial.

— Je sais, Lauren. Mais je veux essayer. C'est tout ce que je demande.

— Tu pourras tenter ta chance, c'est promis.

Le café, situé à un kilomètre de Camden Central, était bondé d'ouvriers et de chauffeurs de taxi. Il y régnait un tel vacarme que l'on pouvait parler sans craindre une oreille indiscrète.

Lauren et Fahim retrouvèrent Mac à une table placée au fond de l'établissement. L'ex-directeur tendit au garçon un document imprimé.

— Tiens, je t'ai mis notre proposition par écrit, afin d'éviter tout malentendu, dit-il.

La serveuse prit les commandes, puis Fahim lut attentivement la feuille de papier.

L'accord lui garantissait une chance d'intégrer CHERUB, une nouvelle identité et un placement dans une famille adoptive. L'organisation prendrait en charge son éducation jusqu'à sa sortie de l'université, une année sabbatique à l'obtention de son diplôme, une voiture d'occasion lorsqu'il décrocherait son permis de conduire et un apport de vingt-cinq pour cent du prix de sa première habitation.

— Ces conditions s'appliquent à tous les agents de

CHERUB, précisa Mac. Si les autorités saisissent les avoirs de ton père en vertu de la loi antiterroriste, l'argent sera placé sur un compte ouvert à ton nouveau nom. Bien entendu, si ta mère réapparaît, cet accord deviendra caduc.

Fahim se tourna vers Lauren.

— Tu as un compte, toi ?

— Ouais. Ma mère possédait deux appartements. À sa mort, l'assurance a réglé toutes ses traites. Elle conservait aussi des bijoux anciens dans un coffre à la banque, et un peu de cash. Mon frère et moi, on recevra chacun une moitié de cet héritage lorsqu'on quittera CHERUB.

— Où est-ce qu'il faut signer ? demanda Fahim.

— Il ne s'agit pas d'un contrat, expliqua Mac. Pour raison d'État, CHERUB n'existe pas. Je pourrais te manipuler en te présentant un faux document officiel, mais il n'aurait aucune valeur légale. La seule garantie que je puisse t'offrir, c'est ma parole de gentleman.

— Tu peux nous faire confiance, ajouta Lauren. On s'occupera bien de toi, je le jure sur ma vie.

— Bien, lâcha Fahim. Je crois que je n'ai pas vraiment le choix. Et pour ma mère ? Où en sont les recherches ?

— Je tâte le terrain, mais je dois procéder en douceur, pour ne pas éveiller l'attention de ton père. Notre objectif prioritaire est de rassembler des preuves permettant son arrestation. Ensuite, nous pourrons mener des investigations plus poussées concernant ta mère.

— Cette nuit, je n'ai pas réussi à dormir, soupira Fahim. Il faut que j'arrête de me raconter des histoires. Elle est morte, j'en suis certain. Elle ne m'aurait jamais laissé seul avec mon père. Même à l'hôpital, elle aurait trouvé un moyen de me joindre.

— J'ai mené un nombre incalculable d'enquêtes, tu sais, dit Mac. Tu ne devrais pas tirer de conclusion sans preuve formelle. Fais-moi confiance. Je sais de quoi je parle.

— J'espère que vous avez raison. La bonne nouvelle, c'est que mon père m'a informé qu'il serait absent toute la journée et qu'il avait un dîner d'affaires à dix-neuf heures trente. Il m'a laissé des spaghettis à réchauffer au micro-ondes.

— C'est parfait, lança Lauren.

— Excellent, en effet, dit Mac. Tu es certain que nous ne serons pas dérangés ?

— La femme de ménage quitte la maison à l'heure où je sors du lycée, et je n'ai jamais rencontré les voisins. Leur maison se trouve derrière un mur. En plus, mon père me défend de répondre au téléphone en son absence.

...

L'équipe bénéficiait d'une occasion en or de placer la maison sous surveillance. Soucieux de mener l'opération le plus rapidement possible, Mac fit appel à Bethany Parker et aux deux ex-agents Dave Moss et Jack McEwen, qui travaillaient au campus en attendant de rejoindre l'université.

Il passa l'après-midi à surveiller l'habitation des Bin Hassam depuis une BMW aux vitres teintées. Comme prévu, la femme de ménage quitta la maison à quinze heures, suivie une demi-heure plus tard par Hassam et son frère Asif.

McEwen alla chercher Lauren et Fahim à la sortie du lycée à bord d'un monospace. Ils y retrouvèrent Dave Moss et Bethany. En présence d'une personne étrangère au campus, ils ne pouvaient théoriquement pas évoquer ouvertement leurs activités, mais Lauren ne put s'empêcher de lancer un rire moqueur aux deux T-shirts blancs qu'elle avait surclassés lors de l'exercice d'entraînement, deux semaines plus tôt.

— Fais pas ta maligne, gronda McEwen. Tu as beau être une fille, ça ne m'empêchera pas de te coller la tête dans les toilettes à la première occasion.

— Laisse tomber, chuchota Bethany à l'oreille de sa meilleure amie. Ce type est complètement cinglé.

Fahim et Lauren débarquèrent du monospace à cinq cents mètres de la villa des Bin Hassam, puis ils retrouvèrent Jake au coin de la rue. Ce dernier avait passé la journée à jouer à la PlayStation, étendu sur son lit.

— Tu vas bien ? lui demanda Fahim. Tu en as pris plein la poire, hier après-midi.

— Oh, c'était rien du tout. Je retourne au bahut dès demain.

— N'empêche, tu étais mal barré. Ta sœur t'a sauvé la vie.

— Les gens ont parlé de la bagarre, au lycée ?

— Tout le monde sait qu'Alom et les types de sa bande se sont fait botter le train, dit Lauren. J'ai parlé aux élèves qui ont assisté à la scène, et je crois que je me suis montrée persuasive. Ce matin, le directeur a lancé un appel à témoins, mais personne n'a moufté.

— On ne risque rien alors ? demanda Jake.

— Je pense qu'on nous laissera tranquilles. Lorsque j'ai croisé Alom dans le couloir, il a baissé les yeux et s'est taillé en courant.

— Vous ne pouvez pas savoir à quel point je suis soulagé. Si j'avais été viré, mon père m'aurait massacré.

Jake, Lauren et Fahim marchèrent jusqu'à la BMW garée devant la villa. Mac baissa la vitre teintée et leur adressa un hochement de tête indiquant que la voie était libre.

Ils franchirent le portail puis empruntèrent l'allée menant à la porte principale.

— Je suis là, lança Fahim lorsqu'ils eurent pénétré dans le hall. Il y a quelqu'un ?

Son appel resta sans réponse.

— Vérifie qu'il n'y a personne, ordonna Lauren. Ensuite, on débranchera le circuit vidéo et on pourra garer le mono-space dans l'allée.

Fahim inspecta chaque pièce de la maison puis, à l'aide d'une clé récupérée dans un tiroir de la cuisine, déverrouilla un panneau escamotable situé sous la cage d'escalier. Il invita ses camarades à pénétrer dans le réduit où étaient rassemblés les quatre magnétoscopes VCR connectés aux caméras de surveillance.

— Tu sais comment ils fonctionnent ? demanda Lauren.

— Ce sont des lecteurs-enregistreurs comme les autres, sauf que les bandes durent soixante-douze heures.

Jake inspecta le panneau arrière de l'un des appareils.

— Rien de spécial, dit-il. Juste des câbles phono standard.

Lauren composa le numéro de Mac sur son portable.

— On est devant le poste de vidéosurveillance. On le déconnecte ?

— Tu peux y aller. À en croire les relevés de compte de Hassam, son abonnement auprès de la compagnie de sécurité s'élève à trente livres. Renseignements pris, ça correspond au montant du forfait de base. Les vigiles débarquent si l'alarme se déclenche, mais ils ne reçoivent pas le flux des caméras de surveillance.

— Vous êtes génial, dit Lauren.

Elle enfonça la touche *stop* des quatre magnétoscopes puis se tourna vers Fahim.

— Il y aura un trou dans les enregistrements, mais on coupera l'électricité avant de partir, histoire de réinitialiser tous les appareils de la maison.

— Pour quoi faire ?

— Il est peu probable que ton père visionne les bandes, mais s'il te pose des questions, tu lui diras qu'il y a eu une panne de courant.

Dès que le monospace se fut immobilisé dans l'allée, Bethany, Dave et McEwen, sac de sport à l'épaule, se précipitèrent à l'intérieur de la maison.

— OK, lança ce dernier. Dave et moi, on va utiliser les PC

portables pour copier tous les disques durs. Jake, je veux que tu places des micros dans chaque pièce. Bethany et Lauren, prenez les scanners, fouillez le bureau et dupliquez tout document relatif à l'enquête.

— Je peux vous filer un coup de main ? demanda Fahim.

— Tu es sûr d'avoir bien indiqué à Mac l'emplacement de tous les ordinateurs ? demanda McEwen sur un ton peu engageant.

— Sûr et certain. Mon père est nul en informatique. Du coup, c'est moi qui effectue toutes ses installations et qui configure ses connexions Internet.

— Parfait. Maintenant, laisse-nous faire notre boulot, tu seras gentil.

Jake se pencha à l'oreille de son camarade de classe.

— Tu peux m'accompagner si ça te dit, chuchota-t-il en sortant de son sac un outil semblable à une agrafeuse. Tu me montreras les endroits stratégiques pour placer les micros.

— C'est quoi, ce truc ?

Lorsqu'ils atteignirent la coursive intérieure qui surplombait le hall, Jake souleva le capot de l'agrafeuse et exhiba une rangée de minuscules aiguilles noires.

— C'est le dernier modèle de mouchards, expliqua-t-il. Avant, on utilisait des micros de la taille de l'ongle du petit doigt. Ceux-là sont aussi fins que des cheveux. Ils se plantent dans n'importe quelle surface souple et sont virtuellement indétectables. Ils sont équipés d'une minuscule batterie chimique qui s'active dès qu'ils sont mis en place, puis ils émettent un enregistrement compressé toutes les trois secondes, pendant huit à dix jours.

Jake posa l'agrafeuse contre le dossier d'un fauteuil tapissé de velours et pressa la poignée. L'outil lâcha un jet d'air comprimé.

— Voilà. Le micro est installé. Sa structure est flexible, donc il n'y aucun risque de se le planter dans les fesses en s'asseyant. En plus, il est tellement sensible qu'il est capable de capter tous les sons environnants, même s'il est enfoncé à trois ou quatre centimètres à l'intérieur d'un coussin ou d'un matelas.

— C'est fantastique, sourit Fahim. Ça prend combien de temps, pour apprendre le fonctionnement de tout ce matériel ?

— Il faut lire un manuel épais comme un bottin, puis passer un examen avant d'être autorisé à utiliser le moindre dispositif de surveillance. On n'a pas droit à l'erreur. Placer un micro espion n'a rien de sorcier, mais quand il s'agit de cloner un disque dur ou d'installer un enregistreur de frappe, c'est une autre histoire.

Les yeux de Fahim brillaient d'excitation.

— C'est vraiment génial, lança-t-il. Je rêve de faire des trucs comme ça depuis le jour où j'ai vu *Spy Kids*.

Lorsque Jake eut installé des micros dans tous les fauteuils, canapés, matelas et tapis de la maison et du bureau, il ouvrit son PDA pour effectuer un test de réception.

— Maintenant, il faut installer un boîtier relais, expliqua-t-il. Il en faudra peut-être deux pour une baraque de cette taille. Cet appareil amplifie le signal émis par les mouchards et le transmet au récepteur placé à quelques centaines de mètres de la maison.

— Dans un film, j'ai vu une équipe spécialisée passer un appartement au peigne fin à la recherche de micros, fit observer Fahim.

— Ça, c'était valable pour les anciens dispositifs d'écoute, des cellules plates de la taille d'une pièce de monnaie. Ils ne possédaient pas de batterie, si bien qu'on ne pouvait que les installer dans une prise électrique ou un radio-réveil, ou tout autre appareil branché sur le secteur, afin de bénéficier d'une source d'énergie. En plus, ils émettaient en permanence, ce qui les rendait facilement détectables, pourvu qu'on possède le matériel adéquat. Nos micros gardent en mémoire les sons enregistrés, les compressent et les transmettent par émissions d'une durée inférieure à un centième de seconde. Il est impossible de les différencier des ondes résiduelles causées par le champ magnétique terrestre.

Jake confia à Fahim l'un des boîtiers relais, un objet rectangulaire d'un demi-centimètre d'épaisseur.

— Mets-le dans ta chambre, à un endroit où ton père n'ira jamais fouiner. Pour un signal optimal, il vaut mieux le positionner en hauteur.

— Dans une pochette de CD, ça irait ? Il suffit d'enlever la partie noire, à l'intérieur. Il n'ira jamais regarder là-dedans.

— Excellente idée.

Ils gagnèrent la chambre de Fahim, placèrent le dispositif dans la pochette d'un album des Killers, qu'ils glissèrent ensuite sous une pile de jeux de société, dans le compartiment supérieur de la penderie.

Jake saisit son téléphone portable et composa le numéro de Mac.

— Chef, j'ai besoin d'un test de signal. J'ai couplé le relais 65341 au récepteur 65409.

Mac consulta l'écran de son PDA et éclata de rire.

— Tu as installé soixante-neuf micros ! s'exclama-t-il. Il est loin le temps où l'on devait percer des trous dans les murs pour y placer des mouchards de la taille d'une balle de tennis... J'obtiens des signaux moyens à forts, sauf pour les émetteurs 65389 à 65404.

— Je m'en doutais un peu, dit Jake. On va devoir placer un deuxième boîtier dans le bureau. Je m'en occupe tout de suite.

L'annexe était exclusivement consacrée aux activités professionnelles de Hassam et Asif Bin Hassam. Il y régnait une activité fébrile. Dave et McEwen étaient en train de siphonner les données de cinq unités centrales et de trois portables grâce à une machine spécifiquement configurée pour cette opération de piratage. Lauren et Bethany épluchaient le contenu des dossiers dénichés dans une armoire métallique. Lorsqu'un document éveillait leur attention, elles le plaçaient devant l'optique de scanners montés sur trépied.

Ces appareils de dernière génération étaient équipés de capteurs haute définition capables de produire une copie parfaitement lisible en cinq centièmes de seconde. Toutefois, en dépit de l'efficacité de ce matériel, éplucher des documents comptables et détecter les pièces potentiellement utiles à l'enquête était un travail long et fastidieux.

— On a besoin d'un deuxième boîtier relais pour les transmissions audio, dit Jake. Où est-ce qu'on pourrait le planquer ?

Dave Moss désigna le petit meuble de rangement placé sous le bureau de Hassam.

— Ouvre les tiroirs et colle-le contre la paroi du fond.

Tandis que Jake s'agenouillait pour installer le dispositif, Lauren se tourna vers Fahim.

— Tout va bien ? demanda-t-elle.

— J'ai un peu la trouille, mais j'adore vous regarder bosser. Vous savez exactement ce que vous avez à faire. C'est fascinant.

— Ne t'inquiète pas pour ton père. Mac surveille le portail d'entrée. Même s'il rentre plus tôt que prévu, on a envisagé plusieurs stratégies de repli.

— C'est bon, j'ai terminé, dit Jake. Ça vous dirait, une tasse de thé ?

Dave Moss frappa dans ses mains.

— Ça ne serait pas de refus ! s'exclama-t-il. Fais quand même gaffe à ne pas en renverser sur la moquette…

— Évidemment, je ne suis pas débile.

— Juste un peu trop confiant, de temps en temps, rectifia Lauren avant de lui adresser un regard entendu.

Bethany, Dave et McEwen ne saisirent pas l'allusion. Jake baissa les yeux en signe de soumission.

— Ne vous inquiétez pas. Je connais mon boulot. Je nettoierai les tasses et je les remettrai à leur place.

— On ferait mieux de prendre dix minutes de pause dans la cuisine, fit observer McEwen. De toute façon, on a encore des heures devant nous.

## 26. Clubbing

En début de soirée, James, un bras passé autour de la taille de Dana, appuya sur la sonnette de l'appartement de Gemma. Kerry se tenait deux pas derrière eux. Elle avait convié Gabrielle et Michael, mais sa meilleure amie, souffrant de migraine, avait décliné sa proposition.

— Salut ! s'exclama joyeusement leur hôtesse en ouvrant la porte. Entrez, je vous en prie.

— On s'est trompés de jour ? demanda James en considérant les pieds nus et le gilet informe de la jeune femme.

— Non, je suis affreusement en retard. Dis donc, tu es super classe ! Tu me présentes ta copine ? Dana, je suppose.

— Bonsoir, dit cette dernière. Merci pour l'invitation.

James portait un T-shirt Chunk, un blouson de cuir emprunté à sa petite amie et un pantalon de toile noire. Dana, fidèle à son look savamment débraillé, avait opté pour un pantalon de treillis et une veste en jean. Kerry avait choisi une minijupe rouge et des Converse blanches.

— Installez-vous dans le salon. Ma sœur Mel est déjà là. C'est elle qui garde les enfants, ce soir.

Les trois agents suivirent Gemma dans un couloir jonché de petites voitures. Une jeune fille d'une quinzaine d'années et deux petits garçons étaient assis dans le sofa. La télévision diffusait un épisode de *Charlie et Lola*.

— Il y a une bouteille de vodka dans le buffet, dit Gemma. Servez-vous.

Mel se leva pour leur serrer la main, exhibant un ventre rebondi qui trahissait une grossesse avancée. Les trois agents en restèrent bouche bée.

— Je suis tombée enceinte super jeune, mais cette petite catin a battu mon record, gloussa Gemma.

Mel adressa à sa sœur un regard indigné puis s'accroupit pour ouvrir le placard où étaient rangées les bouteilles.

— On peut avoir du Coca ? demanda l'un des enfants.

— Ne commencez pas, vous deux, ou je préviens votre père, gronda Gemma avant de se diriger vers sa chambre. Vous devriez être au lit depuis une heure.

— Danny est ici ? demanda James tandis que Mel remplissait trois gobelets en plastique ornés de personnages de la famille Pierrafeu.

— Non, répondit la jeune fille. Il est déjà au club pour aider le DJ à s'installer.

Fascinées de rencontrer une future mère de leur âge, Dana et Kerry s'émerveillèrent devant le ventre de Mel et la bombardèrent de questions. James se laissa tomber dans un fauteuil en cuir à dossier inclinable, glissa une main dans une réplique de marionnette du Muppet Show et entreprit de divertir le fils cadet de Gemma.

— Ouah, un vrai feu d'artifice ! s'exclama-t-il lorsque cette dernière rejoignit le salon, vêtue d'une robe noire moulante et d'escarpins coordonnés.

— À boire ! lança la jeune femme avant de se verser un verre de vodka additionnée de Coca et de le vider d'un trait.

Elle donna un baiser à ses fils, puis leur recommanda de bien se tenir en son absence et de ne pas tourmenter leur jeune tante.

Le *Scandale Club* se trouvait à dix minutes de l'appartement, au cœur d'une zone d'activité industrielle. Il occupait les locaux d'une ancienne unité de production de matériel hi-fi. Ses murs étaient désormais ornés de kilomètres de tubes fluorescents, son toit agrémenté d'un jardin où l'on pouvait se détendre et échapper quelques minutes au volume infernal de la sono.

Les clients avaient investi les parkings des sociétés environnantes, au mépris des panneaux qui en interdisaient formellement l'accès. Debout devant le hayon de leur véhicule, des fêtards, refroidis par les prix pratiqués dans l'établissement, engloutissaient à la hâte de l'alcool fort acheté en grande surface.

— Drôle d'endroit pour ouvrir une discothèque, dit James.

— Ça permettait aux gays d'éviter les night-clubs du centre-ville, répondit Gemma. Ils se faisaient régulièrement tabasser par des connards à l'heure de la fermeture.

James, qui n'était jamais sorti en boîte, pensait trouver une foule de fashion-victims patientant à l'entrée de l'établissement, derrière une corde de velours rouge. Mais c'était un jour de semaine, il était onze heures moins le quart et il se trouvait dans la zone industrielle d'une petite ville de province. Danny et deux de ses associés, des colosses à la mine patibulaire, se tenaient devant la porte, et les rares clients n'avaient rien de très glamour.

— James ! s'exclama Danny en lui adressant une claque amicale dans le dos. Ça me fait plaisir que tu sois venu !

Gemma déposa un baiser sur les lèvres de son compagnon.

— Les garçons ne veulent pas se mettre au lit, dit-elle.

— Dans une heure, ils seront complètement calcinés. Ne t'inquiète pas. Et puis, c'est le problème de Mel, finalement. On la paye assez pour ça.

Danny remit à ses invités des flyers offrant une entrée gratuite et deux boissons pour le prix d'une avant vingt-trois heures, puis les invita à entrer.

Aux yeux de James, la salle avait quelque chose de lugubre, avec son sol en contreplaqué et ses sièges tout droit sortis des années soixante-dix. À l'évidence, la plupart des clients n'avaient pas atteint la majorité.

Le DJ, un jeune homme d'une vingtaine d'années, était assis sur les marches menant à l'estrade. Il avait glissé une compilation de rock garage dans le lecteur de CD et sirotait tranquillement une bouteille de Volvic en répondant aux questions des filles en tenue provocante qui se pressaient à ses côtés. James le considéra d'un œil envieux. En dépit des efforts accomplis aux platines lors des soirées du campus, il avait pleinement conscience de son manque d'oreille musicale et de son absence totale de talent.

**...**

Peu avant minuit, une foule majoritairement composée d'étudiants et de jeunes adultes investit la boîte de nuit. Un quadra, vêtu d'une chemise Ben Sherman totalement démodée, essaya d'engager la conversation avec Kerry et se fit éconduire sans ménagement.

À deux heures moins le quart, elle retrouva Dana et James dans l'espace VIP de la terrasse, à une table surplombée par un brasero à gaz. Le week-end, la zone était réservée aux célébrités locales, mais en semaine, toute connaissance du DJ ou des videurs était autorisée à s'y installer.

James, qui avait dansé sans interruption pendant près de deux heures, dégoulinait de sueur, si bien que le moindre coup de vent lui donnait la chair de poule. Il était ravi que Dana et Kerry aient enterré la hache de guerre. Il avait dansé avec son ex sans essuyer de remarques. Sa petite amie s'était contentée d'accepter qu'un fêtard lui donne son numéro de téléphone, dans le seul but de le rendre jaloux. Il les écoutait d'une oreille distraite débattre de sujets typiquement féminins.

— Bon, je crois que c'est l'heure de rentrer, dit-il.

— Ouais, répondit Dana. Le temps de trouver un taxi, on ne sera pas au campus avant trois heures du mat. Et j'ai un cours de maths dans six heures et demie.

— Les boules pour toi. Nous, on prend notre service à *Deluxe Chicken* à dix heures trente. En plus, le manager se planque dans son bureau. On peut s'asseoir sur les horaires si ça nous chante. On n'est même pas payés, de toute façon.

— On risque d'avoir la gerbe, demain matin, gloussa Kerry.

— Oh, quel langage ! ironisa Dana en composant le numéro d'une compagnie de taxis sur son portable. Ça ne te ressemble pas.

— Eh, vous avez tous l'air de penser que je suis une petite fille modèle ! Vous vous gourez complètement.

— J'ai l'impression que tu t'es métamorphosée au moment précis où Gabriel a essayé de te tripoter, ricana James.

— Bla bla bla. Tu me trouves ennuyeuse, mais est-ce que tu t'es regardé ? *Salut, je m'appelle James Adams, et je ne parle que d'Arsenal, de nanas et de motos du matin au soir. Je suis un être tellement fascinant...*

— Tu as trop bu, ma pauvre chérie. Bon, il faut que j'aille aux toilettes avant de partir.

Dana étouffa un éclat de rire puis replaça son téléphone dans sa poche.

— Le taxi sera devant la boîte dans cinq à dix minutes. On se retrouve en bas, près de la sortie.

James, saisi de vertiges, eut les plus grandes difficultés à négocier l'escalier en spirale menant au rez-de-chaussée. Une gothique d'environ dix-huit ans vint à sa rencontre et posa une main sur son torse.

— T'es mignon, roucoula-t-elle.

La fille semblait totalement partante, mais la proximité de Dana et Kerry le dissuada de répondre favorablement à ses avances.

— Désolé, mais je suis pris, dit-il.

Elle fronça le nez, puis se tourna vers ses amies restées en retrait.

— Eh, tu les prends au berceau ! lança l'une d'elles.

— Un peu jeune mais totalement craquant, répliqua-t-elle.

L'ego regonflé par cette rencontre inattendue, James pénétra dans les toilettes, contourna les flaques et les divers détritus qui jonchaient le sol, puis se soulagea dans un urinoir.

Lorsqu'il regagna le couloir, il trouva Gemma et Danny en grande conversation près de l'issue de secours.

— Ce n'est pas ton argent, grondait Danny en secouant sa petite amie par les épaules.

— Je t'ai prêté toutes mes économies. Sans mon aide, tu n'aurais jamais pu organiser ces soirées. Je veux ma part.

James s'apprêtait à s'éloigner lorsque l'homme prit conscience de sa présence.

— Tu vas te coucher ? lança-t-il sur un ton parfaitement neutre.

— C'était super, bredouilla James, mais j'ai des tas de trucs à faire demain matin. Dana a appelé un taxi.

— Vous avez eu de la chance. C'est la première fois qu'on a autant de monde. Et ce nouveau DJ est fantastique. Tu en parleras à tes copains, d'accord ?

— Tu peux compter sur moi. Merci pour l'invitation, et pour l'accès au carré VIP.

Gemma esquissa un sourire.

— Ça change des boums du collège, pas vrai ?

— C'est clair, vos clients sont beaucoup plus civilisés, plaisanta James.

Danny et Gemma éclatèrent de rire.

— Bonne fin de soirée, lança cette dernière.

Lorsque James se fut éloigné de quelques mètres, la jeune

femme lâcha un cri perçant. Il fit volte-face et constata que son compagnon avait saisi son poignet et la maintenait plaquée contre le mur du couloir.

— Eh, Danny, calme-toi, tu veux ? dit-il.

L'homme lui lança un regard glacial.

— Mêle-toi de tes affaires, petit.

James secoua la tête.

— Je ne sais pas pourquoi vous vous disputez, mais je ne vais pas rester planté là à te regarder la tabasser.

— Ça va, il n'y a rien de grave, balbutia Gemma. Rejoins tes copines, s'il te plaît.

James se refusait à abandonner sa collègue.

— Dégage, ou je te dérouille, gronda Danny.

James s'approcha du couple et tendit la main à Gemma.

— Pourquoi tu ne rentres pas avec nous ? On peut te déposer en taxi.

Danny fronça les sourcils.

— Tu veux vraiment que je t'en colle une, espèce de petit connard ! rugit-il avant de se porter au contact de James.

C'était un adulte solidement bâti, un ancien détenu habitué à se battre pour le motif le plus futile depuis son adolescence, mais il manquait singulièrement de vivacité. Lorsqu'il tenta de saisir les épaules de James, ce dernier fléchit les genoux pour se soustraire à son emprise et lui adressa un violent coup de genou dans l'aine. Danny émit une plainte sourde mais ne s'avoua pas vaincu.

— Je vais te démolir, espèce d'enfoiré ! hurla-t-il.

— Laisse-le tranquille ! implora Gemma.

En comparaison de ses compagnons d'entraînement, James avait l'impression que son adversaire se déplaçait au ralenti. Il esquiva avec aisance une volée de coups de poing, puis lui porta une claque à la tempe droite. Danny ferma les paupières et s'écroula comme une masse dans une flaque de liquide brunâtre, devant la porte des toilettes.

— Nom d'un chien, s'étrangla Gemma, les mains plaquées sur ses joues. Pourquoi tu as fait ça ?

— Tu aurais préféré que je le laisse te cogner sans réagir ?

La jeune femme était terrorisée.

— Tu as oublié les quatre videurs devant la porte ? Ce sont des amis de Danny. Tu ferais mieux de foutre le camp en vitesse si tu ne veux pas finir au cimetière.

— Pars avec nous, supplia James. Le taxi est peut-être déjà arrivé.

— Et où est-ce que j'irai, espèce de crétin ? Je vis chez ce salaud, je te signale.

James observa un silence gêné.

Gemma posa une main sur son épaule et lui adressa un sourire embarrassé.

— Je sais que tu pensais bien faire, mais nous sommes ensemble, Danny et moi. Ce que tu as fait ne va pas arranger mes affaires.

Deux individus déboulèrent dans le couloir, jetèrent un regard interdit au corps étendu sur le plancher, l'enjambèrent puis pénétrèrent dans les toilettes.

— Tu veux que je le transporte quelque part où il ne risquera pas de se faire piétiner ? demanda James.

— Laisse tomber, dit fermement Gemma. Embarque tes copines et mets les voiles, *par pitié*.

— Bon, ben… à demain, au restau.

— Non, c'est mon jour de congé. On se voit vendredi.

James tourna les talons et se dirigea vers la sortie du club. Il était convaincu d'avoir commis un acte héroïque, mais Gemma désapprouvait sa conduite. Et maintenant, il craignait qu'elle ne paye les pots cassés lorsque Danny reviendrait à lui.

— Eh bien, tu en as mis du temps, fit observer Kerry. Le chauffeur attend depuis cinq minutes.

— J'ai croisé Gemma, répondit James, sans entrer dans les détails.

— Je t'ai vu discuter avec cette gothique, tout à l'heure, demanda Dana. Je peux savoir de quoi vous parliez ?

— Oh, elle ? Elle m'a juste demandé si j'avais du feu. Dis donc, t'es pas gênée de me faire une crise de jalousie. Je te signale que tu as un numéro de téléphone inscrit sur l'avant-bras.

Sur ces mots, les trois agents saluèrent les videurs puis embarquèrent à bord du taxi.

— Il s'est passé un truc moche, dans le couloir des toilettes, dit James. Il faut que je vous raconte…

# 27. Confusion

Jake et Lauren avaient atteint avec succès les objectifs fixés par leur ordre de mission : ils avaient établi le contact avec Fahim et installé des micros dans toutes les pièces de la maison des Bin Hassam. Il ne leur restait plus qu'à se rendre quotidiennement au collège et à mener l'existence ordinaire des enfants de leur âge.

Lauren ne tarda pas à s'habituer à l'atmosphère laxiste de Camden Central. Tout bien pesé, les professeurs étaient des agneaux en comparaison de ceux du campus. Ils exigeaient très peu de devoirs et laissaient leurs élèves faire ce que bon leur semblait, pourvu qu'ils le fassent en silence et sans quitter leur table. En outre, elle adorait la vie à Londres.

Le samedi, Bethany et Rat leur rendirent visite. Ils firent un tour sur la grande roue du Millénaire, visitèrent plusieurs sites touristiques, passèrent des heures à faire du lèche-vitrines et s'offrirent une séance de cinéma.

Le mardi, Mac, inconsolable, assista à la crémation de sa femme, de sa belle-fille et de ses petits-enfants. Aucun membre de CHERUB n'était présent à la cérémonie. Il avait passé presque toute sa vie dans l'organisation fondée par son père, mais les membres de sa famille pensaient qu'il travaillait pour l'armée, en tant que spécialiste de l'évaluation des armes à feu. Cette couverture justifiait sa présence quasi permanente sur un champ de tir militaire, ses fréquents rendez-vous à Londres et ses longs séjours à l'étranger.

Malgré sa profonde douleur, Mac poursuivit la mission avec professionnalisme. Lorsque Jake et Lauren se trouvaient au lycée, il passait la matinée à éplucher des rapports émanant des services de renseignement et des notes de synthèse transmises par les investigateurs de la sécurité aérienne. L'après-midi, il étudiait le mémo envoyé par e-mail par l'équipe du MI5 chargée d'analyser les données transmises par les micros espions.

En ce vendredi, neuf jours s'étaient écoulés depuis l'opération menée dans la villa des Bin Hassam. Comme tous les après-midi, Lauren, impatiente de connaître les développements du dossier, regagna l'appartement en toute hâte.

— Un chocolat chaud ? proposa Mac lorsqu'elle pénétra dans la cuisine. Préparé avec du lait bio, et méthode de traite artisanale, comme Votre Altesse l'exige.

— Avec plaisir, se réjouit-elle en saisissant le mug fumant posé sur la table. Il fait un temps de chien, dehors.

L'ex-directeur dorlotait ses agents comme s'il s'agissait de ses propres enfants. Il leur préparait de copieux petits déjeuners et d'excellents sandwiches pour la pause du midi, les accueillait à leur retour du lycée avec des boissons chaudes et des snacks, puis leur servait des plats traditionnels anglais pour le dîner. En outre, il les avait invités deux fois au restaurant.

— Où est Jake ? demanda-t-il en s'asseyant à la table de la cuisine.

— Il joue à la PlayStation chez Fahim. Ils s'entendent super bien. Je me sens complètement inutile.

— C'est exactement ce qu'on avait prévu. Mais Jake est un débutant, et je préférais que tu sois là pour lui faire partager ton expérience, au cas où. J'avais vu juste, si tu veux mon avis.

— Des nouvelles de l'équipe de surveillance ?

— Rien d'intéressant, soupira Mac. Si Hassam et Asif font partie d'une organisation terroriste, ils cachent bien leur jeu.

— Si ça se trouve, seul Hassam est impliqué.

— Je me suis posé la question, mais pour être honnête, je commence à penser qu'on fait fausse route.

— Mais que faites-vous du témoignage de Fahim ? Ses parents se sont disputés à propos de l'accident, il est formel. Et sa mère a disparu dans des circonstances étranges, je vous le rappelle.

— Je ne remets pas en cause sa bonne foi, mais trois agents du MI5 se relaient vingt-quatre heures sur vingt-quatre pour écouter les conversations à l'intérieur de la maison. Ils ont enregistré les communications téléphoniques et lu tous les e-mails. Ils ont comparé l'ADN de Hassam et de son frère à toutes les bases de données antiterroristes, et on n'a rien trouvé. On a étudié attentivement les fichiers figurant dans leurs ordinateurs et étudié tous les documents que vous avez scannés. On a découvert de nombreuses irrégularités dans la comptabilité, mais ça s'arrête là. Rien, absolument rien ne permet d'affirmer qu'ils ont le moindre lien avec une entreprise terroriste.

— Selon la mère de Fahim, l'avion avait été rénové par une société appartenant à son grand-père. Vous avez vérifié ?

Mac secoua la tête.

— Au moment de sa mise en service, l'appareil qui s'est écrasé appartenait à une compagnie aérienne japonaise. Il a été entièrement révisé et aménagé aux couleurs d'Anglo-Irish en Inde, quelques mois avant l'accident. D'après mes informations, la société de maintenance n'a aucun lien avec la famille Bin Hassam. Ils utilisent peut-être un prête-nom, mais je ne peux pas le prouver.

— Pourquoi envoyer des avions en Inde procéder à des opérations de maintenance ? Je veux dire, c'est un pays en voie de développement...

— Détrompe-toi. L'industrie aéronautique est en plein essor, là-bas, et les coûts sont inférieurs d'un tiers à ceux pratiqués en Europe ou aux États-Unis. Les ateliers sont ultramodernes. D'ailleurs, ils appartiennent pour la plupart à de grandes sociétés occidentales. Les employés sont aussi qualifiés, sinon davantage, que dans nos pays dits développés.

— N'empêche, j'imagine qu'il doit être plus facile de placer des explosifs et des détonateurs dans un avion lors d'une opération de révision en Inde que de tromper les services de sécurité de l'aéroport d'Heathrow.

— Sans doute, dit Mac en haussant les épaules. Quoi qu'il en soit, la seule chose qui nous permette aujourd'hui de soupçonner Hassam Bin Hassam, c'est le témoignage de Fahim concernant la conversation entre ses parents.

— Vous pensez qu'il pourrait avoir tout inventé ?

— Il n'est pas très stable, sur le plan psychologique. Toi qui le connais mieux que moi, que penses-tu de cette hypothèse ?

— De mon point de vue, il est parfaitement normal. Il est déprimé, c'est vrai, mais qui ne le serait pas dans son cas ? Je le trouve très intelligent, et nettement plus mature que Jake, pour être tout à fait franche.

— Je commence à me demander si je n'ai pas commis une énorme erreur. Ce qui m'a décidé à lancer cette opération, c'est la peur que j'ai perçue dans sa voix lorsqu'il a appelé la hotline. Si ça se trouve, il était désorienté à cause d'un cauchemar.

— En plus, il avait reçu un choc sur le crâne. Ses parents s'étaient violemment disputés et sa mère avait disparu. Il devait nager en pleine confusion. Il a pu mélanger les informations entendues aux informations avec les événements de sa vie réelle.

— Exact. Compte tenu de son profil psychologique, ça n'aurait rien d'étonnant.

— Pourtant, j'ai vraiment l'impression qu'il dit la vérité...

— Il est sincère. Dans son esprit, tout est réel.

— Alors, qu'est-ce qu'on va faire ? demanda Lauren.

— Je crois qu'on va devoir réduire la voilure, dit Mac. Jake et toi, vous allez retourner au campus. On laissera l'équipement de surveillance en place pendant une semaine ou deux, mais je vais demander au MI5 d'interrompre la surveillance vingt-quatre heures sur vingt-quatre. Un seul agent suffira pour passer en revue les enregistrements quotidiens jusqu'à ce que les batteries des micros soient à plat.

— Pauvre Fahim, dit Lauren en hochant tristement la tête. Vous lui aviez promis d'enquêter sur le sort de sa mère.

— Je n'ai pas oublié, soupira Mac. Je ne sais pas encore comment je vais m'y prendre, mais je vais trouver un moyen d'informer la police que Yasmine Bin Hassam a disparu. En espérant que leur enquête donnera davantage de résultats que la nôtre.

— Je ne me vois pas annoncer à Fahim que nous l'abandonnons. Après tout ce qu'il a déjà traversé, ça va le démolir...

## 28. La hache de guerre

James et Kerry n'avaient plus qu'un jour de stage à effectuer chez *Deluxe Chicken*. Ils s'étaient progressivement habitués à la monotonie et à l'ennui que leur inspiraient leurs activités. Gemma avait changé d'horaires, si bien qu'ils ne la croisaient que quelques minutes avant de regagner le campus.

Gabriel avait lui aussi modifié son emploi du temps afin de se trouver le plus rarement possible en présence de Kerry. Le travail des agents était supervisé par Wendy, une jeune fille d'une vingtaine d'années fraîchement enrôlée dans le cadre d'une campagne d'embauche de jeunes diplômés, un statut qui lui garantissait une rapide promotion à la tête d'un restaurant de la chaîne. En dépit des pouvoirs que lui conféraient ses fonctions, elle avait enchaîné tant de petits jobs minables pour payer ses études qu'elle était extrêmement compréhensive à l'égard de ses employés, pourvu qu'ils ne se montrent pas ouvertement nonchalants devant la clientèle.

Les agents assuraient désormais le strict minimum. Chose étrange, Kerry était d'humeur radieuse. James se réjouissait qu'ils aient enfin pu enterrer la hache de guerre. Leurs relations lui rappelaient les jours qui avaient suivi le programme d'entraînement initial, avant qu'ils n'échangent leur premier baiser.

Le vendredi, Gemma prit son service dans la matinée.

Kerry était ravie de la retrouver, mais la jeune femme ne semblait pas partager son enthousiasme.

— Ce con de Gabriel a changé mes horaires, grogna-t-elle en prenant soin de ne pas croiser son regard.

— C'était comment, au club, mercredi dernier ? demanda Kerry.

Gemma ajusta son calot de papier.

— Je n'y suis pas allée. Le copain de Mel est en permission et la mère de Danny avait un cours de gym. J'ai dû rester à la maison avec les petits.

— C'est l'anniversaire de James, la semaine prochaine. Dana et moi, on voudrait l'emmener fêter ça au *Scandale*, mais on se demande si Danny ne lui en veut pas trop.

— N'y pensez même pas, répondit Gemma en se tournant vers Kerry. Cette histoire l'a rendu dingue.

— Nom de Dieu ! s'étrangla Kerry en découvrant l'œil au beurre noir et la lèvre enflée de sa collègue. C'est lui qui t'a fait ça ?

— Je n'ai pas envie d'en parler.

— Arrête tes conneries. Ce salaud t'a encore battue ?

— Qui d'autre, à ton avis ? Tu ne peux rien faire pour moi, ma chérie.

Kerry était dans une rage noire.

— Tu ne peux pas rester sans réagir.

Gemma posa les mains sur ses hanches.

— Mêle-toi de ce qui te regarde. C'est ton dernier jour de stage. Dans quelques heures, tu rentreras chez toi. Ce rade pourri ne sera plus qu'un mauvais souvenir et on ne se reverra plus jamais.

— Je vais lui botter le train, à ce con ! fulmina Kerry.

— Et tu crois que ça arrangera mes affaires ? lança Gemma, au bord des larmes. L'appartement où je vis lui appartient. J'ai deux gamins de moins de cinq ans, et nulle part où aller. Il a été obligé de se mettre en arrêt de travail, à cause de migraines et de douleurs aux reins, depuis que James l'a dérouillé. Il a perdu une semaine de salaire. Il n'arrête pas de s'en prendre à moi et aux enfants.

— Il les frappe aussi ? demanda Kerry, incrédule.

Gemma secoua la tête.

— Il pète les plombs facilement. Il leur hurle dessus pour un oui, pour un non.

— Tu ne peux pas te réfugier chez tes parents ?

— Cette bande de salauds, ça me ferait mal ! Tu crois que je peux me pointer chez eux avec deux gamins, la main tendue, et leur demander l'aumône ? Ce serait leur donner raison.

— Tu pourrais aller au bureau de relogement de la mairie. Vu ta situation, ils te trouveraient sans doute une solution d'urgence. Tu ne peux pas continuer comme ça.

— Il n'est pas si mauvais. C'est mon mec. Il a juste mauvais caractère.

— Comment peux-tu le défendre ? Tu t'es regardée dans la glace ? Tu as vu dans quel état il t'a mise ?

Gemma recula d'un pas.

— Reste en dehors de ma vie, OK ? Ne remets plus les pieds au club et préviens James que Danny a repris son travail au pub. Il ferait mieux de rester sur ses gardes, parce qu'il est hors de lui et il sait que c'est son dernier jour de boulot.

Kerry consulta sa montre.

— James est en pause déjeuner. Il ne va plus tarder.

• • •

James, sac *PC World* en main, se réjouissait d'avoir déniché un lecteur MP3 bon marché dans la corbeille aux bonnes affaires. Sa petite amie possédait un iPod, mais elle rêvait depuis des mois de disposer d'un appareil petit et robuste pour l'accompagner lors de son footing quotidien. Fort de son expérience, il savait que les filles tenaient les cadeaux d'anniversaire et de Noël pour des acquis, et que seuls les présents inattendus étaient susceptibles de susciter leur étonnement et leur gratitude.

Il traversa la rue et s'engagea sur le trottoir jonché de détritus. À une dizaine de mètres, il aperçut Danny qui piaffait devant la vitrine du fast-food, batte de base-ball en main.

— Hey, tête de nœud ! lança l'homme avant d'écraser son arme dans une poubelle métallique.

Deux individus massifs vêtus de blousons de cuir se tenaient en retrait.

— Je ne veux pas d'ennuis, dit James en observant les alentours.

La rue était déserte. Il considéra la silhouette un peu lourde de ses adversaires et estima qu'il n'aurait aucun mal à les terrasser.

— Alors, terreur, tu as vu Gemma ? poursuivit Danny. Je lui ai collé une danse dont elle se souviendra longtemps. Tu peux être fier de toi.

— Tu es un vrai gentleman, répliqua James. Et courageux, avec ça, du genre à se faire accompagner par des gorilles quand il a des comptes à régler. Ça doit être dans les gènes, un truc que tu tiens de ta salope de mère.

Danny se cabra.

— Répète ça pour voir, gronda-t-il.

James, qui ne souhaitait pas se trouver impliqué dans une énième échauffourée, prit la décision de quitter les lieux au plus vite. Au moment précis où il tournait les talons, Gemma franchit la porte du restaurant.

— Laisse-le tranquille, supplia-t-elle. Tu vois bien que ce n'est qu'un gamin.

Danny la saisit par sa queue-de-cheval et la contraignit à basculer la tête en arrière.

— Tu ne vas tout de même pas partir comme ça, mon petit

pote ? lança-t-il en faisant tournoyer sa batte de base-ball. Je croyais que tu aimais jouer les héros. Viens la libérer, si tu es un homme.

James sortit son téléphone portable de la poche arrière de son pantalon.

— Je vais appeler la police, espèce de fumier.

— Ce sera ta parole contre la mienne. Cette petite conne ne me balancera pas aux flics. Je lui ai remis les idées en place, ces derniers jours. Elle a compris la leçon.

Alors, Kerry déboula sur le trottoir, se porta au contact de Danny et lui assena un violent coup de pied dans l'entrejambe. L'homme lâcha sa petite amie et battit maladroitement les airs à l'aide de son arme. Son adversaire esquiva l'attaque puis lui décocha un crochet à la mâchoire.

Constatant que les deux gorilles de Danny s'apprêtaient à intervenir, James enchaîna un coup de pied circulaire et un direct à mi-hauteur, les envoyant tous deux au tapis.

— Sale pourriture ! hurla Kerry en tordant le bras tatoué de son ennemi derrière son dos. On va voir si tu supportes aussi bien la douleur que ta copine.

L'épaule de Danny émit un craquement.

Ses complices se redressèrent péniblement et prirent la fuite sans demander leur reste. Kerry saisit la batte de base-ball et l'écrasa sans pitié sur l'un des tibias de sa victime.

— Arrête, nom de Dieu ! cria James en se précipitant dans sa direction.

Son amie avait perdu tout sens commun. Elle n'était plus en état de légitime défense, mais se livrait délibérément à un cruel acte de vengeance.

— Tu adores frapper les nanas, pas vrai ? gronda-t-elle. Tu t'en vantes devant tes copains, j'imagine. À mon tour de te remettre les idées en place.

Sur ces mots, elle fractura le second tibia de Danny.

— Voilà, tu as pigé ? Si je ne te casse pas l'autre bras, c'est uniquement parce je ne veux pas qu'une pauvre fille soit obligée de te faire bouffer.

James ceintura Kerry, la tira en arrière puis, craignant d'être à son tour pris pour cible, saisit fermement la batte à deux mains.

— Si tu lèves encore une seule fois la main sur Gemma, rugit la jeune fille, je te retrouverai, où que tu te caches, et je jure que je ferai de ta vie un enfer !

Étendu sur le dos, Danny poussait des hurlements inarticulés.

Gemma regarda le visage écarlate de Kerry, puis se tourna vers son petit ami. Elle avait toujours pris sa défense et mis ses débordements sur le compte d'une jeunesse difficile et d'un caractère volcanique, mais cette fois, il l'avait brutalisée publiquement, par simple jeu, et utilisée comme appât pour attirer James. Elle s'approcha et lui cracha au visage.

— Tu n'es qu'un animal ! cria-t-elle, au bord des larmes. Tu m'as toujours considérée comme un objet !

James constata qu'une douzaine de clients, regroupés derrière la vitrine, observaient la scène d'un œil incrédule. Wendy, l'adjointe de Gabriel, avait verrouillé la porte afin que nul ne puisse plus entrer ni sortir. Elle tenait un téléphone mobile contre son oreille.

— Elle a appelé les flics, dit-il. Le poste de police est à une rue d'ici.

Du coin de l'œil, Kerry vit une voiture de patrouille se garer le long du trottoir. Un autre véhicule roulait à tombeau ouvert sur le parking.

— Qu'est-ce qu'on fait ? demanda James. On court ?

Kerry secoua la tête. Même s'ils parvenaient à se soustraire à l'arrestation, les autorités du campus seraient inévitablement informées du forfait qu'ils venaient de commettre. Mieux valait attendre l'arrivée des forces de l'ordre et tâcher de se disculper en exposant calmement les faits.

Hélas, ils n'eurent pas le temps de s'expliquer. Dès qu'ils eurent quitté leur véhicule, les quatre policiers ne virent qu'un homme hurlant étendu sur la chaussée, deux filles sans défense et un adolescent musculeux armé d'une batte de base-ball.

— Pose ça immédiatement ! lança l'un d'eux avant de dégainer un Taser et de le braquer en direction de James.

— Il n'y est pour rien, plaida Kerry.

James n'avait aucune envie d'essuyer une décharge de cinquante mille volts. Il lâcha son arme et leva les mains au-dessus de sa tête. Deux policiers le plaquèrent contre le mur de briques qui jouxtait la façade du restaurant et lui passèrent promptement les menottes.

·.·

Zara se tenait debout, les poings posés sur son bureau à plateau de verre.

— C'était un stage professionnel, pour l'amour de Dieu ! s'exclama-t-elle. Je peux comprendre que mes agents se fourrent dans de telles situations lorsqu'ils sont en mission, mais là, j'avoue que ça me dépasse ! Pour résumer, tu es en train de me dire que James Adams est incapable de vendre du poulet frit pendant deux semaines sans se faire arrêter !

— Eh, bien, c'est-à-dire que… bredouilla Kerry.

Dans le taxi qui l'avait ramenée au campus, elle n'était pas parvenue à échafauder une explication susceptible de la mettre hors de cause.

— Je t'écoute, gronda Zara, manifestement hors d'elle. J'ai beaucoup de travail, et peu de temps à consacrer à ce genre de débordements indignes de notre organisation.

— C'est moi qui ai frappé ce type. En fait, James m'a arraché la batte des mains pour m'empêcher de faire une bêtise. C'est pour ça que les flics l'ont arrêté.

— Et tu n'as rien fait pour le disculper ?

— J'ai fait une brève déposition, mais tous les clients avaient une version différente, et les policiers ne m'ont pas prise au sérieux. Je les ai même suppliés de relâcher James et de me placer en garde à vue, mais ils m'ont ordonné de rentrer chez moi et de les laisser faire leur travail. Vu ma taille, je suppose qu'ils n'arrivent même pas à imaginer que j'aie pu corriger Danny.

— C'est une chance pour nous que les témoignages divergent. Et ce Danny, tu penses qu'il pourrait souffrir de séquelles sérieuses ?

— J'ai épargné sa tête. Il n'y a rien à craindre.

Zara se laissa tomber dans son fauteuil, se pencha en arrière et contempla le plafond avec perplexité.

— Ça ne te ressemble pas. Qu'est-ce qui a provoqué ce dérapage ?

— James n'a pas mordu à l'hameçon quand Danny a essayé de le provoquer. Du coup, ce salaud a commencé à s'en prendre à Gemma. Il l'avait déjà battue la nuit précédente. Ça m'a rendue complètement dingue. J'ai perdu le contrôle de mes nerfs.

— Et pourquoi ce type a-t-il provoqué James ?

Kerry réalisa qu'elle ne pouvait plus taire l'incident qui s'était déroulé la semaine précédente.

— James lui a flanqué une raclée parce qu'il maltraitait sa copine, le soir où on est sortis.

— Ah-ah, sourit Zara. Tu veux parler de la fois où vous vous êtes rendus à une soirée organisée chez l'une de vos collègues ? Quand vous êtes rentrés avec deux heures de retard ? Selon le rapport de l'officier de sécurité, vous sentiez la vodka à dix mètres.

— On n'a pas vu passer le temps, plaida Kerry.

— J'ai laissé courir après avoir vérifié que James et toi vous étiez présentés à l'heure à votre stage, et que Dana avait assisté au premier cours de la matinée. Cependant, je ne savais pas que James s'était battu.

— Écoutez, je suis prête à tout prendre sur moi, parce que je sais que j'ai eu tort de réagir de façon aussi violente. Mais James n'a fait que secourir une jeune mère de famille qui se faisait brutaliser par son petit ami.

— Par chance, je connais très bien l'inspecteur Mardell. Il m'a informée que James se trouvait dans l'une de ses cellules de garde à vue avant que tu ne viennes me trouver.

— Oh, s'étonna Kerry. Alors vous saviez... Vous pensez qu'il va être inculpé ?

Zara secoua la tête.

— Je crois que je vais le laisser moisir quelques heures de plus. J'enverrai Meryl le chercher vers cinq heures, après l'entraînement des T-shirts rouges.

— Il y a autre chose, dit Kerry. J'ai besoin d'un conseil.

— Je t'écoute.

— C'est à propos de Gemma. Elle vit chez ce Danny. Elle a deux enfants du même âge que les vôtres, et il la bat sans arrêt devant eux.

— Je vois. Pas de famille ou d'amis qui pourraient l'héberger provisoirement ?

— Elle ne parle plus à ses parents et elle prétend ne pas avoir besoin d'aide. Elle a craché sur Danny après la bagarre, mais elle a fini par monter dans l'ambulance qui le conduisait à l'hôpital.

— J'ai l'impression qu'elle tient beaucoup à lui.

— Mais on ne peut pas le laisser la traiter de cette façon. Je sais que je n'aurais pas dû intervenir, mais ce qui est fait est fait. Si ce salaud bat Gemma à mort, ou si elle finit à la rue avec ses enfants, je ne pourrai jamais me le pardonner. On doit bien pouvoir faire quelque chose, non ?

— C'est une adulte. Elle n'échappera à cette relation que si elle le *veut* vraiment.

Kerry fit de son mieux pour masquer son exaspération.

— C'est ce que je lui ai dit, mais elle ne veut rien écouter.

— Tu ne dois pas être la première à lui expliquer comment mener sa vie, dit Zara. Espérons qu'elle rencontrera un autre type, ou que quelqu'un qu'elle estime parviendra à la persuader qu'elle mérite mieux que ce minable de Danny. Mais ton approche trop directe l'a forcément mise sur la défensive.

— Alors, qu'est-ce que je devrais faire, à votre avis ?

— L'écouter et lui offrir ton soutien, pourvu qu'elle te le demande.

Kerry était profondément contrariée.

— Alors on attend que Danny sorte de l'hôpital et recommence à la tabasser ?

— Ce type m'a l'air d'un beau salaud, admit Zara. Mais tu ne peux pas te substituer à la loi. Rien ne te donnait le droit de lui casser les jambes. Je ne crois pas pouvoir intervenir dans la vie de Gemma, mais il existe des associations spécialisées dans l'accueil et l'hébergement des femmes battues. Je vais passer quelques coups de fil et m'arranger pour qu'elle reçoive des brochures sur son lieu de travail.

— Des *brochures*, répéta Kerry sur un ton méprisant. Ça va sûrement beaucoup l'aider.

— Nous ne pouvons pas l'obliger à agir contre sa volonté, conclut fermement Zara. Elle doit se sortir elle-même de cette situation. Avec un peu de chance, elle lira cette documentation et prendra conscience qu'il existe des portes de sortie pour les femmes comme elle. Maintenant, pour ce qui concerne ta punition…

— Ah, parce que je vais être punie… soupira Kerry.

— Oh ! oui, tu peux me faire confiance. Je vais m'entretenir avec James et Dana afin de faire toute la lumière sur cette affaire, mais je puis d'ores et déjà te promettre une sanction d'une sévérité exemplaire.

## 29. Sans surveillance

Le samedi matin, Fahim se réveilla aux premières lueurs de l'aube. Depuis la disparition de sa mère, la maison silencieuse lui faisait l'effet d'un tombeau, mais il se réjouissait de retrouver Jake, en début d'après-midi, pour se rendre au cinéma. Après avoir pris son petit déjeuner, il descendit au sous-sol et tua le temps en jouant au snooker sur le billard de son père.

Lorsqu'il eut vidé deux fois la table, vaincu par l'ennui, il décida de regagner le rez-de-chaussée. Au moment où il posait le pied sur la dernière marche de l'escalier, un cri retentit dans le hall.

— Dis-moi la vérité, salope ! hurla son père.

Un choc ébranla la porte derrière laquelle se tenait Fahim. Les vociférations de Hassam lui rappelaient les innombrables disputes dont il avait été témoin. Sa mère avait-elle regagné le domicile familial ? Il posa l'oreille contre le panneau de bois et reconnut la voix de Sylvia, la femme de ménage.

— Lâchez-moi, gémit-elle. Je ne sais pas de quoi vous parlez. Je le jure.

— Tu es la seule à pouvoir entrer librement dans cette maison.

— Par pitié, Hassam. Je ne comprends pas ce que vous me voulez.

— Espèce de traînée ! C'est toi qui as introduit ça chez moi ?

— Vous avez perdu la raison ! cria Sylvia. Je me contente de faire le ménage, rien de plus.

Aux hurlements de la femme, Fahim comprit que Hassam l'avait traînée à l'autre bout du vestibule. Il entendit le son caractéristique d'un tissu déchiré, puis un choc sourd contre le sol. Le cœur battant, il tourna la poignée de la porte et jeta un œil à l'extérieur.

Des taches de sang maculaient les dalles de marbre, de la cuisine à la porte d'entrée.

Hassam avait traîné Sylvia jusqu'aux toilettes du hall, puis l'avait fait asseoir sur la lunette.

— Avoue ! gronda-t-il, le poing brandi. Pour qui travailles-tu ?

Fahim quitta furtivement sa cachette et se glissa dans le vestibule. Il se tourna vers la cuisine et constata avec effroi que l'un des placards était maculé de sang. Épouvanté, il reconnut l'objet abandonné sur le carrelage : c'était l'un des boîtiers-relais installés par Jake.

En dépit de sa tenue vestimentaire — un bas de survêtement et une paire de chaussettes de tennis —, il n'avait d'autre option que de quitter la maison au plus vite et courir jusqu'à l'appartement de Jake et Lauren, situé à deux rues de là. Il avança à pas de loup vers la porte d'entrée en prenant soin de contourner les taches de sang.

— Tu n'en as pas eu assez ? hurla Hassam en giflant Sylvia de toutes ses forces.

— Arrêtez, je vous en supplie, gémit la femme.

— Que j'arrête ? Mais ça ne fait que commencer ! Dis-moi pour qui tu travailles. Ne me force pas à employer les grands moyens !

Fahim posa la main sur la poignée de la porte et constata que son père avait verrouillé la serrure afin d'empêcher Sylvia de prendre la fuite. Les autres issues et le portail devaient être bouclés, eux aussi. Réalisant qu'il était pris au piège, il fit demi-tour et se dirigea vers l'escalier menant à l'étage. Il devait à tout prix regagner sa chambre et prévenir ses amis de CHERUB à l'aide de son téléphone portable.

— Oh, mon Dieu ! hurla la femme de ménage. Laissez-moi partir.

Fahim gravit les marches quatre à quatre, s'enferma dans sa chambre puis composa le numéro de portable de Jake.

— Allez, allez, allez, murmura-t-il, les mâchoires serrées. Décroche ce foutu téléphone, par pitié...

•••

Rat avait obtenu de sa responsable de formation la permission de sauter les cours pour se rendre à Londres dès le vendredi soir.

— Mac est un as du petit déj', dit-il s'agenouillant sur le matelas pneumatique où il avait passé la nuit, afin d'en chasser l'air.

— Je suis dégoûtée pour la mission, dit tristement Lauren, allongée sur son lit, les yeux braqués sur les lampes halogènes encastrées dans le plafond. Le MI5 a interrompu la surveillance vingt-quatre heures sur vingt quatre, et il paraît qu'on va rentrer au campus dès lundi soir.

— Ouais, c'est dommage. Vous étiez tous tellement optimistes, le week-end dernier.

— Mac a lancé cette opération sur une simple intuition, mais le témoignage de Fahim était tellement convaincant que j'étais certaine que les écoutes permettraient d'obtenir des informations capitales.

— Le pire, c'est que vous allez devoir l'informer que vous le laissez tomber.

Lauren poussa un profond soupir.

— En plus, c'est moi qui vais m'y coller, vu que Jake a autant de tact qu'un rhinocéros à la saison des amours.

— Vois le bon côté des choses : dans deux jours, tu pourras te foutre de la gueule de ton frère.

— Se faire arrêter par la police pendant un stage d'insertion professionnelle... Il n'y a qu'à lui que ça pouvait arriver.

— Kerry a écopé de trois cents tours de piste, de cent heures de travaux de rénovation et de trois mois d'interdiction de sortie du campus. James a reçu cinquante tours et vingt heures de corvées. La police a clos le dossier, grâce à Zara.

— Ma chambre a besoin d'un bon coup de peinture. Je vais faire une demande officielle.

Rat secoua la tête.

— Rêve pas. Ils ont été chargés de monter un échafaudage et de repeindre les murs du bloc junior. La plupart des agents trouvent que cette punition est disproportionnée, vu qu'ils ne faisaient que venir en aide à une fille qui se faisait battre par son copain.

— Ah, je sais. Je vais lui offrir des pinceaux et du white-spirit. Ça, ça va bien lui foutre les boules.

Rat roula son matelas puis le glissa dans son sac de voyage.

— Je me demande ce que fabriquent Mac et Jake, dit-il en consultant sa montre.

— Il y a un monde fou chez *Sainsbury's*, le samedi.

Le téléphone de Lauren entonna les premières notes de *Sweet Child* de Guns n'Roses. Elle roula nonchalamment sur le ventre, persuadée qu'il s'agissait d'un appel de Bethany, mais son expression s'assombrit lorsqu'elle vit le nom de Fahim s'afficher sur l'écran de l'appareil.

— Tout va bien ? demanda-t-elle.

— J'ai essayé d'appeler Jake et Mac, mais on dirait qu'ils n'ont pas de réseau, bégaya-t-il, manifestement terrifié. Mon père est en train de tabasser la femme de ménage. Il a trouvé l'un des boîtiers-relais, et il a bouclé toutes les issues.

— Nom de Dieu ! s'étrangla Lauren. Jake et Mac sont sortis

faire des courses, mais j'arrive immédiatement. Garde ton calme et ne t'approche pas de ton père.

— Qu'est-ce qui se passe ? demanda Rat lorsqu'elle eut glissé son téléphone dans sa poche.

— On a un problème. Habille-toi, on fonce chez Fahim.

— Tu ne crois pas qu'il vaudrait mieux prévenir Mac ou les flics avant de foncer tête baissée ?

— C'est à moins de dix minutes. Fahim a déjà essayé de contacter Jake et Mac, mais les appels n'aboutissent pas. Les flics ne sont pas informés de la mission. Même s'ils me croyaient, ça me prendrait des heures pour leur expliquer la situation.

— Merde ! Et le MI5 qui a cessé la surveillance ! Qu'est-ce qu'on fera quand on sera devant la maison ?

— Je n'en ai pas la moindre idée, répondit Lauren en saisissant son trousseau de clés et le sac à dos contenant son équipement d'intervention.

•••

Posté sur la coursive qui dominait le vestibule, Fahim eut la surprise de voir son oncle Asif franchir la porte d'entrée.

— Comment ça se passe ? lança-t-il en se postant devant la porte des toilettes.

— Cette chienne refuse toujours de parler, répondit Hassam, le souffle court.

— On a été espionnés, c'est tout ce qui importe. Quelqu'un nous a dans le collimateur. Il faut qu'on se tire en vitesse. Il y a sans doute des micros plein la baraque. Si les flics ont entendu ce qui vient de se passer, ils ne vont pas tarder à rappliquer.

— Je pense que ça doit être un coup du MI5, ou d'une autre branche de services secrets. C'est un émetteur de toute dernière technologie.

— Comment tu l'as trouvé ?

— J'entendais comme une sorte de bourdonnement aigu. Comme ça me tapait sur les nerfs, j'ai fouillé un peu partout, puis j'ai démonté les tiroirs du bureau, et je l'ai trouvé collé à la planche du fond.

— Il faut qu'on y aille, dit Asif. Ma femme est déjà en route pour la planque.

— Fahim ! cria Hassam.

— Oui, papa ? répondit Fahim en se penchant par-dessus la rambarde.

— Enfile tes baskets et descends immédiatement. On s'en va.

— Où ça ?

Tais-toi et obéis, pour une fois !

Fahim tourna les talons et fit un pas en direction de sa chambre dans l'espoir de pouvoir se saisir de son téléphone portable.

— Immédiatement ! rugit Hassam. Ne me force pas à venir te chercher.

— Je n'ai pas le temps de prendre quelques affaires ? demanda le petit garçon.

Pour toute réponse, son père lui adressa un regard assassin. Craignant d'être battu, il dévala l'escalier et saisit une paire de Nike dans le placard à chaussures.

Asif se tourna vers la femme de ménage.

— Qu'est-ce qu'on fait d'elle ?

— Elle ne parlera pas, dit Hassam. Tu as apporté le flingue ?

Asif sortit un pistolet automatique de la poche intérieure de sa ceinture et le tendit à son frère. Ce dernier fit pivoter le cran de sûreté. Sylvia leva les mains devant son visage ensanglanté.

— Pitié, gémit-elle. Je jure que je ne sais rien.

Fahim considéra son expression terrifiée.

— Elle dit la vérité, lâcha-t-il. Laissez-la tranquille.

— Ferme-la, ordonna Asif. Va attendre dans la voiture.

Hassam se tourna lentement vers son fils.

— Tu es au courant de quelque chose ?

— J'ai été contacté après la disparition de maman, dit Fahim. Je les ai fait entrer dans la maison pour qu'ils installent des micros en ton absence.

Son père pointa le canon de son arme vers son visage.

— Des micros ? Combien ?

— Plein. Il y en a dans toutes les pièces.

Hassam plaqua Fahim contre la porte du placard à chaussures.

— Sale traître ! hurla-t-il. Dis-moi tout ce que tu sais, ou je te descends.

Asif consulta sa montre.

— Il faut qu'on se tire. On l'interrogera quand on sera à la planque. S'il y a autant de micros qu'il le dit, on ne va pas tarder à avoir de la visite.

Hassam saisit le bras tremblant de son fils et le poussa sans ménagement à l'extérieur de la maison.

— Toutes mes excuses ! lança-t-il à la femme effondrée sur le carrelage des toilettes. Finalement, je crois bien que vous disiez la vérité. Seulement, je ne peux pas vous laisser libre de vos mouvements. Vous pourriez vous traîner jusqu'au téléphone et alerter la police, comprenez-vous ?

Sur ces mots, il lui tira une balle dans la cuisse et se rua vers la voiture stationnée dans l'allée.

## 30. Camelote

Lauren, qui éprouvait des difficultés à suivre le train imposé par Rat, sentit son téléphone vibrer dans sa poche. Elle ralentit l'allure afin de se saisir de l'appareil.

— Je t'écoute, Jake, haleta-t-elle.

— Où est ce que vous êtes? On sort de chez *Sainsbury's*. On a tous les deux reçu un message de Fahim. Il a l'air complètement paniqué.

— Je viens de l'avoir au bout du fil. On se dirige vers la maison des Bin Hassam.

— Mac est en train de discuter avec un officiel du MI5. Trois agents vont analyser les enregistrements de surveillance en procédure d'urgence. Ils devraient en savoir plus dans quelques minutes.

— Rat écoute le signal en direct grâce à notre récepteur, dit Lauren. Il n'y a pas un bruit dans la baraque. On va entrer et tâcher de déterminer où sont passés Fahim et son père.

Jake rapporta ces informations à l'ex-directeur.

— Ne quitte pas, il veut te parler.

— Vas-y, passe-le-moi.

— Est-ce que vous êtes armés? demanda Mac.

— On a des Tasers et des bombes lacrymogènes.

— OK. Ne pénétrez dans la maison que si vous êtes certains qu'ils ont foutu le camp.

— Bien reçu. Je vous informe dès que j'en sais davantage.

Rat et Lauren s'engagèrent dans une rue montante

bordée de luxueuses maisons individuelles. Lorsqu'ils atteignirent la demeure des Bin Hassam, le garçon entreprit d'escalader la grille. En dépit de l'anxiété qu'elle éprouvait, sa complice esquissa un sourire puis composa un code à cinq chiffres sur le pavé numérique qui commandait l'ouverture du portail.

— Et merde, marmonna Rat, qui se tenait en équilibre précaire au sommet de l'obstacle.

— J'ai également la clé de la porte d'entrée, mais si tu tiens absolument à la défoncer, fais-toi plaisir.

Rat se laissa tomber dans l'allée, à l'intérieur de la propriété, en prenant garde à ne pas déchirer son pantalon de survêtement. Il réajusta son oreillette.

— Toujours pas un bruit, là-dedans.

— Le problème, c'est que Hassam a trouvé l'un des récepteurs. Le système de surveillance ne couvre que la moitié de la maison.

Lauren saisit un Taser dans une main et déverrouilla la porte de l'autre. Elle jeta un œil par l'entrebâillement et découvrit les dalles de marbre éclaboussées de sang. Les deux agents se glissèrent prudemment à l'intérieur. Rat fut le premier à découvrir la femme de ménage.

— Nom d'un chien! s'étrangla-t-il, saisi d'un haut-le-cœur.

Sylvia, le visage ravagé par les coups que lui avait portés Hassam, était étendue sans connaissance dans les toilettes. Sa blessure à la cuisse était effrayante. Des éclats d'os blanchâtres saillaient à travers la peau.

Malgré l'épouvante qu'elle lui inspirait, Lauren parvint à soutenir cette vision.

— Elle respire encore, dit-elle, constatant que sa poitrine se soulevait à un rythme régulier.

— C'est bien, bredouilla Rat, sans parvenir à poser les yeux sur la victime.

Lauren s'accroupit au chevet de la femme et saisit délicatement son poignet.

— Son pouls est faible, soupira-t-elle. Appelle une ambulance.

Tandis que Rat contactait les secours, Lauren inspecta l'étage, le sous-sol, la cuisine et l'annexe, laissant sur son passage des empreintes de pas sanglantes.

— Ils sont partis sans rien emporter, annonça-t-elle.

— Je suppose qu'ils ont décidé de décamper dès qu'ils ont découvert qu'ils étaient placés sous surveillance.

Lauren ramassa le boîtier-relais abandonné sur le sol. Hassam avait essayé de l'ouvrir à l'aide d'un couteau ou d'un tournevis, mais la coque n'avait pas cédé. À sa grande stupéfaction, elle entendit un sifflement provenant de l'appareil.

— Tout ça à cause d'un équipement défectueux ! s'exclama-t-elle en l'approchant de l'oreille de son coéquipier.

Rat afficha une moue dégoûtée.

— Cette camelote aurait pu causer la mort de cette femme, fit-il observer en hochant la tête en direction de Sylvia. L'ambulance est en route. Elle sera là dans cinq à dix minutes.

— J'ai des notions de premiers soins, mais je ne peux pas faire grand-chose pour elle, et il vaudrait mieux qu'on ait levé le camp quand l'équipe de secours débarquera.

— Comment feront-ils pour entrer ?

Lauren s'accorda quelques instants de réflexion.

— On va bloquer la porte et la grille avec des tabourets de bar pour qu'ils puissent intervenir immédiatement, sans faire appel à un serrurier.

Son téléphone se mit à sonner.

— Mac ? dit-elle.

— J'ai du nouveau. Les agents du MI5 ont analysé les

conversations enregistrées dans les minutes qui ont précédé le coup de feu. Hassam a prévenu son frère qu'il était sous surveillance. Apparemment, Fahim et son père vont rejoindre une planque provisoire, mais nous ne savons pas où elle se trouve. Asif a l'intention de passer par un entrepôt pour récupérer des objets de valeur et des documents. Il n'a pas non plus précisé l'adresse, mais je parie qu'il s'agit d'une location mentionnée dans les comptes des Bin Hassam.

— Où vous êtes-vous ?

— Dans ma voiture, mais je suis coincé dans les embouteillages. Le MI5 va essayer d'envoyer quelqu'un pour l'intercepter, mais vous êtes les plus proches de l'entrepôt. Y a-t-il un véhicule que vous pourriez utiliser pour vous rendre sur place ? Si nous perdons la trace d'Asif, nous ne pourrons plus remonter jusqu'à Fahim.

Lauren souleva la porte du garage.

— On a l'embarras du choix, dit-elle en découvrant la collection de voitures de luxe de Hassam.

Elle essaya vainement d'ouvrir la portière de la Bentley Azure stationnée dans l'axe de l'allée.

— Rat, essaye de trouver les clés à l'intérieur de la maison, lança-t-elle.

— Tu as de quoi écrire ? demanda Mac.

Lauren sortit un calepin et un stylo de son sac à dos, puis nota l'adresse de l'entrepôt.

Rat déboula dans le garage et brandit un biper en direction du véhicule.

— Coup de bol, elles étaient dans la poche d'une veste suspendue au portemanteau, dans l'entrée.

Lauren s'installa dans le confortable siège en cuir, l'ajusta de façon à pouvoir atteindre les pédales, puis enfonça le bouton commandant la mise en route du moteur.

Rat prit place à ses côtés. Il saisit les indications figurant sur le calepin de Lauren dans le GPS.

— *Programmation terminée*, confirma une voix de synthèse. *Distance, trois kilomètres deux cents. Arrivée prévue dans huit minutes.*

— Mets la gomme ! lança Rat en observant les traces sanglantes laissées par la semelle de ses baskets sur le tapis de sol beige. Je crois que j'entends une sirène d'ambulance.

# 31. La manière forte

Hassam tira Fahim de la BMW X5, le força sans ménagement à monter à bord d'un coupé Volvo appartenant à sa belle-sœur puis s'adressa à Asif.

— Appelle-moi dès que tu quittes l'entrepôt, dit-il. Il reste des choses à régler, une fois qu'on sera à la planque ?

— Contente-toi de prier pour qu'ils ne nous aient pas pris en filature.

Hassam s'installa derrière le volant puis engagea la Volvo dans le trafic. Craignant de croiser son regard, Fahim se tourna vers la fenêtre et regarda défiler le paysage. Les gens allaient et venaient, inconscients de la tragédie qu'il était en train de vivre. Il enviait leur existence ordinaire. Il n'avait jamais flâné devant les vitrines, le samedi après-midi, ni disputé de partie de football improvisée sur le trottoir, en compagnie d'amis.

— Est-ce que maman est morte ? demanda-t-il.

Hassam ignora sa question.

— Je déteste les automatiques, marmonna-t-il en cherchant vainement le levier de vitesse.

Il ralentit à l'approche d'un échangeur puis emprunta l'autoroute M1.

Fahim n'avait plus peur. L'aveu de sa trahison l'avait libéré. Rien ne pouvait être pire aux yeux de son père.

— Pourquoi l'as-tu tuée, papa ?

Hassam serra si fermement le volant que ses phalanges blanchirent. Des gouttes de sueurs perlaient à son front.

— Si tu continues sur ce ton-là, je m'arrête sur la voie d'arrêt d'urgence et je te colle une balle dans la tête.

— Tu as rendu le flingue à Asif, fit calmement observer Fahim. Pourquoi as-tu tué maman ?

— Elle ne m'a pas laissé le choix. Elle avait fait vœu d'obéissance. Lorsqu'elle a violé ce serment, pour moi, elle a cessé d'exister.

Fahim avait la quasi-certitude que sa mère était morte depuis plusieurs jours, mais il avait toujours conservé quelque espoir de la revoir. Les mots prononcés par son père le frappèrent comme un coup de poing.

— Qu'est-ce que tu vas faire de moi ? gémit-il.

— On ne va pas pouvoir rester ensemble. Même à Abu Dhabi, je risque d'être arrêté, mais il existe plusieurs endroits où je pourrai me faire oublier. Ne t'inquiète pas, ton grand-père te placera dans une école convenable. Au Pakistan, sans doute, dans les montagnes. Cinq ou six ans à supporter le climat glacial, à avaler une nourriture immangeable, à encaisser les coups de bâton et à réciter le Coran comme un robot devraient suffire à te débarrasser du poison occidental qui coule dans tes veines.

— On va prendre l'avion ?

— Cesse de poser des questions. Pour parler franchement, je n'ai aucune envie de tuer mon fils unique, mais je te garantis que tu tâteras de ma ceinture comme jamais, dès que nous serons arrivés à destination.

∴

— On a localisé Asif grâce à son portable, dit Mac.

Lauren, désireuse de se concentrer sur sa conduite, avait confié son mobile à Rat.

— Il utilise un appareil anonyme, mais il a laissé son téléphone personnel allumé, cet imbécile. Il est à l'entrepôt, ou sur le point d'arriver. On est en route, Jake et moi, mais on est loin derrière vous.

Rat observa l'écran du GPS.

— On se trouve à moins d'un kilomètre de l'objectif, dit-il, mais on a choisi la pire bagnole possible. Les automobilistes nous regardent avec des yeux ronds. Si vous pouviez voir leur tête quand ils découvrent Lauren au volant... En plus, elle conduit comme une patate.

— Eh ! protesta sa coéquipière. Je sais conduire, mais cette caisse est à peu près aussi maniable qu'un paquebot.

— Ne commencez pas à vous disputer, trancha Mac. Quand vous serez sur les lieux, n'oubliez pas qu'Asif porte probablement une arme.

Rat replia le clapet du mobile et le glissa dans sa poche. La Bentley roulait au pas derrière une longue file de véhicules ralentis par un bus cabossé.

— C'est pas vrai ! tempêta Lauren.

Elle tourna brutalement le volant, s'engagea sur la voie opposée et actionna l'avertisseur. Affolés, les conducteurs circulant en sens inverse se rangèrent tant bien que mal sur le bas-côté pour éviter la collision. Lorsque la Bentley se porta à la hauteur du bus, la conductrice d'une Smart manqua sa manœuvre d'évitement, freina brutalement et vint percuter à faible vitesse l'imposante calandre.

— Eh, fais gaffe ! cria Rat.

Lauren effectua une marche arrière puis retrouva sa place dans le trafic.

— Tu te plains quand je suis trop prudente, et tu te plains quand je prends des risques. Tu ne peux pas me lâcher deux minutes ?

— *À cinquante mètres, tournez à gauche*, annonça la voix de synthèse du GPS.

Lauren donna un nouveau coup de klaxon pour alerter deux piétons engagés sur la chaussée, emprunta une rue perpendiculaire, puis enfonça la pédale d'accélérateur. Elle négocia un ralentisseur à plus de cinquante kilomètres heure, si bien que le pare-chocs heurta le sommet de l'obstacle et que Rat fut propulsé à la verticale contre le toit de la Bentley.

— Nom de Dieu... gémit ce dernier en frottant son crâne meurtri. Vas-y mollo !

Lauren jeta un œil à l'écran du GPS. Ils se trouvaient à moins de quatre cents mètres de leur objectif. Soucieuse de ne pas attirer l'attention de leur cible, elle ralentit puis s'engagea dans une impasse.

— *Vous êtes arrivé à destination.*

Derrière un portail grillagé, elle aperçut la X5 d'Asif stationnée devant l'entrepôt délabré. Elle gara la Bentley en travers de la chaussée, de façon à prévenir toute tentative d'évasion.

— Et maintenant, qu'est-ce qu'on fait ? demanda Rat en épaulant le sac à dos de Lauren.

— Si Asif sort du bâtiment et découvre la voiture de son frère, il saura que quelque chose ne tourne pas rond. S'il possède une arme à feu, on ne peut pas prendre le risque d'intervenir.

— Tu n'as pas ton gilet pare-balles ?

— Je n'ai pas eu le temps de l'enfiler. Il est resté à l'appartement.

Lorsque Lauren eut dégainé son Taser, ils s'approchèrent prudemment du hangar. Rat s'accroupit, progressa jusqu'à une fenêtre et jeta un coup d'œil furtif à l'intérieur.

— Les néons sont allumés, chuchota-t-il. Je vois quelques bagages, mais aucun signe d'Asif.

Il se redressa puis abaissa la poignée de la porte. Les gonds, qui n'avaient pas été graissés depuis des années, émirent un grincement sinistre. Les agents se figèrent pendant quelques secondes afin de s'assurer qu'ils n'avaient pas alerté leur cible, puis examinèrent le contenu des bagages rassemblés sur le sol de béton. Dans un sac de sport Fila, Rat découvrit des faux passeports et des liasses de livres, de dollars et de dirhams émiratis.

Soudain, le son caractéristique d'une chasse d'eau parvint à leurs oreilles. Aussitôt, Lauren braqua son arme en direction de la porte ornée d'un calendrier érotique menant aux toilettes, et s'accroupit afin de stabiliser sa position.

Elle entendit de l'eau couler dans un lavabo, puis Asif apparut dans l'encadrement. Avant même qu'il n'ait pu manifester sa surprise, Lauren enfonça la détente du Taser. Les dards électrifiés fendirent les airs et se fichèrent dans la poitrine de son adversaire, lui infligeant une douzaine de décharges de cinquante mille volts.

Asif perdit momentanément connaissance et s'affala lourdement sur le sol. Rat s'agenouilla à son chevet puis s'empara du pistolet automatique.

— Qui êtes-vous ? gémit Asif.

— Des amis de Fahim, répondit Lauren en exhibant son Taser. Si vous ne me dites pas où il se trouve, je serai contrainte de vous envoyer d'autres décharges.

— Je ne sais pas de quoi vous parlez.

La jeune fille enfonça brièvement la détente. Asif, saisi d'un spasme, poussa un hurlement perçant.

— Dites-moi où se trouve Fahim, répéta Lauren. Nous n'avons pas de temps à perdre.

Rat ôta le capuchon d'une bombe lacrymogène.

— Je vais compter jusqu'à dix, puis maintenir vos yeux ouverts et vous remplir les orbites de gaz. Où est Fahim, espèce de salaud ?

Au troisième choc électrique, Asif se mordit accidentellement la langue. Sa bouche se remplit de sang.

En dépit de leur apparente froideur, Rat et Lauren n'en menaient pas large. Les agents de CHERUB n'étaient autorisés à faire usage de pressions à caractère physique que lorsqu'une personne se trouvait en danger de mort imminent. Or, si Fahim était incontestablement dans une situation délicate, rien ne permettait d'affirmer que son oncle et son père avaient l'intention de l'assassiner.

— Il vaudrait mieux que j'appelle Mac, dit Rat en s'emparant de son téléphone portable. Si ça dérape, on risque d'avoir de gros problèmes.

Sur ces mots, il composa le numéro de son supérieur hiérarchique, mais il eut la surprise d'entendre la voix de Jake à l'autre bout du fil.

— Comment ça se passe ? demanda ce dernier.

— Il faut que je parle à Mac ! cria Rat. On a capturé Asif, mais il refuse de parler.

— Il est en communication avec la police métropolitaine. Il cherche à savoir si l'une de leurs caméras à reconnaissance de caractère a pu détecter des plaques d'immatriculation correspondant aux véhicules des Bin Hassam.

— On a besoin de sa permission pour interroger Asif de façon plus… musclée, expliqua Rat. On l'a un peu chatouillé à coups de Taser, mais on ne peut pas forcer la dose sans autorisation officielle.

— À tout hasard, vous avez vérifié l'historique des appels de son mobile ?

Rat, hébété, se tourna vers Lauren.

— Bon sang, on a oublié d'examiner son portable.

— Merde… soupira sa coéquipière.

Pris de panique, les deux agents n'avaient pas accompli cette procédure élémentaire lors de la capture d'un suspect.

Jake, qui avait entendu le juron de Lauren, éclata de rire.

— Heureusement que je vous ai rafraîchi la mémoire avant que vous n'ayez commencé à lui arracher les ongles.

— Un téléphone à carte, complètement anonyme, dit la jeune fille en observant le mobile d'Asif. Coup de bol, les décharges n'ont pas endommagé les circuits.

Elle accéda au menu des numéros sortants. Au cours de la matinée, toutes les communications avaient été dirigées vers un seul numéro de portable. Elle enfonça le bouton vert. Hassam décrocha au bout de trois sonneries.

— Asif, où es-tu ? Est-ce que tout va bien ?

Lauren raccrocha sans dire un mot.

— C'est lui, annonça-t-elle. Je vais contacter le campus. Ils devraient pouvoir repérer la position de Hassam en moins d'une minute.

— Merci pour le coup de main, Jake, dit Rat avant de mettre un terme à la conversation.

— Se faire mettre minable par un débutant... soupira Lauren en composant le numéro de la cellule de permanence du campus. Crois-moi, je n'ai pas fini d'entendre parler de cette histoire.

# 32. Un méchant garçon

La Volvo s'immobilisa devant une maison neuve de style néo-Tudor dont le jardin donnait sur un parcours de golf. Un panneau À VENDRE était placé en évidence sur la pelouse. Hassam et Asif possédaient des parts d'une agence immobilière, une situation qui leur permettait d'avoir accès à de nombreuses propriétés inoccupées.

Muna, la femme d'Asif, ouvrit la porte d'entrée. Jala, sa fille de sept ans, ravie de retrouver son cousin, sauta au cou de Fahim.

— Tout le monde à l'intérieur, ordonna Hassam. Et ne restez pas devant les fenêtres.

Si Yasmine avait adopté le style vestimentaire des femmes occidentales après avoir quitté le Moyen-Orient, Muna était restée fidèle aux traditions de son pays d'origine. Elle s'habillait sobrement et parlait rarement, avec un accent moyen-oriental extrêmement prononcé. Aux yeux de Fahim, elle restait une énigme.

— Où est Asif ? demanda-t-elle.

— Il nous rejoindra dès qu'il aura récupéré les papiers, répondit Hassam.

— Il t'a appelé ?

— Il a essayé mais ça ne passait pas.

Fahim espérait que son père avait renoncé à son projet de lui infliger le châtiment corporel qu'il lui avait promis. Il laissa sa cousine le prendre par la main et l'entraîner vers la cuisine.

— Suis-moi en haut, gronda Hassam.

Fahim s'immobilisa. Son père le saisit par la manche de sa veste de survêtement et le poussa vers la cage d'escalier.

— Où allez-vous ? demanda Jala.

— Fahim est un méchant garçon, expliqua Hassam.

Il conduisit son fils jusqu'à une pièce vide du premier étage, puis ôta son ceinturon.

— Mets-toi torse nu et penche-toi en avant contre la cheminée.

Fahim s'exécuta sans protester. Plus encore que la perspective du supplice qu'il allait endurer, la froideur de son père lui donnait la chair de poule.

— Fixe le mur ! cria Hassam.

Il saisit la ceinture puis fit claquer la boucle sur le sol.

— Tu endureras ce châtiment jusqu'au jour où tu te décideras à faire preuve d'un peu de respect à mon égard.

La boucle déchira le dos de Fahim. Ses jambes se mirent à trembler et il tomba lourdement à genoux.

— Debout ! ordonna Hassam. Tu es une mauviette. Si je m'étais comporté de la sorte lorsque ton grand-père me corrigeait, il aurait aggravé ma punition.

Sur ces mots, il lui donna un violent coup de poing entre les omoplates.

— Pitié, sanglota Fahim.

Pour toute réponse, son père lui cracha au visage.

— Je ne peux aller plus loin, car tu dois être en état de voyager, gronda-t-il en glissant la ceinture entre les passants de son pantalon. Mais dès que tu seras aux Émirats, tu apprendras à obéir, je peux te le garantir.

∴

Asif, adossé à un mur sous la surveillance de Rat, tenait un mouchoir plaqué contre sa bouche sanglante.

— Mac, s'époumona Lauren dans son téléphone mobile, on a réussi à localiser la maison où se planque Hassam. Elle se trouve sur un parcours de golf à environ huit kilomètres de notre position, pas très loin de la bretelle de sortie numéro trois de l'autoroute M1.

Mac était enfin parvenu à échapper aux embouteillages qui congestionnaient les abords du centre commercial. Il roulait à tombeau ouvert sur une nationale à deux voies. Jake entra les données indiquées par Lauren dans le GPS. Vingt secondes plus tard, le trajet apparut à l'écran.

— On sera sur les lieux dans une dizaine de minutes, dit Mac. Le problème, c'est qu'on n'a pas eu le temps de repasser à l'appartement et nous n'avons aucun matériel. On ne connaît pas les intentions d'Asif et de Hassam, mais on peut les arrêter pour l'agression de la femme de ménage. Je vais prévenir la police locale en renfort.

— Il vaudrait mieux qu'on reste ici, dit Lauren. On est venus en Bentley, et on n'a pas été très discrets. J'ai eu un accrochage et j'ai effectué quelques manœuvres un peu risquées. Je pense que les flics du coin ont déjà notre signalement.

— Très bien. Appelle la permanence du campus et dis-leur de prendre contact avec la police afin d'interrompre d'éventuelles recherches vous concernant.

— C'est déjà fait.

— Si vous êtes arrêtés malgré tout, il faut absolument empêcher Asif de parler. Vous avez des sédatifs ?

— J'ai une ampoule de kétamine dans mon sac. Avec ça, il devrait se tenir tranquille pendant quelques heures.

— Parfait. Je vous envoie un médecin du MI5 dès que possible. Il lui administrera un psychotrope, histoire de brouiller ses souvenirs les plus récents.

— C'est compris. En attendant, on va examiner en détail le contenu de ses bagages.

— Ça ne coûte rien d'essayer. Bon, il faut que je te laisse. J'approche de la sortie d'autoroute.

∴

Le visage ruisselant de larmes et tordu par la douleur, Fahim s'assit sur la cuvette des toilettes. Il avait passé son T-shirt sous le robinet d'eau froide et le maintenait plaqué contre son dos meurtri. Au rez-de-chaussée, Hassam, inquiet de ne pas recevoir de nouvelles d'Asif, arpentait nerveusement le salon. Jala et Muna jouaient aux cartes dans la cuisine.

Fahim se hissa sur la cuvette pour jeter un œil par la fenêtre placée au-dessus de la chasse d'eau. Le jardin était ceint d'une haute clôture dont le portail donnait directement sur le parcours de golf. Malgré le temps maussade, des joueurs étaient rassemblés sur le fairway, derrière un bosquet de saules pleureurs.

Il envisagea de se glisser hors de la maison et de courir s'y réfugier, mais son embonpoint le rendait incapable de parcourir une telle distance d'une seule traite. À l'évidence, sa tante, engoncée dans sa longue robe noire, n'était pas en mesure de le rattraper. Son père, en revanche, était un adulte dans la force de l'âge. Pour conserver une chance de lui fausser compagnie, Fahim devait le neutraliser par n'importe quel moyen. Dans sa propre maison, il aurait disposé d'un véritable arsenal domestique, des couteaux aux vases de Chine, mais la villa où il se trouvait n'était même pas meublée.

Il quitta la salle de bain, gravit les escaliers et inspecta les trois chambres du premier étage. Il ouvrit les penderies, essaya d'en détacher les barres horizontales et constata qu'elles étaient solidement vissées à leurs supports latéraux. Il explora vainement la chaufferie, puis décida de rejoindre la cuisine. Lorsqu'elle aperçut la plaie dans son dos, Jala, épouvantée, enfouit son visage entre ses mains.

Sa tante se leva pour observer la blessure.

— Un garçon doit apprendre à respecter son père, dit-elle. Je vais aller chercher la trousse de soins dans le coffre de la voiture.

Dès que Muna s'engagea dans le vestibule, Hassam jaillit du salon.

— Où vas-tu ?

La jeune femme inclina la tête avec soumission.

— Je vais chercher des pansements et de la lotion antiseptique.

L'attitude servile de sa tante inspirait à Fahim un sentiment complexe où se mêlaient tristesse et mépris.

— Fais vite, ordonna Hassam en jetant un œil à sa Rolex. Dans cinq minutes, si Asif n'est pas de retour, je considérerai qu'il lui est arrivé quelque chose. Nous devrons partir sans lui.

— Comment ferons-nous, sans les passeports et l'argent ?

— Il y a plusieurs façons de plumer un canard. Il nous rejoindra dès que possible. Nous ne pouvons pas courir le risque d'être arrêtés.

## 33. Corrosif

La Peugeot s'engagea dans une rue bordée de maisons individuelles. La procédure dc triangulation du mobile de Hassam avait permis de définir sa position dans un rayon de cent mètres. Mac ignorait dans quelle demeure il avait trouvé refuge.

— Comment va-t-on le retrouver ? demanda Jake.

— Appelle le campus et demande-leur d'accéder au fichier des immatriculations. On leur communiquera le numéro des voitures garées aux environs.

Soudain, Mac tressaillit.

— Vous avez remarqué quelque chose ? interrogea Jake en pianotant sur le clavier de son portable.

Mac ralentit pour examiner la pancarte À VENDRE placée devant une villa flambant neuve.

— Agence immobilière Hart McFadden, lança-t-il en reprenant progressivement de la vitesse. Ce nom figure dans les comptes saisis sur l'ordinateur de Hassam. Il y a une voiture stationnée dans l'allée. C'est une Volvo immatriculée GK57 NNP.

Il gara la Peugeot le long du trottoir, trois maisons plus loin.

— Vous avez vu juste, sourit Jake en écartant le combiné de son oreille. C'est un véhicule de société enregistré au nom de la Bin Hassam Dubaï Mercantile Limited.

— Excellent, dit Mac en ouvrant sa portière. Demande à la

cellule de permanence d'informer la police locale que Hassam se trouve au numéro 16.

Jake relaya l'information puis rejoignit son supérieur sur le trottoir.

— On va jeter un œil, lança Mac.

— On ne devrait pas attendre l'arrivée des renforts ? Ils sont peut-être armés, là-dedans, et on a laissé tout l'équipement à l'appartement.

— J'ai requis l'assistance d'une équipe d'intervention tactique, mais ils ne seront pas ici avant un moment. Hassam ne va pas tarder à s'inquiéter pour son frère. Il pourrait décider de lever le camp d'une minute à l'autre.

Sur ces mots, Mac ouvrit le coffre de la Peugeot puis écarta une douzaine de sacs en plastique *Sainsbury's* afin de dégager la trappe contenant la roue de secours. Il en sortit une sacoche contenant un cric, un manomètre et deux imposantes clés anglaises.

— Ce n'est pas l'idéal, mais c'est mieux que rien, dit-il en s'emparant d'une longue barre de métal capitonnée de mousse, destinée à être placée sous le bas de caisse de la voiture pour éviter que le cric n'endommage la peinture.

Compte tenu des circonstances, aux yeux de Jake, cet accessoire ressemblait davantage à une matraque.

— Tiens, dit Mac en lui tendant une clé anglaise. Juste au cas où.

Jake glissa l'objet dans la poche de son pantalon de survêtement, puis ils se dirigèrent vers le numéro 16.

— Arrête-toi et fais semblant de refaire tes lacets, ordonna Mac en étudiant la villa.

Il sortit le manomètre de la poche de sa veste.

— Vu que cette propriété est à vendre, j'ai une justification pour jeter un œil par la fenêtre. Pendant ce temps-là, prends ça et tâche de dégonfler l'un des pneus avant de la Volvo.

Jake se baissa pour progresser discrètement jusqu'au

véhicule. Mac avança d'un pas traînant de retraité vers la façade, puis approcha son visage de l'une des fenêtres.

La Volvo de Muna n'avait que quelques mois, mais Jake eut toutes les peines du monde à dévisser le bouchon incrusté de boue qui protégeait la valve de la chambre à air.

Par chance, Hassam tournait le dos à la fenêtre. Mac contourna la maison d'un pas tranquille, la barre de fer se balançant innocemment à ses côtés.

Jake jeta un coup d'œil à la rue pour s'assurer qu'il n'était pas observé, introduisit l'embout du manomètre dans la valve puis enfonça le bouton. Aussitôt, l'air s'échappa du pneu avec un sifflement discret. C'était une manœuvre élémentaire que les agents de CHERUB les moins expérimentés étaient en mesure d'accomplir, mais une chambre à air correctement gonflée mettait près de cinq minutes à se dégonfler.

Or, moins de deux minutes s'écoulèrent avant que la porte d'entrée ne s'ouvre à la volée. Jake se mit à couvert derrière la Volvo. Une femme portant un voile et une longue robe noire se dirigea dans sa direction, brandit un biper et déverrouilla les portières.

Jake, le cœur battant, sortit la clé anglaise de sa poche et s'efforça de garder la tête froide. Il ignorait si l'inconnue portait une arme, mais la façon dont Hassam et Asif avaient traité la femme de ménage n'avait rien de très engageant.

Mac s'était posté à l'angle de la maison, la barre de fer tenue à deux mains, prêt à frapper. Pour la première fois depuis près de dix ans, date à laquelle il avait cessé de travailler sur le terrain, il sentit un flot d'adrénaline déferler dans ses veines.

Il vit Muna contourner la Volvo et soulever le hayon. Il espérait que Hassam et sa belle-sœur étaient les seuls occupants adultes de la maison. Si Jake était découvert, il le laisserait neutraliser la femme, mais si elle donnait l'alerte, il devrait affronter Hassam d'homme à homme.

Muna se pencha au-dessus du coffre, détacha une bande Velcro et s'empara d'une trousse de soins identifiable à sa couleur verte. Jake et Mac ignoraient quel usage elle comptait en faire, mais son comportement indiquait qu'elle n'était pas sur le point de prendre la fuite.

Dès que la femme eut regagné la villa, Jake saisit la poignée du manomètre et acheva sa manœuvre de sabotage.

∴

Convaincu que les agents de CHERUB avaient perdu sa trace, Fahim comprit qu'il n'avait plus le choix : pour conserver la moindre chance d'échapper au sort qui lui était réservé, il devait passer à l'action avant que son père ne décide de quitter la planque.

— Viens par ici, mon garçon, dit Muna en posant la trousse sur la table de la cuisine.

Sous le regard intrigué de Jala, elle nettoya la peau à l'aide d'une compresse humide, puis aspergea la plaie de lotion antiseptique.

— Ça pique, gémit Fahim en fermant les yeux.

Muna posa une main sur l'épaule de son neveu. Ce geste maternel réveilla dans l'esprit du garçon le souvenir de sa mère.

— Sois courageux, dit la femme en découpant un morceau de sparadrap. Mieux vaut souffrir quelques secondes que de risquer une infection.

Fahim considéra ses ciseaux à bouts ronds, et estima qu'ils ne pouvaient pas constituer une arme efficace. Il déchiffra l'étiquette du flacon de lotion : *produit irritant, ne pas avaler, ne pas appliquer autour des yeux et de la bouche.*

— Voilà, c'est terminé, l'informa sa tante. Enfile ta veste de survêtement. Tu vas attraper froid.

Hassam pénétra dans la cuisine, un énorme téléphone

portable vissé à l'oreille. Fahim empocha discrètement l'antiseptique.

— Asif ne répond toujours pas, dit-il avec anxiété. Ramassez vos affaires. On part immédiatement.

Hassam n'avait jamais compris grand-chose aux nouvelles technologies. Il chargeait systématiquement son fils de configurer ses ordinateurs et ses téléphones mobiles. Fahim comptait bien exploiter cette faiblesse.

— Tu es certain que tu n'es pas en mode SMS ? Ça pourrait expliquer pourquoi tu n'arrives pas à le joindre. Je peux jeter un œil ?

Malgré la méfiance que Fahim lui inspirait, Hassam lui tendit le portable.

— Ils ne pourraient pas mettre en vente des appareils tout simples, qui se contenteraient de téléphoner ? Je n'ai besoin ni d'appareil photo ni d'Internet, quand je suis dans la rue. Et ces boutons sont si petits qu'il est impossible de composer un numéro correctement du premier coup...

Fahim saisit le portable d'une main et brandit le flacon d'antiseptique de l'autre. Il lâcha une giclée de liquide vert pâle au visage de son père, bondit de sa chaise puis se précipita vers la porte donnant sur le jardin.

∴

La voiture ayant été mise hors service, Mac et Jake s'étaient repliés derrière la haie qui bordait la propriété voisine. De leur position, ils pouvaient observer en toute discrétion l'allée menant à la porte d'entrée de la villa.

Mac rabattit le clapet de son mobile.

— C'était le responsable du poste de police local, expliqua-t-il. Deux unités d'intervention devraient arriver sur les lieux d'une minute à l'autre, deux binômes circulant à bord de véhicules banalisés. La première équipe nous retrouvera ici même, l'autre progressera par le parcours golf afin de couvrir la porte donnant sur le jardin. Deux voitures de patrouille transportant des policiers en uniforme patienteront à une centaine de mètres.

À cet instant, Jake entendit un discret bruit métallique provenant de l'arrière de la maison.

— Vous avez entendu, chef ? demanda-t-il.

— Quoi ?

— Ce son... Ça vient de là-bas. Je crois que quelqu'un vient d'ouvrir le portillon à l'arrière de la maison.

— Je commence à être un peu dur de la feuille, confessa Mac.

— Vous voulez que j'aille vérifier ? Je pourrais passer par le jardin des voisins et jeter un œil par-dessus la palissade.

Mac consulta sa montre.

— D'accord, mais sois prudent. Ne prends aucun risque, c'est bien compris ? Je vais rester ici pour attendre l'arrivée des renforts.

Jake progressa en position accroupie derrière la clôture qui séparait les deux villas. Parvenu à l'extrémité de la propriété, il se redressa pour observer furtivement le jardin du numéro 16.

Alors, il vit Hassam franchir en courant le portillon permettant d'accéder au parcours de golf.

## 34. Rendez-vous sous les saules

— Sale traître ! cracha Hassam en courant droit devant lui, les yeux rougis par le liquide corrosif.

Il s'engagea sur le sentier menant au green du trou numéro dix-huit et au luxueux club-house encadré de vérandas inspirées de l'architecture coloniale.

Fahim, qui le précédait d'une vingtaine de mètres, était déjà à bout de souffle. Il se baissa pour éviter les branches d'un saule pleureur planté en bordure de l'allée, puis se dirigea vers le départ du trou numéro un.

— Eh, mon garçon ! lança un golfeur sur un ton supérieur. Tu n'as pas le droit de te trouver ici.

Sans ralentir sa course, Fahim sortit de sa poche le téléphone portable dérobé à son père et réalisa avec effroi qu'il était incapable de se rappeler les numéros de Lauren et de Rat.

— Arrête-toi immédiatement ! hurla Hassam.

Fahim lança un regard par-dessus son épaule et constata que son père allait bientôt le rejoindre. Il se précipita vers un sac de golf posé contre le bâtiment des sanitaires, en tira le premier club qui lui tomba sous la main, fit volte-face, puis frappa Hassam en plein visage, l'envoyant rouler dans l'herbe. À cet instant précis, le propriétaire du driver — un bijou en titane à six cents livres — sortit des toilettes. Il se jeta sur le garçon, lui arracha l'objet des mains et le ceintura.

— Ils ne sont même pas membres ! lança une femme, indignée.

— Aidez-moi! cria Fahim tandis que son père se redressait péniblement, étourdi par le coup reçu à la pommette. Il a tué ma mère. Appelez la police, je vous en prie!

Alertés par ces hurlements, des golfeurs descendirent les marches du club-house pour assister à la scène. Conscient du désespoir de l'enfant, l'homme qui le retenait prisonnier le relâcha et s'efforça de l'apaiser.

— Allons, mon petit, dit-il. Je suis certain que tu te fais des idées.

— Mon fils est un peu instable, expliqua Hassam sur un ton extrêmement courtois. Je vous prie d'accepter mes excuses.

Il faisait de son mieux pour apparaître sous un jour flatteur, en dépit de ses yeux injectés de sang et de sa pommette éclatée.

— Vous devez me croire! cria Fahim. Ne le laissez pas m'emmener! Appelez la police, je vous en supplie!

— Fahim Bin Hassam? lança une voix féminine.

Tous les yeux se tournèrent vers l'escalier du club-house. Deux femmes portant fusil d'assaut, casque et protection en Kevlar dévalèrent les marches.

Alors, Hassam brandit un couteau, saisit son fils par le col de la veste et posa la lame crantée contre sa gorge.

— N'approchez pas! cria-t-il. Baissez vos armes ou je l'égorge!

Les golfeurs affolés coururent se réfugier dans le club-house.

— Posez ce couteau! ordonna l'une des femmes, l'œil collé à la lunette de son fusil. Si vous me forcez à tirer, je vous garantis que je ne manquerai pas ma cible.

Mais Hassam n'était pas dupe. Les genoux fléchis, il se servait de son fils comme d'un bouclier. L'officier de police n'était pas en mesure de le neutraliser sans mettre en péril la vie de l'enfant qu'elle était censée protéger. Il recula lentement jusqu'au bosquet de saules pleureurs, écarta le rideau de branchages puis s'adossa à un tronc.

— C'est terminé, papa, bredouilla Fahim. Laisse-moi partir.

— Je n'irai pas en prison, répondit Hassam d'une voix glaciale. S'ils décident de me liquider, tu partiras avec moi.

. . .

Muna observait la confrontation à cinquante mètres de là, postée devant le portillon donnant sur le golf.

— Qu'est-ce qui se passe, maman ? demanda Jala en se hissant sur la pointe des pieds.

— Retourne dans la maison et ramasse tes affaires. Il faut qu'on s'en aille.

— Mais papa, et Fahim, et l'oncle Hassam, ils ne viennent pas avec nous ?

— On les retrouvera plus tard, expliqua Muna en poussant fermement sa fille vers la baie vitrée du salon.

Son esprit était en ébullition. Elle ne savait que faire ni où aller, mais elle avait la conviction qu'il lui fallait quitter la maison au plus vite. Avec un peu de chance, elle recevrait un appel de son mari et ils pourraient convenir d'un point de rendez-vous.

Muna récupéra les clés de la Volvo dans l'un des placards de la cuisine. Jala rassembla maladroitement ses cartes à jouer et tenta vainement de les ranger dans leur boîte.

— On n'a pas le temps, dit sa mère.

Elle lui saisit le poignet et la traîna vers la sortie.

— Mais c'est mes préférées ! protesta la petite fille.

— Je t'en achèterai un autre paquet, mon ange. Nous ne sommes pas en sécurité dans cette maison. Il faut partir immédiatement.

Muna déverrouilla les portières de la voiture, aida Jala à se hisser sur le rehausseur, puis contourna le capot pour rejoindre le siège du conducteur. Lorsqu'elle aperçut le pneu à plat, elle se figea.

Elle poussa un juron en arabe avant de s'agenouiller devant le pare-chocs afin de déterminer les causes de la crevaison. Jala vit deux hommes jaillir de la haie, fusils braqués en direction de sa mère.

— Les mains en l'air ! ordonna l'un d'eux. Portez-vous une arme ?

— Ne tuez pas ma maman ! hurla Jala.

— Je ne suis pas armée, balbutia Muna en levant les bras au-dessus de sa tête.

— Qui se trouve à l'intérieur de la maison ?

— Personne. Ils sont sortis par le jardin. Ils se trouvent sur le parcours de golf.

Les policiers fouillèrent Muna, lui passèrent les menottes, et entreprirent de réconforter Jala qui sanglotait à l'arrière de la Volvo. Mac quitta son poste d'observation et alerta l'une des équipes d'officiers en uniforme stationnées à cinquante mètres de là. Ces derniers procédèrent à une fouille en règle de l'habitation, progressant arme au poing de pièce en pièce.

Dès qu'on l'eut informé qu'elle était inoccupée, Mac contourna la maison et s'approcha prudemment du portillon.

Deux minutes s'étaient écoulées depuis que Hassam s'était réfugié sous la frondaison dans le bosquet. La situation n'avait guère évolué. Les deux femmes gardaient leur fusil d'assaut braqué dans sa direction. Fahim, toujours sous la menace du couteau, tremblait de tous ses membres.

Alors, Mac remarqua la silhouette accroupie de l'autre côté du tronc.

•••

La villa voisine du numéro 16 ne disposant pas de porte s'ouvrant sur le parcours de golf, Jake avait dû traîner une cabane en plastique jusqu'à la clôture. Il s'était laissé tomber sur le sentier menant au club-house au moment où Fahim avait porté un coup de driver au visage de son père.

Jake avait sorti la clé anglaise de sa poche et s'était dirigé droit vers Hassam, bien décidé à le mettre définitivement hors d'état de nuire, mais les policiers étaient intervenus avant qu'il n'ait pu mettre son projet à exécution.

Craignant d'être interpellé, il avait trouvé refuge dans le bosquet de saules pleureurs afin de contacter Mac et de le tenir informé de la situation. Avant d'avoir pu composer le numéro de son supérieur, il avait vu Hassam reculer vers lui, un couteau posé sur la gorge de son fils.

Jake se tenait désormais accroupi au pied d'un tronc, à cinq mètres de leur position. L'instinct lui commandait de prendre la fuite sur-le-champ, mais les paroles de Hassam parvinrent à ses oreilles.

— S'ils décident de me liquider, tu partiras avec moi.

Il comprit alors qu'il était seul en mesure de sauver la vie de Fahim. Accablé par la responsabilité qui pesait sur ses épaules, il sentit la tête lui tourner. Le grand moment était arrivé. Il avait passé des années à s'entraîner. S'il parvenait à mettre un terme à la prise d'otage, la hiérarchie de CHERUB passerait l'éponge sur les maladresses commises au début de la mission.

Seulement, il n'avait pas la moindre idée de la stratégie à adopter. Il se sentait totalement dépassé par l'enjeu. Les critiques de Lauren, ses incessantes remarques concernant son immaturité et son manque d'entraînement lui revinrent en mémoire. L'espace d'un instant, elles lui parurent parfaitement justifiées. Puis il pensa à la bourde magistrale de sa coéquipière, lorsqu'elle avait omis de consulter l'historique du portable d'Asif et avait pris le risque d'en griller les circuits en lui administrant des décharges de Taser.

Jake songea au slogan que les instructeurs l'avaient forcé à répéter jusqu'à l'écœurement lors du programme d'entraînement initial : « *C'est dur, mais les agents de CHERUB sont encore plus durs.* » Après tout, il avait obtenu son T-shirt gris à la régulière. Il devait juste garder la tête froide, faire appel à ses connaissances et utiliser sa cervelle.

Règle numéro un : étudier attentivement les lieux avant toute prise de décision. Il se pencha furtivement et constata que sa position lui permettait de surveiller Fahim et Hassam sans être aperçu. Il envisagea de se servir de la clé anglaise, mais il se heurta à la même difficulté que les femmes policiers qui tenaient en joue le suspect : à la moindre alerte, ce dernier n'avait qu'un geste à faire pour envoyer son fils dans l'autre monde.

Jake ne pouvait prendre aucun risque. Il devait se déplacer dans le plus grand silence et désarmer Hassam avant qu'il n'ait pris conscience de sa présence. Or, il n'avait que onze ans, et son adversaire était un adulte à la stature athlétique.

Il considéra longuement la clé anglaise. Cette matraque improvisée ne convenait pas à la stratégie qu'il comptait mettre en œuvre. Nul ne pouvait prédire les effets d'un coup à la tête sur le système nerveux. Compte tenu des circonstances, le moindre spasme pouvait mettre en péril l'existence de Fahim.

Jake sortit le manomètre de sa poche, un outil dont la forme évoquait un énorme stylo chromé, puis l'examina attentivement. Si ses extrémités arrondies étaient manifestement inoffensives, le manche était équipé d'un clip métallique triangulaire. Il n'était pas très tranchant, mais pouvait sans nul doute pénétrer tissus et chairs, pourvu que l'on porte un coup suffisamment puissant.

Jake tordit l'attache vers l'extérieur, saisit fermement son arme de fortune et estima qu'elle convenait parfaitement à son plan d'action.

Il coupa la sonnerie de son mobile, prit une profonde inspiration, s'allongea sur le sol et commença à ramper en direction de sa cible.

— Ne lui faites pas de mal ! hurla l'une des femmes policiers. C'est votre fils, bon sang !

— Non, nous n'avons plus rien à voir ensemble. Il travaille pour vous.

Jake atteignit le tronc auquel Hassam était adossé. Il le contourna avec un luxe de précautions et s'immobilisa à quelques centimètres du talon de sa chaussure gauche.

Sa stratégie s'appuyait sur des connaissances élémentaires des réflexes nerveux, acquises lors de cours d'entraînement au combat. Sous l'effet de la surprise et de la douleur, tout être humain réagissait de façon identique. S'il recevait un coup sous la cage thoracique, Hassam écarterait involontairement les bras. Encore fallait-il s'assurer que la position de l'arme au moment de l'attaque ne mettrait pas Fahim en danger.

— Papa, sanglota ce dernier, je suis désolé.

Le front de Hassam était inondé de sueur. Ses mains tremblaient comme des feuilles. Craignant de blesser accidentellement son fils et de perdre le contrôle de la situation, il écarta la lame de quelques centimètres.

Jake se dressa d'un bond et enfonça la partie saillante du manomètre entre les côtes de son adversaire. Comme prévu, les bras de ce dernier se raidirent. Il lui porta un violent coup de clé anglaise au poignet, le contraignant à lâcher son arme.

Fahim se libéra de l'emprise de son père et détala sans demander son reste. Jake plongea pour s'emparer du couteau. Hassam lui adressa un coup de pied dans l'abdomen qui le fit tituber jusqu'aux femmes policiers.

— Mains en l'air ! ordonnèrent-elles lorsque Jake se fut réfugié derrière elles.

Hassam plongea alors sa main dans la poche intérieure de sa veste.

Si les deux membres de l'équipe tactique avaient pu évaluer froidement la situation, elles se seraient interrogées sur les raisons pour lesquelles le suspect, s'il possédait une arme, n'en avait pas fait usage en première intention.

Elles firent feu simultanément.

Les projectiles traversèrent la poitrine de Hassam de part en part, puis se fichèrent dans le tronc, éparpillant un nuage d'échardes et de fragments d'écorce. L'homme s'écroula comme une masse.

Mac franchit le portail du numéro 16 et rejoignit en courant les deux garçons étendus côte à côte sur le fairway.

— Vous en avez mis du temps, soupira Fahim en épongeant d'un revers de manche les gouttelettes de sang qui perlaient sur son cou.

## 35. CVX

— Bonjour.

Lauren et Rat firent volte-face et découvrirent une femme émaciée vêtue d'un imperméable noir qui tenait à bout de bras une sacoche de cuir.

— Qui êtes-vous ? demanda Lauren.

— Je suis le docteur Turpin. C'est Mac qui m'a demandé de venir ici. Mon équipe travaille souvent avec CHERUB. Je suis au parfum.

Lauren hocha la tête en direction d'Asif. L'homme était effondré sur le sol de béton. Rat avait glissé sous sa tête un bloc de mousse trouvé sur l'une des étagères de l'entrepôt.

— Beau travail, sourit le docteur Turpin.

Deux agents du MI5 poussèrent un chariot métallique à l'intérieur de la pièce.

— Comment allez-vous procéder ? interrogea Rat.

— Nous allons être obligés de lui infliger quelques coups de matraque en caoutchouc afin qu'il se réveille avec des ecchymoses, puis je lui injecterai un cocktail de substances hallucinogènes. Il passera le reste du week-end dans un profond état de confusion mentale et reprendra ses esprits dans une chambre d'hôpital. Nous l'informerons qu'il s'est battu avec les policiers venus procéder à son arrestation, qu'il a reçu un violent coup sur la tête et qu'il a souffert d'un malaise cardiaque dû au stress. Si tout va bien, il ne se souviendra pas de sa rencontre avec vous. Dans tous les cas, ses souvenirs récents seront si embrouillés qu'il sera incapable de faire la différence entre la réalité et les hallucinations causées par les psychotropes.

— Ça ne doit pas être très légal de traiter les prévenus de cette façon, fit observer Rat.

Le docteur Turpin et les deux agents éclatèrent de rire.

— Non, sans blague ! ironisa l'un des hommes.

— Zut, il faut que j'appelle mon avocat, gloussa son collègue.

Lauren leva les yeux au ciel.

— Pour l'amour de Dieu, Rat, tu n'as pas encore compris que la plupart de nos activités étaient illégales ? La procédure est systématiquement manipulée afin que les preuves que nous rassemblons puissent être présentées devant les tribunaux. Si les associations de défense des droits de l'homme étaient informées des méthodes de l'Intelligence service, ça ferait un beau scandale.

Rat semblait contrarié par ces révélations.

— Il faut considérer le problème dans son ensemble, dit le docteur Turpin, tandis que ses collègues poussaient Asif hors de l'entrepôt. Ce que nous faisons à ce suspect est-il comparable à la disparition de trois cent cinquante personnes au milieu de l'océan Atlantique ? C'est le prix à payer pour que ces terroristes cessent leurs agissements.

— À ce propos, lança Lauren, j'ai inspecté l'entrepôt en vous attendant. Vous êtes en rapport avec l'équipe chargée de l'enquête sur l'accident ?

— Non. Nous sommes juste une équipe d'intervention chargée de faire disparaître les preuves des activités du MI5. Mais si tu estimes que c'est nécessaire, je peux contacter un enquêteur.

— C'est inutile. Mac connaît le dossier sur le bout des doigts. Il sera là dans quelques minutes.

— Tu le salueras de ma part. Oh, et tu lui présenteras mes condoléances pour sa femme et ses petits-enfants.

·:·

Une ambulance anonyme emporta le docteur Turpin et Asif Bin Hassam. Ses deux collègues quittèrent les lieux à bord de la Bentley. Rat fit un saut au café le plus proche pour acheter des Kit Kats et deux mugs de thé.

Mac et Jake se garèrent sur le parking une quinzaine de minutes plus tard.

— Où est Asif ? demanda Jake, hilare, en déboulant dans l'entrepôt. Oh, je parie que vous avez eu la main trop lourde sur le Taser et que vous avez été obligés de faire disparaître le corps.

Pour la première fois depuis plusieurs jours, il semblait avoir retrouvé de sa superbe et de son arrogance.

— Le MI5 l'a emmené il y a un quart d'heure, dit Lauren.

— Est-ce que Mac sait qu'on a commencé à le cuisiner avant d'avoir examiné son téléphone ? s'inquiéta Rat.

— Je suis resté muet comme une tombe, gloussa Jake. Mais n'oubliez jamais que je pourrais changer d'avis à tout moment.

— Et toi, n'oublie jamais que je t'ai vu pleurer, le premier soir de la mission, répliqua Lauren. Rat et moi, tout ce qu'on risque, c'est de nous faire remonter les bretelles par Zara. Si j'explique à Bethany et à tes petits copains que tu t'es comporté comme une fillette, ils se moqueront de toi jusqu'au restant de tes jours.

Le visage de Jake s'assombrit.

— C'est vrai, il a pleuré ? interrogea Rat.

— Oh, rien de bien grave, sourit Lauren. C'est encore un bébé, tu sais. Un gros câlin et un bisou pour la nuit ont suffi à le calmer.

— Allez vous faire foutre ! gronda Jake. Je n'ai pas pleuré… Enfin, juste un tout petit peu, parce que j'avais super mal. Et

Mac a dit que la façon dont j'ai sauvé Fahim était exemplaire, qu'il n'avait jamais vu un agent se comporter aussi courageusement.

À cet instant précis, le docteur McAfferty pénétra dans le hangar.

— Je vois que vous êtes en pleine discussion, lança-t-il en les considérant d'un œil soupçonneux. Je peux savoir de quoi il est question ?

— De rien, répondirent en chœur Rat et Jake.

— Comment va Fahim ? demanda Lauren.

— Les policiers l'ont conduit aux urgences pour faire recoudre sa blessure dans le dos.

— Vous allez vraiment l'autoriser à vivre au campus ? demanda Rat.

— Bien entendu. Je pense qu'il ne parviendra jamais à passer les tests de recrutement, mais une promesse est une promesse.

— Je l'imagine sur le parcours d'obstacles, avec ses grosses fesses, gloussa Jake.

Lauren lui adressa un méchant coup de coude dans les côtes.

— Eh ! je croyais que tu l'aimais bien.

— Il est sympa, j'ai pas dit le contraire. Mais tu as vu ses bourrelets ? Il ressemble plus à Bouddha qu'à James Bond, de mon point de vue.

— Jake Parker, tes propos sont parfaitement déplacés, dit Mac. Il a perdu ses deux parents en l'espace d'un mois. Tu es ce qu'il a de plus proche dans ce monde, et j'entends bien que tu assumes tes responsabilités à son égard.

— Des reproches, toujours des reproches ! protesta Jake. Vous oubliez un peu vite que je lui ai sauvé la vie !

— Mon pauvre chéri, ricana Rat, ne me dis pas que tu vas te remettre à pleurer…

Jake pointa un index dans sa direction et imita le son produit par une arme à feu.

Mac lâcha un soupir accablé.

— Lauren, tu as dit que tu avais quelque chose à me montrer.

— Oui, c'est par là. Après avoir injecté la kétamine à Asif, j'ai fouillé ses bagages. Comme prévu, le sac contient de l'argent et des faux passeports. La Delsey à roulettes est pleine de composants bizarres. J'ai l'impression que ce sont des pièces d'avion.

— Vraiment ? s'étonna Mac.

Il enfila une paire de gants en latex.

— Ce que je trouve étrange, c'est que les emballages sont neufs, alors que les pièces ont l'air d'avoir déjà servi, ajouta Lauren.

Mac sortit de la valise une boîte en carton contenant un circuit imprimé légèrement oxydé relié à une petite pompe électrique. La coque métallique, fraîchement repeinte en jaune vif, était ornée d'un hologramme autocollant où figuraient les initiales CVX.

— Wow, lâcha-t-il, le visage éclairé d'un large sourire, avant d'aligner sur le sol de béton deux autres emballages cartonnés portant un logo identique.

— Vous savez de quoi il s'agit ? demanda Lauren.

— C'est la preuve que nous sommes aussi aveugles et stupides que les élèves qui traitaient Fahim d'enturbanné et de bombe humaine.

— Pardon ?

— Lorsque nous avons appris que des personnes portant un nom arabe étaient liées à la destruction d'un avion de ligne, à quoi avons-nous aussitôt pensé ?

— À un acte terroriste, évidemment, répondit Lauren.

— Et c'est pour ça que nous faisons chou blanc depuis deux semaines, dit Mac. Si nos suspects s'étaient appelés Dave et John Smith, aurions-nous fait le même raccourci ? Non, évidemment. À l'exception de ce patronyme, aucun élément ne nous permettait de relier nos suspects à une entreprise terroriste. Nous avions affaire à des hommes d'affaires véreux, à des champions de l'évasion fiscale et des combines douteuses, mais pas à des poseurs de bombe.

— Mac, sauf votre respect, je ne comprends pas où vous voulez en venir. Qu'est-ce que ces composants ont à voir avec la disparition de l'avion ?

— CVX signifie *Certification de vol expirée*, expliqua Mac. L'avion d'Anglo-Irish Airlines avait vingt et un ans, soit les deux tiers de la durée de vie prévue par le constructeur. Cependant, de nombreuses pièces à bord d'un appareil doivent être remplacées plus fréquemment. Elles sont certifiées pour trois, cinq ou dix ans, selon les cas. Lors des opérations de maintenance obligatoires, ces composants usagés sont démontés, repeints en jaune et marqués du logo CVX afin d'être identifiables au premier coup d'œil et d'éviter qu'ils ne soient accidentellement remis en circulation. Ensuite, ils sont censés être détruits. À l'évidence, ceux-là ont échappé à la casse.

— Si je comprends bien, dit Jake, Hassam et Asif achetaient ces pièces à un complice ayant accès à un hangar de maintenance, ou à un site de destruction. Ensuite, j'imagine qu'ils devaient dissoudre la peinture, retirer les autocollants, donner un petit coup de jeune aux circuits, puis revendre cette camelote à des compagnies aériennes.

— Bravo, tu as tout compris, dit Mac. Cette prise démontre que Hassam et Asif utilisaient leur société de transport de containers pour acheminer des composants illégaux. Il se pourrait qu'ils ne soient qu'un maillon d'une vaste organisation de contrebande.

— Et c'est l'une de ces pièces qui aurait causé l'accident… conclut Jake. Vous pensez que ce trafic est rentable ? Je veux dire, vaut-il la peine de prendre le risque de tuer des centaines de personnes ?

— Ces composants devaient être revendus quelques milliers de livres, après rénovation et modification du numéro de série. L'industrie aéronautique cède ses appareils à un coût inférieur à leur prix de revient et réalise ses bénéfices en trente ans, grâce aux opérations de maintenance et à la vente de pièces de rechange.

— Alors, qui est responsable de la catastrophe ? s'interrogea Rat. La compagnie aérienne a-t-elle acheté des composants au rabais en toute connaissance de cause, ou le propriétaire de l'atelier de maintenance a-t-il délibérément trompé ses clients ?

— Il est encore trop tôt pour le savoir, répondit Mac. Nous venons de faire une découverte importante, mais ce n'est qu'un premier pas dans une enquête qui s'annonce longue et complexe.

Rat considéra les boîtes alignées sur le sol, puis pointa un doigt vers le plafond.

— Je me demande combien d'avions bricolés avec des pièces rouillées sont en train de voler, pendant que nous parlons…

# 36. Cercueils volants

## TRAFIC AÉRIEN : LE CHAOS S'AGGRAVE
- DES MILLIERS DE FAMILLES BLOQUÉES DANS LES AÉROPORTS À L'OCCASION DES RETOURS DE VACANCES
- 185 AVIONS CLOUÉS AU SOL; LA SITUATION DEVRAIT EMPIRER DANS LES JOURS À VENIR
- 35 VOLS ANNULÉS AUJOURD'HUI À LONDON HEATHROW
- LES CONTRÔLES TECHNIQUES DURERONT AU MOINS SIX MOIS

*Les aéroports du monde entier s'apprêtent à vivre une deuxième journée de chaos suite à la décision de l'Administration de l'Aviation civile d'interdire de vol soixante-cinq avions de ligne supplémentaires suspectés d'être équipés de pièces défectueuses.*

*Au cours du week-end, les arrestations effectuées à Dubaï et en Inde ont conduit les enquêteurs à estimer que Hassam et Asif Bin Hassam, présentés à l'origine comme les cerveaux du trafic de composants non certifiés, n'étaient que des rouages d'un important réseau opérant à l'échelle mondiale.*

*À l'aéroport d'Heathrow, les annulations ont concerné plus de cinq mille passagers. Dans un communiqué commun, les compagnies aériennes ont estimé que les opérations d'inspection et de remplacement des pièces défectueuses s'étaleraient sur plusieurs mois.*

*Les trains reliant les grandes villes d'Europe sont pris d'assaut. Cinq mille Britanniques sont bloqués aux États-Unis et dans d'autres pays du globe. Selon les prévisions, la plupart d'entre eux devront patienter au moins une semaine pour regagner le Royaume-Uni.*

*À l'exception de quelques compagnies disposant d'une flotte récente, la plupart des grandes compagnies sont affectées par le blocage. Parmi elles, Anglo-Irish Airlines est la plus durement touchée. La totalité de ses appareils ont subi des opérations de maintenance dans un atelier des environs de Madras au cours des deux années passées. Seul l'appareil affrété en urgence pour remplacer l'avion qui s'est abîmé dans l'Atlantique le 9 septembre dernier reste en service.*

*L'action Anglo-Irish a perdu soixante-dix pour cent de sa valeur à la Bourse de Londres, un effondrement qui a conduit les autorités financières à suspendre sa cotation dix minutes après l'ouverture de la séance. Les spécialistes du secteur aéronautique estiment que la compagnie a peu de chance de survivre à cette interruption de ses activités. Plus de huit cents emplois sont menacés.*

*Si les autorités européennes, nord-américaines et asiatiques ont pris des mesures immédiates pour assurer la sécurité des passagers, l'attitude de nombreux pays, dont la Russie, reste sujette à controverse. On estime que des dizaines d'appareils potentiellement dangereux sont toujours en service.*

*(London News – Mardi 9 octobre 2007)*

∴

Fraîchement douchés, Lauren, Rat et Bethany quittèrent le dojo et se dirigèrent vers le réfectoire. Ils venaient de participer à un entraînement et comptaient profiter de la pause réglementaire de vingt minutes pour s'accorder la collation qui leur permettrait de tenir jusqu'au déjeuner. Lorsqu'elle vit l'homme en blouse blanche pénétrer dans l'infirmerie, Lauren se détourna du sentier et alla à sa rencontre.

— Qu'est-ce que tu fabriques ? demanda Bethany.

— Je vous rejoins dans deux minutes. Prenez-moi un chocolat chaud et un croissant aux amandes.

— L'esclavage a été aboli, tu n'es pas au courant ? dit Rat.

Lauren traversa une pelouse boueuse, franchit les portes automatiques du bloc médical et s'adressa à l'homme filiforme chargé de veiller sur la santé des agents de CHERUB.

— Excusez-moi, docteur Kessler, lança-t-elle.

— Qu'est-ce qui te préoccupe, jeune fille ? demanda le médecin avec un fort accent allemand.

— Je viens prendre des nouvelles de Fahim. J'ai appris que vous lui faisiez passer des tests d'évaluation physique. Comment s'en sort-il ?

— Tourne-toi et regarde ce que tu as fait, gronda Kessler en fronçant les sourcils.

Lauren fit volte-face et découvrit les empreintes laissées sur le carrelage blanc par la semelle boueuse de ses baskets.

— Oh, je suis absolument navrée. Dites-moi où se trouve la serpillière et je nettoierai tout ça.

— Mrs Halstead s'en chargera. Déchausse-toi avant d'en coller partout.

Lauren s'exécuta aussitôt, révélant des chaussettes aux extrémités jaunes, semblables à des becs de canard, et aux cous-de-pied décorés de gros yeux noirs.

Kessler se fendit d'un sourire.

— C'est ravissant, lâcha-t-il.

Lauren sentit le rouge lui monter aux joues.

— Je reviens de mission, et je n'ai plus rien à me mettre. C'était ça ou des chaussettes de foot vert pomme que j'ai rapportées d'Australie.

— J'ai entendu parler de ta dernière opération, dit Kessler. Ma femme est coincée à Hambourg, à cause de toi.

— Désolée. Dites-vous que c'est pour son bien. Mieux vaut prendre son mal en patience que de voyager dans un cercueil volant.

— Tu n'as pas à t'excuser. Ces deux jours de liberté supplémentaires sont une bénédiction.

Lauren éclata de rire.

— Alors, me donnerez-vous des nouvelles de Fahim ?

— Je dois m'occuper d'un agent qui vient de se fouler la cheville sur le parcours d'obstacles, mais je t'autorise à aller en salle d'observation. C'est la troisième porte à droite. Tu pourras te forger une opinion. L'examen a commencé il y a moins d'une heure.

— Merci, docteur.

— Et n'oublie pas que tu n'as pas le droit de parler aux...

— Je n'ai pas le droit de parler aux *orange*.

L'interdiction faite aux résidents permanents du campus d'adresser la parole aux visiteurs portant le T-shirt orange faisait partie des règles auxquelles nul ne pouvait se soustraire, même si cette disposition semblait parfaitement inutile en la circonstance.

Lauren se glissa dans une pièce de deux mètres sur quatre, équipée d'une large glace sans tain permettant d'observer en toute discrétion les recrues soumises à l'examen médical et aux tests d'aptitude physique réglementaires.

Cette procédure ne consistait pas à estimer l'état de forme d'un futur agent, mais à évaluer son potentiel. La densité de ses os et la composition de ses muscles étaient étudiées à l'aide de rayons X et d'ultrasons. On lui prélevait des échantillons de sang et d'urine aux fins d'analyse.

L'examen comprenait dix-huit tests permettant de dresser le profil physiologique d'une recrue, de sa force musculaire à son pourcentage de graisse corporelle, en passant par sa vitesse de déplacement et sa capacité respiratoire. La procédure poussait les organismes à leurs limites, et il n'était pas rare de voir un aspirant agent rendre tripes et boyaux au cours de l'épreuve.

De l'autre côté de la vitre sans tain, Fahim, un masque à oxygène sur le visage et le torse bardé d'électrodes, marchait à vive allure sur un tapis roulant. Un échantillon de sang tournait dans une centrifugeuse sous l'œil attentif de Mrs Beckett, l'infirmière chargée de mener les tests. Ses fonctions lui avaient valu le surnom de Mrs Sac-à-vomi, mais c'était une gentille femme d'une soixantaine d'années aux cheveux gris soigneusement permanentés.

Une machine comparait en temps réel les taux d'oxygène présents dans l'air ambiant et dans celui expiré par Fahim. Ce dernier semblait éprouver des difficultés à suivre le rythme imposé par le tapis roulant. Son corps ruisselait de sueur. Lauren considérait ce test comme l'un des moins exigeants. Tout cela n'annonçait rien de bon.

Lorsque Mrs Beckett arrêta la machine, Fahim ôta son masque et essuya son visage à l'aide de son T-shirt orange. À l'évidence, il avait déjà subi les épreuves réglementaires de recrutement. L'un de ses yeux était injecté de sang, stigmate d'une confrontation musclée avec un adversaire expérimenté sur le tatami du dojo ; son short était maculé de sang de poulet et il s'était écorché un genou en lâchant trop tôt la tyrolienne du parcours d'obstacles.

— Bonjour, Lauren ! lança Mrs Beckett en pénétrant dans la salle d'observation, un porte-bloc à la main. Qu'est-ce que tu fais ici ? Je n'ai pas été prévenue que tu venais passer un test.

— Ma prochaine évaluation est programmée pour le mois de décembre. Je suis venue prendre des nouvelles de Fahim. Le docteur Kessler est occupé, mais il m'a autorisée à assister à l'examen.

Mrs Beckett lui tendit le bloc-notes où elle avait inscrit le résultat des dix-huit épreuves subies par Fahim. Lauren étudia le document de douze pages A4 comportant des cases accompagnées de points de couleur.

— Ça fonctionne un peu comme un feu de signalisation : vert pour satisfaisant, orange pour passable, rouge pour insuffisant.

— Oh, s'étrangla Lauren. À vue de nez, vous avez coché le point rouge pour plus d'un quart des épreuves. Ça vaut vraiment la peine de continuer ?

— Ses résultats ne sont pas aussi mauvais qu'ils en ont l'air. Toutes les recrues obtiennent des points rouges. Les résultats des tests de scolarité de Fahim sont excellents, et il parle arabe et urdu. Ce sont des compétences que nous recherchons en priorité, compte tenu de la situation géopolitique.

— Concrètement, combien de points rouges peut-il encore se permettre sans être disqualifié ?

— Il n'y a pas de barème officiel. La décision finale revient à Zara Asker. Fahim n'est pas très endurant, c'est vrai, mais ce problème est essentiellement dû à son hygiène alimentaire. Tous les tests démontrent que son potentiel est excellent. Pour ma part, je ne recommanderai l'élimination que si je découvre un problème cardiaque ou une grave malformation interne qui pourrait mettre sa vie en danger au cours du programme d'entraînement.

— Je croise les doigts, dit Lauren. Bon, je crois que je ferais mieux de filer au réfectoire avant que le buffet n'ait été dévalisé. Comme je ne suis pas autorisée à parler aux *orange*, pouvez-vous lui souhaiter bonne chance de ma part ?

— Je n'y manquerai pas, sourit Mrs Beckett. Il a beaucoup de pression sur les épaules, mais je suis certaine que ça lui mettra du baume au cœur.

— Une dernière chose…

— Qu'est-ce que tu as en tête ?

— Pensez-vous qu'il serait déplacé que j'aille parler à Zara Asker pour soutenir Fahim ?

L'infirmière s'accorda quelques secondes de réflexion.

— Tu portes le T-shirt noir. Je suppose que ton opinion mérite d'être prise en compte. Oui, je pense que tu peux te le permettre.

— Parfait, dit Lauren en ramassant ses baskets boueuses. En ce cas, je ne vais pas vous ennuyer plus longtemps.

— Ah, au fait, j'adore tes chaussettes ! lança Mrs Beckett avant de regagner la salle d'examen.

## 37. Retour de flamme

James avait déjà accompli ses cinquante tours de stade et six des vingt heures de travaux de rénovation que lui avait coûtées son implication dans l'agression injustifiée sur la personne de Danny Bach. Kerry, elle, ne pouvait espérer purger sa peine en moins de cinq à six semaines.

Le bloc junior était une ancienne école de style victorien qui avait abrité le quartier général de CHERUB jusqu'à la construction du bâtiment principal, dans les années 1970.

Les vieilles fenêtres à guillotine avaient été fraîchement remplacées par des baies en PVC à double vitrage. Les trous avaient été rebouchés à l'enduit, mais les façades exigeaient un ravalement général et les murs intérieurs un papier peint tout neuf.

Zara avait profité de cette opportunité pour rénover l'ensemble du bâtiment. Réticente à faire entrer des artisans dans le campus, elle avait préféré confier ces travaux à des agents dans le cadre de punitions à caractère disciplinaire, sous la houlette des trois employés chargés de la maintenance. Les résidents les plus âgés travaillaient à l'extérieur ou se chargeaient de tâches minutieuses, comme la pose du papier peint ; les plus petits, armés de rouleaux, se contentaient de repeindre les murs intérieurs.

Le mardi, en fin d'après-midi, une douzaine d'agents en bleu de travail s'affairaient sur le chantier.

— Fais gaffe, tu débordes sur le cadre, dit James à Kerry.

La jeune fille était assise au bord d'une planche, au deuxième étage de l'échafaudage dressé devant la façade du bloc junior, jambes ballantes et pinceau à la main.

— Je n'en ai rien à foutre, gronda-t-elle. Franchement, me condamner à deux mois de corvée pour avoir donné une bonne leçon à cette ordure, c'est un peu fort... Pourquoi tu ne travailles pas, toi ? Ça fait une heure que je ne t'ai pas vu.

— J'étais en train de poser du papier peint à l'intérieur quand un T-shirt rouge a fait tomber un rouleau du haut de son échelle. Il a mis de la peinture plein la bâche, et j'ai dû l'aider à nettoyer.

— Les T-shirts rouges sont des boulets. On passe notre temps à rattraper leurs bêtises. Ils nous font perdre notre temps.

— J'avoue que je préfère bosser ici, dit James. C'est plutôt sympa, les travaux de peinture. Tu es seul avec ton pinceau, ça laisse le temps de réfléchir, et on voit tout de suite le résultat.

— Facile à dire, pour toi. Tu n'as récolté que vingt heures. Tu en es presque à la moitié.

— Tu me connais, je serai bientôt de retour.

— Tu sais qui vient nous tenir compagnie, dès demain ?

— Je donne ma langue au chat.

— Shakeel. Il a donné un coup de boule à son partenaire, au dojo, alors que Takada avait sifflé la fin de l'exercice.

— C'est l'heure de la pause ! lança une femme à l'intérieur du bâtiment.

Kerry ouvrit la fenêtre située face à elle, vérifia que la semelle de ses baskets était propre, avant de se suspendre à une barre de l'échafaudage et de se laisser glisser jusqu'à une chambre double typique du bloc junior qui, à l'évidence, était occupée par des petites filles.

— C'est vraiment *très* rose, dit James en découvrant les vêtements et les jouets qui jonchaient la moquette. Je crois que je vais vomir.

Ils enjambèrent une maison de poupée et une voiture décapotable Barbie puis ouvrirent la porte donnant sur le couloir. L'une des éducatrices du bloc leur remit des Twix et deux mugs de thé, puis s'éloigna en poussant un chariot métallique.

Craignant de tacher les couvre-lits, ils restèrent debout dans le petit paradis rose, se réchauffant les mains au contact de leur mug de thé fumant.

— J'ai entendu dire que Bruce serait bientôt de retour au campus, dit James.

Kerry mordit dans son Twix.

— Son avion doit se poser à Heathrow demain matin.

— Tu n'as pas l'air folle de joie à l'idée de le revoir.

— Je ne sais pas trop. Il est sympa mais...

— Mais quoi ?

— Il n'y a pas cette étincelle, entre nous.

— Qu'est-ce que tu veux dire ?

— Avec toi, c'était plus fun. Oh, bien sûr, tu me traînais plus bas que terre et tu me trompais dès que tu en avais l'occasion. Quand tu m'as plaquée, ça m'a brisé le cœur. Pourtant, si on me proposait de passer un week-end loin du campus avec la personne de mon choix, c'est toi que je choisirais, pas Bruce.

James se sentait extrêmement flatté. Il envisagea calmement la situation.

— Moi aussi, j'aimerais bien passer du temps avec toi, dit-il.

Avant qu'il n'ait pu esquisser un geste, Kerry posa son mug au sommet du donjon d'un château en plastique, le prit dans ses bras et l'embrassa passionnément. Enivré par son parfum familier, James avait le sentiment étrange de voyager dans le passé. En transe, il baissa la fermeture Éclair de la combinaison de son ex et posa une main sur sa poitrine. Kerry le plaqua contre le mur.

— Tu me rends folle, gémit-elle.

Soudain, le visage de Dana s'imposa dans l'esprit de James.

— Non, je ne peux pas, dit-il avant de se dérober à l'étreinte.

Il recula d'un pas et écrasa accidentellement un poney rose à la crinière constellée de paillettes.

— C'est n'importe quoi, ajouta-t-il.

— Il y a encore quelque chose entre nous, plaida Kerry. J'ai tout fait pour me persuader que je te détestais, mais c'est plus fort que moi.

— On ne devrait pas faire ça. Ça ne nous mènera nulle part.

— Je vois bien la façon dont tu me regardes, James. Je sais que je te plais toujours. Et je ne suis plus une gamine, maintenant. Tout serait différent. On pourrait aller *jusqu'au bout*, comme tu le fais avec Dana…

— Tout le monde s'imagine qu'on en est là, Dana et moi, mais c'est faux. Je n'ai pas rompu avec toi pour cette raison-là. On était trop différents, c'est tout.

Kerry réalisa qu'elle venait de perdre la face.

— Alors, ce qui vient de se passer, ce n'est rien pour toi ? demanda-t-elle sur un ton aigre.

— Kerry, tu me plairas toujours, répondit James en se tordant nerveusement les mains. Mais notre histoire était une catastrophe. *Le Titanic* pris dans l'ouragan *Katrina*, quelque chose comme ça…

— On se disputait souvent, mais on a aussi eu de bons moments. Ce sont les meilleurs de ma vie, James.

— Moi aussi, j'ai de bons souvenirs. Tu te souviens de la fois où on s'est retrouvés en pleine nuit pour se baigner dans le lac ?

— Et la mission GKM, quand on est sortis ensemble pour la première fois…

Mais James refusa de se laisser gagner par la nostalgie.

— C'est du passé, dit-il fermement. Il y a deux semaines, quand on s'est reparlé dans le bus, je me suis mis à repenser à toi sans arrêt. Mais on a rompu deux fois, et pour être honnête, je ne veux pas revivre toute cette tension. Ce n'est pas parce que deux personnes se plaisent qu'ils forment un couple harmonieux. Et je suis désolé de t'avoir fait du mal lorsque je t'ai quittée, mais ça fonctionne vraiment bien, entre Dana et moi.

— Et merde ! lança Kerry en donnant un coup de pied dans le château, envoyant son mug, une foule de Playmobil et des fées en plastique valser sur la moquette. Pourquoi les choses sont-elles toujours si compliquées ?

Lorsqu'il vit des larmes briller dans ses yeux, James sentit sa gorge se serrer.

— Tu l'as dit toi-même : je te traînais plus bas que terre. Tôt ou tard, tu rencontreras un garçon qui te convient. Et ce jour-là, je resterai ton ami.

— Tu as raison, bredouilla Kerry d'une voix étranglée. Tu es bien mieux avec Dana. Je ne suis qu'une paumée.

— Bien sûr que non. Tu es la personne la plus équilibrée et rationnelle que je connaisse. Mais la logique n'a rien à voir avec les sentiments.

— À ce propos, j'ai reçu un appel de Gemma, dit Kerry.

— Comment va-t-elle ?

— Pas trop mal, si je m'en tiens à ce qu'elle dit. Danny est sorti de l'hôpital. Elle s'occupe de lui, mais il menace de la corriger dès qu'il sera rétabli.

— Tu crois qu'elle aura le courage de le plaquer ?

— Croisons les doigts. Elle nous propose d'aller boire un verre ensemble vendredi, toi, moi et Dana. Je lui ai dit que Bruce serait de retour. Je pense qu'il se joindra à nous.

James se tortilla nerveusement.

— Tu vas le quitter ? Il n'a pas beaucoup d'expérience avec les filles, alors vas-y doucement.

— Je ne sais pas encore. Je ne l'ai pas vu depuis deux mois, tu sais.

— Je croyais que ça marchait bien entre vous.

— On passe de bons moments, sourit Kerry. Beaucoup de bons moments, en fait.

Une fille juchée sur l'échafaudage frappa à la vitre de la chambre.

— Eh, les amoureux ! lança-t-elle. La pause est terminée. Bougez-vous les fesses.

Sachant que les employés de maintenance chargés de superviser les travaux avaient reçu l'ordre de sanctionner impitoyablement les tire-au-flanc, James enjamba le rebord de la fenêtre.

— Il faut que j'aille reboucher une fissure de l'autre côté du bâtiment, dit-il.

— James ?

— Quoi ?

— Je ne t'ai pas fait peur, j'espère ? J'aimerais qu'on reste amis, Dana, toi et moi, qu'on mette de côté toutes ces vieilles histoires.

— Bien sûr qu'on reste amis, sourit James. Qu'est-ce que tu vas t'imaginer ?

Ce n'est que lorsqu'il se retrouva seul sur l'échafaudage qu'il réalisa la portée de ce qui venait de se produire : Kerry s'était offerte à lui, et il l'avait repoussée par amour pour Dana. Son propre comportement lui semblait inconcevable. Hébété, il posa accidentellement le pied dans un pot de peinture.

Le récipient bascula sur le côté puis roula le long d'une traverse en déversant son contenu sur un mur de brique, douchant au passage le T-shirt gris qui s'affairait au pied du bâtiment.

— Eh ! fais un peu attention, Adams ! protesta le garçon en martelant la planche de l'échafaudage située au-dessus de sa tête. T'as pas les yeux en face des trous, ou quoi ?

# 38. Somnambule

Le mercredi, dès son réveil, Lauren se glissa hors du lit et consulta l'écran de son ordinateur pour vérifier que le film dont elle avait lancé le téléchargement la veille avait été copié intégralement sur son disque dur.

Elle avait reçu un e-mail de Mac.

De : terence.mcafferty@cherubcampus.com
À : lauren.adams@cherubcampus.com;
jake.parker@cherubcampus.com
Sujet : rapport préliminaire de la Direction générale de l'aviation civile (ne pas ébruiter ces informations jusqu'à nouvel ordre !)

Bonjour à vous deux,
Je viens de m'entretenir avec Geoff Glisch de la Direction générale de l'aviation civile. Il m'a livré les premières conclusions de l'enquête concernant la catastrophe de l'appareil d'Anglo-Irish Airlines.
L'étude des débris de l'avion n'ayant pas permis de découvrir la moindre trace d'explosif, Geoff estime que l'hypothèse d'un acte terroriste peut être définitivement écartée.
La saisie des composants non certifiés dans l'entrepôt a conduit les enquêteurs à concentrer leurs investigations sur les pièces remplacées lors des opérations de maintenance effectuées à Madras.

Ils ont pu démontrer que l'un des flexibles du système d'alimentation en kérosène n'avait pas été remplacé, en violation des dispositions réglementaires. En outre, quatre valves non certifiées avaient été mises en place. Les analyses démontrent que ces pièces anciennes équipaient un appareil délibérément détruit au printemps 2005 lors d'un exercice de lutte anti-incendie effectué sur l'aéroport de Gatwick.

Non seulement ces composants étaient anciens, mais ils avaient été exposés à des températures extrêmes susceptibles d'en fragiliser les éléments en matière plastique. Selon le scénario le plus probable, le flexible d'alimentation s'est rompu, et les vannes chargées d'empêcher la propagation du kérosène n'ont pas fonctionné. Le carburant s'est déversé dans la soute à bagages, puis a atteint les circuits électriques de l'appareil, provoquant le court-circuit responsable de la première explosion entendue par les passagers.

La détonation a endommagé les volets de l'aile droite, ce qui explique la perte de contrôle momentanée de l'avion. Les pilotes sont parvenus à rétablir leur assiette et les extincteurs automatiques ont jugulé le début d'incendie. Cependant, le caisson de voilure avait été endommagé au cours de l'explosion. L'air, en s'engouffrant à plus de six cents kilomètres heure dans l'ouverture, a fini par arracher l'aile droite, causant la perte de l'appareil.

Les enquêteurs estiment peu probable la découverte d'éléments nouveaux susceptibles de contredire ces conclusions, mais ils ne les rendront publiques que lorsque les ingénieurs de la compagnie aérienne auront validé leur rapport. D'ici là, gardez ces informations pour vous.

À très bientôt,

Dr McAfferty

Lauren était heureuse d'avoir contribué à la résolution du mystère, mais le ton strictement formel de Mac la mettait mal à l'aise. En se gardant d'évoquer la disparition de ses proches au cours de la catastrophe, il trahissait la douleur profonde que ce drame lui inspirait.

Après avoir pris une douche, elle glissa cahiers et livres de cours dans son sac à dos puis rejoignit le rez-de-chaussée. Elle emprunta le couloir menant au bureau de la directrice et frappa à la porte.

— C'est ouvert, dit Zara.

En règle générale, les agents ne se présentaient devant elle que pour s'entretenir de sujets de la plus haute importance. Lauren passa timidement la tête dans l'entrebâillement.

— Je n'ai pas pu prendre de rendez-vous. La secrétaire n'est pas encore arrivée.

— Ne t'embête pas avec ça. Entre.

Mac était assis dans un fauteuil, près de la cheminée.

— Tu as reçu mon message ? demanda-t-il.

— Oui. Je suis contente. Nous avons bien fait de suivre la piste de Fahim. C'est grâce à la découverte des composants défectueux que tous ces cercueils volants ont été cloués au sol. On a peut-être sauvé de nombreuses vies.

Zara lui adressa un sourire radieux.

— Mrs Beckett m'a informée que tu avais l'intention de plaider en faveur de Fahim.

— Je sais qu'il devra travailler dur sur le plan physique, mais je pense sincèrement qu'il a l'étoffe d'un agent.

— Malheureusement… commença Zara.

— Je vous assure qu'il fera du bon travail, s'il arrive à perdre du poids.

— Assieds-toi et laisse-moi parler.

Zara saisit une télécommande, la braqua vers un magnétoscope VHS puis enfonça la touche *rewind*.

— Tu tombes bien. J'allais montrer cette vidéo à Mac.

Lauren prit place sur une chaise pivotante et se tourna vers l'écran de télévision.

— Je sais que Fahim peut perdre du poids, expliqua Zara. Mes interrogations concernent surtout son équilibre psychologique. J'ai lu de nombreux ouvrages traitant de ce sujet, et ses problèmes vont bien au-delà des troubles propres à l'adolescence. Je veux parler de ses attaques de panique et de ses crises de somnambulisme.

Une image verdâtre apparut à l'écran. Un plan fixe de Fahim capté durant la nuit par une caméra à intensificateur de lumière. Le garçon se retournait sous la couette toutes les cinq secondes. Il parlait dans son sommeil, de *sang* et de *poulets*. Il appelait sa mère, répétait qu'il devait *réussir ses tests*, encore et encore.

— Le docteur Rose a regardé toute la vidéo, précisa Zara. Apparemment, Fahim a passé un tiers de la nuit à bavarder de cette façon.

Lauren était sous le choc.

— Il parle des événements qu'il a vécus dans la journée.

— Beaucoup de gens lâchent un mot ou deux dans leur sommeil, dit Mac. Mais il faut voir les choses en face : on ne pourra jamais envoyer Fahim en mission d'infiltration.

— Pauvre vieux, soupira Lauren. Pourquoi fait-il ça ?

— C'est un phénomène inconscient, expliqua Zara. On ne peut pas lui en vouloir d'avoir l'esprit hyperactif. Attends, je vais avancer la bande. Il y a un passage intéressant.

Mac et Lauren regardèrent défiler le *timecode*.

À l'écran, Fahim quitta son lit et enfila des chaussons.

— Il dort encore ? demanda l'ex-directeur.

Fahim marcha d'un pas décidé, heurta le mur de sa chambre et se réveilla en sursaut. Complètement désorienté, il jeta un regard inquiet autour de lui puis retourna se glisser sous la couette.

— Je suis aussi contrariée que toi, dit Zara en se tournant vers Lauren.

— Il n'existe aucun traitement ?

— Si, mais ce n'est pas efficace à cent pour cent. De plus, ces troubles du sommeil sont renforcés par les situations de stress. Imagine ce que ça pourrait donner lors d'une mission opérationnelle...

— Il va être effondré, dit Lauren. Il est tellement sensible. Qu'est-ce que vous allez faire de lui, maintenant ?

— C'est pour discuter de ce point que Mac se trouve ici. Il est possible que Fahim soit cité comme témoin lors du procès de son oncle et de sa tante. Je crains que le démantèlement de la filière de composants défectueux ne mène au sommet d'une importante organisation criminelle. Il aura besoin d'une protection vingt-quatre heures sur vingt-quatre.

— Et pas loin d'ici, il y a une grande maison, où vit un vieil homme solitaire.

— C'est bien, dit Lauren. S'il va vivre chez vous, je pourrai le revoir souvent.

— Fahim dort encore, ajouta Zara. Si l'un d'entre vous se sent capable de lui annoncer la mauvaise nouvelle, qu'il n'hésite pas à se porter volontaire.

Mac se leva et adressa un sourire à Lauren.

— T'en sens-tu le courage, jeune fille ? Es-tu prête à m'accompagner au septième étage ?

— Il faut bien que quelqu'un s'en charge, dit-elle en suivant l'ex-directeur dans le couloir. Au moins, il nous connaît bien.

Plantés devant la cage d'ascenseur, l'homme et la fillette échangèrent un sourire embarrassé.

— Hier, les enquêteurs m'ont remis ceci, dit Mac en sortant de sa poche une feuille de papier. C'est la photocopie d'une lettre rédigée par mon petit-fils. Ils ont trouvé l'original dans le vide-poches d'un fauteuil, glissé dans un sachet en plastique.

Lauren saisit le document orné du logo d'Anglo-Irish Airlines, puis déchiffra les mots tracés d'une main tremblante.

*Cher Papa,*

*Je crois que c'est la fin. Je veux te dire que je t'aime, ainsi que toute la famille.*

*L'avion va s'écraser. Megan est dans tous ses états mais maman lui fait un câlin pour la rassurer. Mamie garde les yeux fermés et elle embrasse sa croix sans arrêt.*

*Je suis triste que tout s'arrête maintenant, alors que je n'ai que onze ans, mais j'espère qu'on se retrouvera au ciel, un de ces jours.*

*Au moins, je me dis que je ne me ferai pas disputer par Mr Williams, mardi prochain, parce que j'ai oublié de préparer mon exposé d'histoire.*

*Je t'aime,*

*Angus McAfferty*
*9 septembre 2007*

# Épilogue

La compagnie Anglo-Irish Airlines a été placée en liquidation judiciaire en janvier 2008. Sa flotte et ses actifs ont été repris par une société rivale, mais plus de deux mille collaborateurs ont perdu leur emploi à l'issue d'un plan de restructuration.

Contrairement aux prévisions initiales relayées par les médias, la plupart des appareils suspects purent reprendre leur envol en l'espace de cinq semaines. Environ huit cents composants d'origine douteuse furent démontés sur deux cent soixante-cinq appareils. Dix-huit avions jugés en trop mauvais état général furent purement et simplement envoyés à la casse.

À ce jour, l'enquête a débouché sur l'arrestation et l'inculpation d'une cinquantaine de personnes. De nouvelles dispositions réglementaires ont été adoptées afin que les pièces usagées soient détruites sur les lieux mêmes de leur démontage.

Les constructeurs aéronautiques étudient des moyens d'empêcher le maquillage des composants, mais les experts estiment que le trafic de pièces frauduleuses est un problème croissant, surtout dans les pays en voie de développement ou sous embargo, comme l'Iran, où il est impossible d'obtenir du matériel de rechange par des filières légales.

**FAHIM BIN HASSAM** s'est installé chez le **DR McAFFERTY**. Il fréquente un collège local et rencontre souvent Jake et ses camarades durant le week-end.

En pratiquant quotidiennement le jogging en compagnie de son tuteur, il est parvenu à se débarrasser de l'essentiel de son surpoids. En outre, il s'entretient régulièrement avec le docteur Rose. Ses problèmes comportementaux et ses troubles du sommeil sont désormais sous contrôle.

Le grand-père de Fahim a lancé une procédure légale pour obtenir sa garde et faire main basse sur les actifs de son fils **HASSAM BIN HASSAM**. Les autorités britanniques ont rejeté ses demandes et placé Fahim sous bonne garde, dans l'attente de sa comparution lors du procès de son oncle Asif.

Les comptes de son père ont été saisis et investis dans un fonds de placement. Fahim en héritera le jour de son dix-huitième anniversaire, amputé des compensations financières versées aux familles des victimes de la catastrophe de l'avion d'Anglo-Irish Airlines.

Malgré les efforts des enquêteurs de la police britannique, le corps de **YASMINE BIN HASSAM** n'a jamais été retrouvé.

**SYLVIA UPDIKE**, la femme de ménage, a passé neuf semaines en soins intensifs. Elle a frôlé la mort à plusieurs reprises et est demeurée onze jours dans le coma. Une douzaine d'opérations ont été nécessaires pour réparer sa cuisse fracturée. Elle peut désormais aligner quelques pas à l'aide d'un déambulateur.

**ASIF BIN HASSAM** a été inculpé de tentative de meurtre sur la personne de Sylvia Updike. Elle a été citée comme témoin aux côtés de Fahim lors de son procès. À l'issue des délibérations, il a été condamné à quinze années d'emprisonnement.

Asif et sa femme **MUNA** pourraient répondre de leur implication dans le trafic de composants frauduleux. Cependant, les preuves rassemblées n'ont pas encore permis de reconstituer avec précision la chaîne de responsabilité qui a abouti à la catastrophe. En outre, l'enquête implique des ressortissants de nombreux pays aux lois hétérogènes. Les autorités britanniques et américaines ont à de nombreuses reprises manifesté leur détermination à juger tous les responsables de cette conspiration criminelle.

Le docteur **TERENCE McAFFERTY** s'est porté volontaire pour travailler bénévolement à CHERUB. Il supervise désormais le travail des contrôleurs de mission les plus inexpérimentés.

Dans le rapport rédigé à l'issue de la mission, Mac a souligné le travail exemplaire de **LAUREN ADAMS**. Il a également salué le courage de **JAKE PARKER**, et a précisé qu'il aurait mérité de recevoir le T-shirt bleu marine s'il n'avait pas commis plusieurs erreurs élémentaires au début de l'opération. Il a recommandé que Jake suive plusieurs stages de remise à niveau avant de se voir confier d'autres missions opérationnelles.

Le boîtier-relais défectueux découvert par Hassam Bin Hassam a été démonté et analysé par **TERRY CAMPBELL**, chef des services techniques de CHERUB. Il a détecté une erreur de conception qui a entraîné le retrait du matériel de tous les services de renseignement britanniques, jusqu'à son remplacement par une version révisée.

Les deux associés de **DANNY BACH** ont profité de sa période de convalescence pour prendre le contrôle de ses activités nocturnes au club *Scandale*. Ils ont catégoriquement refusé de lui verser la moindre part des revenus des soirées du mercredi.

Au cours d'une violente altercation, Danny a poignardé ses anciens collaborateurs. Il a été arrêté au domicile de membres de sa famille dans le nord-est de l'Angleterre après trois semaines de cavale. Initialement inculpé de tentative de meurtre, il a plaidé coupable afin d'être jugé pour une simple accusation de coups et blessures. Considérant ses antécédents judiciaires, le juge l'a condamné à sept ans de prison.

**GEMMA WALKER** a été promue au poste d'assistante manager au restaurant *Deluxe Chicken*. Elle a rompu avec Danny dès son incarcération. Son appartement ayant été saisi par la société de crédit immobilier, elle a vécu quelques mois dans un *bed and breakfast* avec ses deux enfants. Elle a peu à peu perdu de vue James et Kerry. Aux dernières nouvelles, elle partageait une petite maison avec sa sœur **MEL**, qui attend un second enfant de son nouveau petit ami.

De retour d'Australie, **BRUCE NORRIS** a repris sa relation avec **KERRY CHANG**.

**JAMES ADAMS** a célébré son seizième anniversaire à la sauvage, dans le plus pur style CHERUB. Au programme des festivités, partie de paintball et tir de feu d'artifice improvisé au-dessus du lac. James, **DANA SMITH** et une dizaine de leurs camarades ont écopé de cinquante heures de travaux de rénovation pour avoir détérioré le matériel de paintball, fait usage d'engins pyrotechniques sans autorisation et lancé des fruits sur des agents depuis un balcon du huitième étage.

# CHERUB, agence de renseignement fondée en 1946

## 1941

Au cours de la Seconde Guerre mondiale, Charles Henderson, un agent britannique infiltré en France, informe son quartier général que la Résistance française fait appel à des enfants pour franchir les *check points* allemands et collecter des renseignements auprès des forces d'occupation.

## 1942

Henderson forme un détachement d'enfants chargés de mission d'infiltration. Le groupe est placé sous le commandement des services de renseignement britanniques. Les *boys* d'Henderson ont entre treize et quatorze ans. Ce sont pour la plupart des Français exilés en Angleterre. Après une courte période d'entraînement, ils sont parachutés en zone occupée. Les informations collectées au cours de cette mission contribueront à la réussite du débarquement allié, le 6 juin 1944.

## 1946

Le réseau Henderson est dissous à la fin de la guerre. La plupart de ses agents regagnent la France. Leur existence n'a jamais été reconnue officiellement.

Charles Henderson est convaincu de l'efficacité des agents mineurs en temps de paix. En mai 1946, il reçoit du gouvernement britannique la permission de créer CHERUB, et prend ses quartiers dans l'école d'un village abandonné. Les vingt premières recrues, tous des garçons, s'installent dans des baraques de bois bâties dans l'ancienne cour de récréation.

Charles Henderson meurt quelques mois plus tard.

## 1951

Au cours des cinq premières années de son existence, CHERUB doit se contenter de ressources limitées. Suite au démantèlement d'un réseau d'espions soviétiques qui s'intéressait de très près au programme nucléaire militaire britannique, le gouvernement attribue à l'organisation les fonds nécessaires au développement de ses infrastructures.

Des bâtiments en dur sont construits et les effectifs sont portés de vingt à soixante.

## 1954

Deux agents de CHERUB, Jason Lennox et Johan Urminski, perdent la vie au cours d'une mission d'infiltration en Allemagne de l'Est. Le gouvernement envisage de dissoudre l'agence, mais renonce finalement à se séparer des soixante-dix agents qui remplissent alors des missions d'une importance capitale aux quatre coins de la planète.

La commission d'enquête chargée de faire toute la lumière sur la mort des deux garçons impose l'établissement de trois nouvelles règles :

1. La création d'un comité d'éthique composé de trois membres chargés d'approuver les ordres de mission.

2. L'établissement d'un âge minimum fixé à dix ans et quatre mois pour participer aux opérations de terrain. Jason Lennox n'avait que neuf ans.

3. L'institution d'un programme d'entraînement initial de cent jours.

## 1956

Malgré de fortes réticences des autorités, CHERUB admet cinq filles dans ses rangs à titre d'expérimentation. Au vu de leurs excellents résultats, leur nombre est fixé à vingt dès l'année suivante. Dix ans plus tard, la parité est instituée.

## 1957

CHERUB adopte le port des T-shirts de couleur distinguant le niveau de qualification de ses agents.

## 1960

En récompense de plusieurs succès éclatants, CHERUB reçoit l'autorisation de porter ses effectifs à cent trente agents. Le gouvernement fait l'acquisition des champs environnants et pose une clôture sécurisée. Le domaine s'étend alors à un tiers du campus actuel.

## 1967

Katherine Field est le troisième agent de CHERUB à perdre la vie sur le théâtre des opérations. Mordue par un serpent lors d'une mission en Inde, elle est rapidement secourue, mais le venin ayant été incorrectement identifié, elle se voit administrer un antidote inefficace.

## 1973

Au fil des ans, le campus de CHERUB est devenu un empilement chaotique de petits bâtiments. La première pierre d'un immeuble de huit étages est posée.

## 1977

Max Weaver, l'un des premiers agents de CHERUB, magnat de la construction d'immeubles de bureaux à Londres et à New York, meurt à l'âge de quarante et un ans, sans laisser d'héritier. Il lègue l'intégralité de sa fortune à l'organisation, en exigeant qu'elle soit employée pour le bien-être des agents.

Le fonds Max Weaver a permis de financer la construction de nombreux bâtiments, dont le stade d'athlétisme couvert et la bibliothèque. Il s'élève aujourd'hui à plus d'un milliard de livres.

## 1982

Thomas Webb est tué par une mine antipersonnel au cours de la guerre des Malouines. Il est le quatrième agent de CHERUB à mourir en mission. C'était l'un des neuf agents impliqués dans ce conflit.

## 1986

Le gouvernement donne à CHERUB la permission de porter ses effectifs à quatre cents. En réalité, ils n'atteindront jamais ce chiffre. L'agence recrute des agents intellectuellement brillants et physiquement robustes, dépourvus de tout lien familial. Les enfants remplissant les critères d'admission sont extrêmement rares.

## 1990

Le campus CHERUB étend sa superficie et renforce sa sécurité. Il figure désormais sur les cartes de l'Angleterre en tant que champ de tir militaire, qu'il est formellement interdit de survoler. Les routes environnantes sont détournées afin qu'une allée unique en permette l'accès. Les murs ne sont pas visibles depuis les artères les plus proches. Toute personne non accréditée découverte dans le périmètre du campus encourt la prison à vie, pour violation de secret d'État.

## 1996

À l'occasion de son cinquantième anniversaire, CHERUB inaugure un bassin de plongée et un stand de tir couvert.

Plus de neuf cents anciens agents venus des quatre coins du globe participent aux festivités. Parmi eux, un ancien Premier Ministre du gouvernement britannique et une star du rock ayant vendu plus de quatre-vingts millions d'albums.

À l'issue du feu d'artifice, les invités plantent leurs tentes dans le parc et passent la nuit sur le campus. Le lendemain matin, avant leur départ, ils se regroupent dans la chapelle pour célébrer la mémoire des quatre enfants qui ont perdu la vie pour CHERUB.

# Table des chapitres

# CHERUB
## MISSION 1

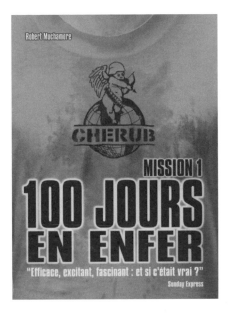

James n'a que 12 ans lorsque sa vie tourne
au cauchemar. Placé dans un orphelinat sordide,
il glisse vers la délinquance. Il est alors recruté
par **CHERUB**, une mystérieuse organisation
gouvernementale.

James doit suivre un éprouvant programme
d'entraînement avant de se voir confier
sa première mission d'agent secret.
Sera-t-il capable de résister 100 jours ?
100 jours en enfer…

## Pour raison d'État, ces agents n'existent pas.

**casterman**

# CHERUB
## MISSION 2

Depuis vingt ans, un puissant trafiquant
de drogue mène ses activités au nez et à la barbe
de la police. Décidés à mettre un terme
à ces crimes, les services secrets jouent
leur dernière carte : **CHERUB**.

À la veille de son treizième anniversaire,
l'agent James Adams reçoit l'ordre de pénétrer
au cœur du gang. Il doit réunir des preuves afin
d'envoyer le baron de la drogue derrière les barreaux.
Une opération à haut risque…

**Pour raison d'État, ces agents n'existent pas.**

**casterman**

# CHERUB
## MISSION 3

Au cœur du désert brûlant de l'Arizona,
280 jeunes criminels purgent leur peine dans
un pénitencier de haute sécurité.

Plongé dans cet univers impitoyable, James Adams,
13 ans, s'apprête à vivre les instants les plus périlleux
de sa carrièrc d'agent secret **CHERUB**.

Il a pour mission de se lier d'amitié avec l'un de ses
codétenus et de l'aider à s'évader d'Arizona Max.


**Pour raison d'État, ces agents n'exIstent pas.**


**casterman**

# CHERUB
## MISSION 4

En difficulté avec la direction de **CHERUB**,
l'agent James Adams, 13 ans, est envoyé dans
un quartier défavorisé de Londres pour enquêter
sur les activités obscures d'un petit truand local.

Mais cette mission sans envergure va bientôt
mettre au jour un complot criminel d'une ampleur
inattendue. Une affaire explosive dont le témoin clé,
un garçon solitaire de 18 ans, a perdu la vie
un an plus tôt.

## Pour raison d'État, ces agents n'existent pas.

**casterman**

# CHERUB
## MISSION 5

Robert Muchamore

CHERUB

MISSION 5 LES SURVIVANTS

"Efficace, excitant, fascinant : et si c'était vrai ?"
Sunday Express

Le milliardaire Joel Regan règne en maître absolu
sur la secte des Survivants. Convaincus
de l'imminence d'une guerre nucléaire, ses fidèles
se préparent à refonder l'humanité.
Mais derrière les prophéties fantaisistes du gourou
se cache une menace bien réelle…

L'agent **CHERUB** James Adams, 14 ans, reçoit l'ordre
d'infiltrer le quartier général du culte. Saura-t-il
résister aux méthodes de manipulation mentale
des adeptes ?

**Pour raison d'État, ces agents n'existent pas.**

**casterman**

# CHERUB
## MISSION 6

Des milliers d'animaux sont sacrifiés dans
les laboratoires d'expérimentation scientifique.
Pour les uns, c'est indispensable aux progrès
de la médecine. Pour les autres, il s'agit d'actes
de torture que rien ne peut justifier.

James et sa sœur Lauren sont chargés d'identifier
les membres d'un groupe terroriste prêt à tout
pour faire cesser ce massacre. Une opération
qui les conduira aux frontières
du bien et du mal…

**Pour raison d'État, ces agents n'existent pas.**

# CHERUB
# MISSION 7

Lors de la chute de l'empire soviétique,
Denis Obidin a fait main basse sur l'industrie
aéronautique russe. Aujourd'hui confronté
à des difficultés financières, il s'apprête à vendre
son arsenal à des groupes terroristes.

La veille de son quinzième anniversaire,
l'agent **CHERUB** James Adams est envoyé en Russie
pour infiltrer le clan Obidin. Il ignore encore
que cette mission va le conduire
au bord de l'abîme…

## Pour raison d'État, ces agents n'existent pas.

# CHERUB
## MISSION 8

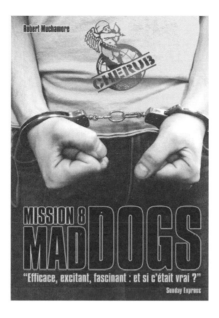

Les autorités britanniques cherchent un moyen
de mettre un terme à l'impitoyable guerre des gangs
qui ensanglante la ville de Luton. Elles confient
à **CHERUB** la mission d'infiltrer les Mad Dogs,
la plus redoutable de ces organisations criminelles.

De retour sur les lieux de sa deuxième mission,
James Adams, 15 ans, est le seul agent capable
de réussir cette opération de tous les dangers…

**Pour raison d'État, ces agents n'existent pas.**

**casterman**